西大滩

马晓雁 著

黄河出版传媒集团
阳光出版社

图书在版编目（CIP）数据

西大滩 / 马晓雁著. -- 银川：阳光出版社，2024.
12. -- ISBN 978-7-5525-7589-7

Ⅰ. I247.5

中国国家版本馆CIP数据核字第2024K6D947号

西大滩　　　　　　　　　　　　　　　　　　马晓雁　著

责任编辑　谢　瑞　杨　皎
封面设计　赵　倩
责任印制　岳建宁

黄河出版传媒集团
阳　光　出　版　社　出版发行

出 版 人　薛文斌
地　　址　宁夏银川市北京东路139号出版大厦（750001）
网　　址　http://ssp.yrpubm.com
网上书店　http://shop129132959.taobao.com
电子信箱　yangguangchubanshe@163.com
邮购电话　0951-5047283
经　　销　全国新华书店
印刷装订　宁夏凤鸣彩印广告有限公司
印刷委托书号　（宁）0031287

开　　本　720 mm×1000 mm　1/16
印　　张　16
字　　数　180千字
版　　次　2024年12月第1版
印　　次　2024年12月第1次印刷
书　　号　ISBN 978-7-5525-7589-7
定　　价　48.00元

目 录
MULU

目 录
MULU

引子　半墨水瓶长虫油

　　庞四奶奶撅着肥硕的屁股翻腾巷子口的垃圾堆时，一条迎风扑打的空袖筒倒映在她的余光里。那棉质的袖筒看上去在奋力抵抗，却还是有些招架不住沿街叫嚣的风，一前一后踉踉跄跄悬在半空中摇摆着。庞四奶奶不由得立起笨重的身子去看那条空袖筒，起身时她听见浑身的骨骼在寒风中叭叭作响，像是马上就要散架似的。庞四奶奶连忙移动了一下瘸腿，向路边的垃圾箱靠了靠。那时毫无由头的泪水模糊了她的视线。庞四奶奶拉起胸前油污污的手帕擦了擦眼睛，那个空袖筒跟着它的主人拐进了巷子里。哎，年纪轻轻个小伙子怎么就少了一条胳膊呢！庞四奶奶一瘸一拐地挪上台阶，将笨重的身子小心翼翼放在小板凳上。

　　几乎每一天，庞四奶奶都要带着小板凳一瘸一拐地从黑漆的大门里挪出来，坐在巷子口万家乐门市部的窗台下，看大街上来来往往的人流。西大滩的冬天一点儿也不像冬天，没有雪，太阳红红的，只有追捧着五颜六色的塑料袋、撕扯着门面房上的棉门帘、驱赶着匆忙人群的寒风在不遗余力地提示人们，已是冬天了。

　　庞四奶奶吃过早饭，关了黑漆的大门出来时，慵懒的阳光刚将懒腰伸进巷子口。庞四奶奶在万家乐门市部的窗台下坐定后，看见路边的垃圾堆旁蹲着个脏兮兮的乞丐。那乞丐将头埋得很低，要不是蓬草似的乱发从衣领上冒出来，会让人觉得他早已掉了脑袋。一条倒毛的黑狗在垃圾堆上嗅了嗅，将尖而长的嘴巴向乞丐伸过去。那乞丐咆哮着扬起胳膊作出要打的姿势，黑狗便跑开了。乞丐索性将身子从寒风中调转过来，那时庞四奶奶看清了他在啃塑料袋里散碎的羊头骨。乞丐张开嘴巴时庞四奶奶看见了他相当洁白的牙齿，庞四奶奶甚至看见慵懒的阳光流露了一些情意在乞丐的嘴巴里。乞丐用力吸吮着骨头上残存的肉味，他双唇间咝咝的吸吮声蜂拥进庞四奶奶的耳朵里。庞四奶奶不觉咽了下口水。她听见了自己的喉结处发出闷闷的咕噜声，她有点不耐烦地抬头看了看太阳，然后瞪了一眼还在那里啃骨头的乞丐。乞丐用黑乎乎的双手将羊的下颌骨送向他的尖嘴。有那么一瞬间，庞四奶奶觉得仿佛是两张嘴巴在互相撕咬，看不清哪张死着哪张活着，也分不清哪张更青面獠牙一些。

　　乞丐吸吮得那堆骨头上不剩一点儿羊肉味之后拖着他的破尼龙袋子左顾右盼向大街上走去，他乱蓬蓬的头发在寒风的戏弄下三心二意地飘摆着。庞四奶奶伸手用她胸前的脏手帕擦了擦泪水迷蒙的眼睛。先前那条被乞丐吓跑的黑狗又返回来在垃圾堆上嗅来嗅去，完了将它尖而长的嘴巴伸进乞丐——吮吸过的塑料袋里。庞四奶奶看得有点不耐烦，伸手摸了摸鬓角上生着的脓疮。庞四奶奶的眼睛圆而小，使得那张大面方显得稀疏而寥落。鬓角上生脓疮是从未有过的事，起先只是个小疙瘩，庞四奶奶从肚兜里摸出已经磨损、压扁了的半盒洋火，舔湿洋火头随便圈了圈，没想到那个暗红的小圆圈没有阻挡得住，当初的小疙瘩一天天蓄势成了脓疮。庞四奶奶疼急了，想起床头柜里的半墨水瓶长虫油，是很多年前在柴沟梁上时她用一疙瘩头发从货郎那里换来的。庞四奶奶拿出来用筷子头蘸了蘸，沿着脓疮圈了个圈。那瓶长虫油走了千里路，跟着她从柴沟梁到了西大滩，她没想到有一天还用得着。姜还是老的辣，几十年的长虫油了，脓疮很快收敛起来，一点点干起来，没有了疼痛感，只余下些痒酥酥的感觉，庞四奶奶强忍着，没敢挠。

翻出那瓶长虫油时，庞四奶奶的眼泪线一样淌了好一会儿。吉利和双喜小时候生个暗疮啥的都是她那瓶价值一毛钱的长虫油治好的。她用老毛笔蘸一点圈那么一圈儿，吉利和双喜顿时便觉得好了似的欢笑着飞出大门和村里的娃娃们一起玩去了。那时大门外是浩浩荡荡的蓝天和漫山遍野的庄稼。收获的季节里年轻的风在阵阵麦浪上顺着山势一起一伏。冬天里，苍莽莽的鹅毛大雪弥漫了整个天地。吉利和双喜的嬉闹声在院子里在大门外在田埂上在远处的山野上像无数花朵绽放。

庞四奶奶用胸前的手帕擦了擦眼睛向远处望了望。但是林立的门面房、高耸的楼房抵挡住了她的视线，使她看不到远处的吉利和双喜，也听不见远处他们的欢笑。听说西大滩火车站、汽车站都在附近，还听说比火车还快的高铁站修到了家门口。但庞四奶奶什么都看不见，她每天看得最远的地方就是巷子口。

庞四奶奶总觉得离婚之后的吉利不是她的吉利。她的吉利没有那么硬的心肠，不要女人娃娃，也不要她这个娘。离婚后的吉利戴着一副黑坨眼镜，头顶烫着一撮卷发，每次回来都在庞四奶奶面前说双喜的不是，说双喜不好好做人，说双喜成天招惹小混混，说双喜给家里丢人抹黑，说从柴沟梁上搬到西大滩的哪一个人都比双喜强，说双喜不是他庞吉利的弟弟，说庞双喜无可救药。吉利说得庞四奶奶也怀疑起来，待双喜好不容易在家里闪个面时，庞四奶奶抓住机会上看下看左看右看，最后确定双喜还是双喜，只是吉利不是吉利了。

的确，从柴沟梁搬到西大滩，谁家都困难过一阵子，但谁家困难都没她家困难。人家都是大家口，几十年前老早就有兄弟姊妹在吊庄移民的时候搬迁到西大滩扎下了根基。庞四奶奶家老弟兄小弟兄都团在柴沟梁上，直到2013年整村劳务搬迁，才搬进了大武口六站的安置楼。一开始，谁家都不习惯，把世世代代在土地上生存的庄稼人连根拔起戳进个洋火匣匣一样的楼房里，谁能习惯。但后来人家的娃娃都出息了，不是到附近厂子里上班当工人领工资，就是开门市部、摆摊子当老板，连以前那些只知道刷锅洗碗的女人都能出去上班挣工资了。庞四奶奶记得柴沟梁上第一个领工资的女孩子是前咀上老马家的大孙女麦子，麦子也是那干山秃岭上的第一个大学生，人家吃皇粮是应该的。庞四奶奶想不到村里上了些年纪的半大老汉们也能找着个看大门的工作，当过兵的柳家老大还当了小区里的保安，神气得很。自家老汉庞四爷去电石原料厂看大门一个月工资将近三千元，那就是天上月月掉金子的事。庞四奶奶更想不到自己家那个见了外人头都羞得不敢抬的大媳妇子竟然也去超市当了销售员。当了销售员的儿媳妇翅膀硬了，有了更好的去处便和吉利离了婚。

想起初到西大滩的难怅（艰难辛酸），庞四奶奶又想起柳老五。在柴沟梁上的时候好好的，一大早扛着铁锨挑着笼子拾粪的时候，还从她家门前的细路上走过去，还问她吃饭了没。搬到西大滩架在洋火匝匝垒成的楼房里面，怕是连哪一层哪一户还没搞清楚就病倒了。听说拉到大武口的医院，成千上万的医药费把家里花了个底儿朝天，命还是没拉住，债却给后人留了一大堆。双喜在手机上给筹过两百元。柳老五走的时候大后人还是个毛头小伙子，大学没毕业，钱没钱，经验没经验。按照老先人的讲究，亡人的棺木要在家里停三天，但是巴掌大的一点儿单元楼，棺木门里都进不去。停小区院子里，保安又不让，即使柳家老大在小区里当保安，也没招儿。后人没办法，只得把棺木停在小区背后没人管的水渠边。不过那都不是事，人在世上就是打个转身，要紧的是在哪里落草下葬。听说西大滩的墓地要用钱买，几千元，治病欠下的钱还没还上，后人凑不上。房下庄家商量了一番，找了一辆车帮着运回柴沟梁，埋在了老先人的坟堆旁。

庞四奶奶看着柳老五可怜，病得活不成，死了又没处扎站（立足），就想到了自己。无论如何，柳老五的那一关咋难怅都算是过去了。柳老五的后人到底是念过几天书的人，打了几天工，做了几天生意，自己成了包工头，还带着村里的年轻人一起到处揽承活儿，听说挣的是大钱，在省城买了大房子。但是自己的吉利和双喜没有一个是有出息的。才到西大滩没几年，一个把房输给了别人，一个女人跟人跑了。庞四奶奶想不明白，大媳妇在柴沟梁上那么温顺听话，怎么一到西大滩就变了。吉利留不住女人娃娃，自己也不知道上哪里混去了，把她一车拉到双喜租的院子里像扔破布一样扔下不管不顾了。

想着想着，庞四奶奶觉得到底还是双喜好，即使他扬言要跟她一刀两断，即使他厌弃地瞪着她，他还是在她眼皮子底下晃荡着。因为有双喜在，她才能安稳地看着阳光从一天的日子里铺展进来再一点点褪出去。把她从那个鸡笼子一样的地方扔到院子里，她长出了一口气，胸口才不憋闷了。住了一辈子院子，她在五十几平方米的楼房里咋都不习惯，说好听一点儿像是在坐牢，说不好听一点儿就是个活坟墓。尽管院子是双喜租下的，但庞四奶奶觉得自己终于落在了地面上，安稳了。

从前在柴沟梁上的时候，双喜早早辍学跟着村里人出去打工，一句话没跟家里言传，就在浙江一个生产皮草的什么地方给人倒插门做了上门女婿。双喜爹气得在炕上睡了两天，尽管庞四奶奶不知道啥是皮草，但只要能娶上女人过日子，也是娃娃的一条出路。留在柴沟梁上，凭她老两口，能给吉利把女人娶上就耗尽了全部力成，还哪里来的富余精力给双喜娶媳妇。

双喜在浙江过了近二十年，有一天，脖子上挂着一条金链子从大门走进来。庞四奶奶愣是没认出来家里来了个谁。来人说是双喜，说是离了婚，说是上门女婿不好做。说是啥都留给了女方，说是女方给了他一笔青春损失费。庞四奶奶看见出走的时候双喜还是个小伙子，回来的双喜已经是个秃顶驼背的中年人。

庞四奶奶也没办法，浙江不知道在哪里的世上，要她老两口去闹腾，他们够不着，门也摸不到。只好劝双喜把钱攒下来，找个村子方圆的女人安心过日子。没想到，双喜搬到西大滩之后迷上了打麻将。没过多久，就把一丁点儿积蓄一个子儿一个子儿都在麻将桌上输给了别人，还欠了一屁股债。那时候，双喜跪在庞四奶奶面前一刀剁了自己的两根手指头。看着双喜剁了手指头，庞四奶奶哭天抢地，说输掉的那些钱加在一起也没有她双喜的一根手指头金贵。后来，双喜说找着了生财的门道，把院子里的几间房子低价租下来，又一间间转租出去。长租的是一个胖女子，她在门上挂了半截白门帘，上面写了"麻将馆"几个字。其余几间常换人，庞四奶奶一个也没认下。自家院子里总有陌生人出出进进，弄得庞四奶奶恍恍惚惚总感觉生活在别处。

大街上的车辆行人多起来，街西的校园里也传来叮铃铃的下课铃声。不一会儿，学生娃娃骑着自行车像水一样从街道上涌下来，自行车轮子上白花花的辐条在阳光下闪得庞四奶奶眼花缭乱。庞四奶奶撩起胸前的脏手帕擦了擦盈在眼里的泪水。

庞四奶奶坐在巷子口为的是打发时光，巷子里成天有人出出进进。有几个上年龄的，偶尔跟庞四奶奶打个招呼："浪着啊！"有些庞四奶奶能想起来名字，有些她叫不上名字，但都"嗯嗯"地应承着。至于那些花里胡哨的年轻人，没人理睬她，仿佛她是摆在巷子口的一块石头。但庞四奶奶无所谓，不打招呼免得她应承。

庞四奶奶看见巷子深处新搬来的一个教师模样的女子出入，鼻梁杆上架副近视眼镜，披着的头发垂到双肩上，庞四奶奶总感觉她在哪儿见过似的，却怎么也想不起像个谁。一连好几天，庞四奶奶都在努力回想，却怎么也想不起来。

庞四奶奶正在心里感叹时听见一个女子尖利的喊声从巷子里传出来："庞秃子，拦住他！"庞四奶奶心里像被电击了一样，旁人都管他的双喜叫秃子。她以为她的双喜犯了错，不由心就缩成了一团儿。但还没等她翻起身来，先前看见的那个空袖筒的人用他健在的那只手甩出一张钞票，从巷子里急急忙忙大步走出来，边走边骂。

庞四奶奶看见院子里那个长期租户胖女子躬身向被风吹远的钞票追了过去。看见那人掏了钱，秃头的双喜不再追赶，向着空袖筒的背影啐了一口，骂骂咧咧地转身走了回去！

庞四奶奶看见双喜囫囵着，才安下心来。自从院子里开了家麻将馆，庞四奶奶早已对那一类的争执见怪不怪了。不是谁赢了钱想走不让走，就是谁输了钱不给不能成的事。庞四奶奶觉得只要她的双喜完完整整站在她眼前，世上的啥事都不是事。

就在双喜转身往回走的时候，庞四奶奶突然想起来，那个戴黑边眼镜的女子像是从前柴沟梁前咀上老马家的云子。云子有一次抱着一个大西瓜跟着她爸一起到隆湖六站的楼上看过她。

那时候，她还住在搬迁时政府给安置的楼房里。云子爸说来看看她搬到西大滩过得顺不顺心。庞四奶奶一时间不知道该怎么回答。要说不好，一家子人都能挣钱了，连她那么个在老家时吃了饭等死的老婆子也能靠着捡垃圾换来几个毛票子。要说好，一家子人是因为没地方住才四处去挣钱了。吉利爸在一家电石厂看大门，提供吃住。吉利碎爸年子放弃了去养老院的名额，追着他们一家人搬到了西大滩，也没地方住，说去沙湖附近那里给人看鱼塘，住在鱼塘边上。那时候，吉利还没离婚。吉利两口子白天去打工，留下庞四奶奶给几个上学的孙子做饭吃。

庞四奶奶看到云子爸还是很激动，还有人记着世上有她那么个人。庞四奶奶说起云子妈，说云子妈针线好，说在柴沟梁上的时候，云子妈给她绣过枕头顶，她没本事没做成个枕头，说云子妈给她端过猪肉炒粉条，香得她把碗舔了两遍，说云子妈还指的娃娃给她送过西瓜，那是她第一次吃西瓜。云子说就是她和她姐姐麦子一起去送的。庞四奶奶看了一眼云子，那时她的眼睛还没那么模糊，云子戴着一副眼镜，头发披在双肩上，都说女大十八变，变得跟小时候完全不一样了。庞四奶奶说变得她根本认不出来，她记得云子小时候长得像个男娃娃，留着一头短头发。说着庞四奶奶又想起云子去她家让吉利给她赔书包，噘着个小嘴巴，说不赔新的也得把她书包上被吉利家狗咬破的地方缝得跟新的一样。庞四奶奶说云子小的时候长得像个男娃娃，脾气倔得很。云子爸说云子小时候不懂事，让庞四奶奶别往心上去。

庞四奶奶想得出神的时候，又看见那个女子从巷子口往进走。庞四奶奶喊了一声云子，那女子没反应。庞四奶奶又喊了一声，那女子回过头看她。庞四奶奶问她是不是云子。那女子说她认错人了，转身进了巷子。

庞四奶奶有点失落，艰难地翻起身，提着板凳往回走。

还没进院子，就听见有个租客嫌麻将馆太吵。双喜在厨房里做饭，提着刀走到院子里对着麻将馆喊道："声音小点儿！"

庞四奶奶知道，双喜不过是给租客改心慌，打麻将的那些人用不了屁大的工夫就又会吆喝起来。

看着双喜做好了饭端进屋子，庞四奶奶越发觉得双喜好。双喜做上门女婿的时候大约尽做饭伺候人了，庞四奶奶又觉得她的双喜可怜。

吃饭的时候，庞四奶奶跟双喜说巷子深处那个新搬来的女子长得很像云子，她问了，不是。双喜埋怨起她来。说她连她儿子都看不清长啥样，哪里就觉得在六站的街道上能看见云子。庞四奶奶没再说什么。双喜顿了顿，说庞四奶奶大概是又想柴沟梁了。

庞四奶奶出了口长气，没说什么。

双喜收碗的时候说，今天还真来过个柴沟梁的人，没来得及给庞四奶奶说。

庞四奶奶问来过个谁，她咋没看见。

双喜说是下沟谢家的长生。

庞四奶奶一时想不起来长生是哪个娃娃，谁家的娃娃。双喜说是下沟谢家旺生的堂弟弟。

庞四奶奶说村里的那些个小娃娃她都没啥印象，就算见过，她也没记下。

双喜说记不得也正常，下沟的，又不常去上庄里。从年龄上讲都是庞四奶奶孙子辈的小娃娃。说罢又骂起来："屁大点儿人，断了条胳膊还进麻将馆，十块钱都输不起还敢进麻将馆！"说要不是看在一个村里的份儿上，让他再断条胳膊。

庞四奶奶听见双喜骂人骂得那么歹毒，怕他出去惹是生非，心又缩成了一团。庞四奶奶劝双喜不要把房子租给那个胖女子，麻将馆里尽是是非。双喜瞪着她说，六站那么个鸟不拉屎的地方，还能把房子租给谁，租给谁又能保证月月能收到租金，又不是啥抢手的门面房，还是转租。

庞四奶奶不再说什么。过了一会儿，想起双喜说的那个叫长生的。庞四奶奶追到厨房，坐在双喜用门板支起的床铺上问双喜，那个叫长生的咋就少了条胳膊，没听村里谁家娃娃少一条胳膊的。

双喜没有看庞四奶奶，一边洗碗一边说，是交通事故。

庞四奶奶没有再追问下去。看着杂乱的床铺让双喜收拾整齐点，快没地方睡人了。说着长气断咽地感叹，还是得有个女人。

晚上，双喜去看人家打麻将。庞四奶奶躺在床上听着呼啦啦扒拉麻将块的声音，恍恍惚惚似梦非梦地想起些柴沟梁上的情景。

柴沟梁上的时候，庞四奶奶老两口为给两个儿子攒钱娶媳妇，就差把一腔子热血泼洒到那些层层叠叠的庄稼地里了。吉利爸是个老实锤锤，老牛一样在土地里劳作，两个大拇指苦得像破了的牛蹄子。到头儿来也不过是没让一家子人饿死，吉利的女人还是用小女儿换的对头亲。搬到了西大滩，家里人多，没地方住，庞四爷只得出门找活儿干。大约是老天怜见，吉利爸在一个电石原料厂找了个看门的活，一个月挣两千多，关键是可以住在门房里，解决了家里最大的难题。

吉利媳妇带着娃娃跟了别人，吉利也不知道去哪里谋生了，吉利爸舍不下一个月两千多块钱的工资，庞四奶奶被扔给了双喜。单把那个五十几平方米的窝空了出来。家里的问题反倒变成了有房子没人住。

庞四奶奶心里有点难过，那么大的荒滩，她庞家的人撒得东一个西一个，也不知道搬到西大滩是为什么。不说别的，光是睡个觉，都没有炕，大冬天的，睡在干板凉床上，冷都不说了，总感觉空悬着。

庞四奶奶又想到了那个像云子的女子，觉得那个女子就是云子，太像了。想起云子小的时候缠着让她缝书包，跟前跟后的。要不是云子妈来把她接走，她都不知道怎么对付。她记得云子妈走的时候，她给云子的书包里装了两片麻麸饼。想起麻麸饼，庞四奶奶有点儿想念那个香味，但西大滩吃不到。

迷迷糊糊就要睡着了，她突然又想起双喜说的那个长生，就是她在巷子口看到的那个空袖筒。她当时不知道，若是知道，一定拉着他，看看他的模样，问问他疼不疼。

庞四奶奶想不起来那个长生到底是谁家的孩子。如果真像双喜说的，是谢家旺生的堂弟，就应该是碎毛跟前的孩子。原本碎毛大毛弟兄两个眼看着要打一辈子光棍了，没承想，庞年子一巴掌给碎毛办了好事。谢家大毛带着前咀上牟家小儿子豆换一起去陕西当麦客赶场，豆换死在了陕西。那大毛回来后发了癔症一样不停地摇头，后来人好了，留了个摇头的病根。换亲的时候，女方家指定了给碎毛换亲，大毛打了一辈子光棍。

年子是吉利和双喜的碎爸。要不是庞老太爷活着的时候跟谢家老汉定下了娃娃亲，翠荷早被老谢给大毛换了对头亲，哪里有他年子的什么事。但是年子不会哄女人，本是个老实人，却暖不了女人的心。那翠荷长得不好看，两边的门牙凸出来，茶饭手艺也不好，不过，那都不是事，关键是翠荷不生养。年子一次伸手打了翠荷，翠荷的耳朵被打聋了，死活不跟年子过了，老谢家父子三人就来把翠荷带走了。翠荷被带回去后，找了媒人说给了姚家套子，给碎毛换了个对头亲。

碎毛都是半大老头了，才娶了女人成了家。

　　大约那就是年子的命，也是翠荷的命，他俩命中注定不是一家人。没了翠荷，年子话都没有了，要不是过年的时候杀猪宰羊当屠夫，怕是不会有人想得起庞家场房里还活着个叫年子的人。那翠荷嫁到姚家套子之后，娃娃也生下了，日子也过红火了。

　　想着想着，庞四奶奶迷迷糊糊睡着了。好像还做了些在柴沟梁上的梦，但都被双喜的喊声吓忘了。

　　双喜着急忙慌边穿棉袄边说他要到什么地方的大河边，说有人从河里捞上来个不慎落水的人，吉利在哪个群里看到了照片，认出是他们的碎爸庞年子！

第一章　秀红的发簪

　　云子妈常说自己一辈子活得像个古今（民间故事），可惜她那个古今没人说。事实上，她打小就在别人的古今里，只不过她不是故事的主角，她是别人古今里的结局，别人古今里的那个结局是她那个古今的开局——

　　南里有个王家塬，王家塬上有个王先生，王先生嗜好赌博。王先生不在塬上赌，不在乡上赌，王先生要骑着大白马上城里赌。王家塬上只要看得过眼的田地全都属于王先生，那些田地里四季有长工短工们忙碌的身影。王先生头戴白礼帽身穿白西服手持白纱扇脚蹬白皮鞋胯下骑着大白马从田间的大路上走过时，长工短工都要抬起头久久地凝望。"啧啧，画儿上的人啊！"直到王先生喊一声："趁管家不在快偷点啊！"长工短工才醒过神来继续劳作。王先生骑着大白马，后边跟着一匹花骡子，骡子身上驮着三罐银圆和随身行李。

王先生是城里人的叫法，也是面子上的叫法，塬上的人背后都叫他三罐。

王先生是独苗，父亲疼爱有加，府上大小事务一概不理，只知赌博。父亲撒手西去时，王先生正在城里赌博。幸得管家念着王家世代的恩德，忠心耿耿替王先生上下打理着。

在赌博场上，王先生是个仗义疏财的人。谁若有个急处，只要一声王先生，王先生定然会说记在他的账上。年久月深，王先生的赌债记了一大摞。有一天，账房先生对着王先生说："王先生您没有输在本事上，您输在了仗义上。"王夫人也是个富贵人家的小姐，只是一味地舍散，到最后，除了几身衣服，什么体己物件都没存下。树倒猢狲散，家院和丫鬟领了自己的薪金各奔前程了。等府上一切都折变成钞票还了王先生欠下的债务之后，王夫人站在空荡荡的院子里感叹说："家里空得能摇起风。"

王夫人曾认下个干闺女叫秀红。秀红独自带着个小女儿，名唤凝香。秀红在王家主要做针线。王家兴旺时，秀红能凭着一手好针线养活自己和孩子。王家衰败了，王夫人说没有能力再留着秀红了，替秀红在孙家湾找了个鳏夫。媒人能说会道，把孙家湾鳏夫的日子说得富得流油，人好得堪比圣人。等秀红被接了过去，才看清眼前的家家徒四壁。那孙家湾的鳏夫有五个女儿，个个饿得皮包骨头，她们的母亲在生第六个孩子时难产，带着腹中的孩子一起撒手西去。秀红念着王夫人的好，将女儿留给了王夫人，一来怕孩子在新家受气，二来报了王夫人的恩情，让凝香将来伺候王夫人。

古今里那个小凝香就是小时候的云子妈。太久远了，隔了些世事回望过去，云子妈就快要忘记自己有个名字叫凝香。有时候，云子妈觉得的确一切都像是命运的安排。如果不是命，王家塬上的小凝香怎么就曲里拐弯到柴沟梁上，成了云子妈。

凝香小的时候出了王家大院的高墙听塬上的人像说古今一样说着王先生。回到王家大院的高墙内，左看右看，王先生不像古今里面的人。

高墙里面的王先生成天躺在一张竹椅子里晒太阳，偶尔，乘着凝香给他端饭倒水的时间感叹一下世事。大概意思是赌了一辈子，没赌过命。世上的人，不管穿短衣的、穿长衫的，还是穿洋装的，都是命运抛出去的骰子，最终落定成几点，都不是他们自己能掌握的。王先生说有一只看不见的手将他抛起来，扔了出去，但他还没落定，他还在那股力量的作用下翻滚。说那些话的时候，凝香用余光看看王先生，王先生定定躺在椅子里，并没有翻滚。但凝香信王先生，塬上没有人比王先生有学问，谁家都没有王先生家那么多的书。王先生留着长长的手指甲，常用他长长的小拇指指甲去翻摊在桌子上的书页，像是怕弄脏了手，又像是不信书似的。王先生会用他长长的大拇指指甲挠头皮。挠罢头皮，拿起烟锅头子在旱烟袋里取烟丝，然后用他的大拇指将烟丝压实。凝香乖巧地替王先生点燃烟丝，王先生吧嗒吧嗒边抽边进入梦乡，迷迷糊糊中说一句：“世上的事没啥是可信的！”

那是凝香听王先生说过最多的话，高墙外的人不知道。高墙外的人说起的凝香好像永远是个三五岁的孩子，此外没有别的可说。但他们口中“等将来伺候王夫人”一类的结尾却是凝香成为云子妈之前的半部人生。

凝香记得母亲秀红被孙家湾接走的那一天她并没有哭，她的全部精力在应对来自脚部的疼痛。母亲说要在离开之前替她把脚缠好，不然将来嫁不出去。母亲绣花的手将她的脚趾攥起来，让其余四个脚趾折到脚底上向大拇指靠过去，然后用长长的白洋布一层层裹扎起来，整个脚看上去像塬上男娃娃们鞭子下的陀螺。凝香感觉到钻心地疼，但母亲不让她哭，王夫人不许她哭，她们说那样不成体统。

　　孙家湾接走母亲的时候，母亲并没有穿嫁衣，像平常一样。凝香趴在炕上，从最低处的窗格子里看到母亲回头看了她一眼，然后转身出了门。尽管后来凝香还见过母亲一面，但记忆中母亲的样子最刻骨铭心的就是那一转身。母亲也是小脚，穿着黑色的棉布裤，膝盖上打了补丁。母亲上身穿一件大襟衫，领口处绲了边，胸前右胳肢窝旁边的盘扣上挂着擦嘴的小手巾。母亲的头发黑黑的明明的，紧紧地贴在头皮上，在后脑勺处绾了个拳头大小的发髻，上面插着一枚银色的发簪。

　　母亲走后没几天，王夫人放开了凝香的脚。王夫人说凝香梦里喊疼，再说缠个小脚怎么伺候人。王夫人说那话的时候是冰冷的。王夫人也有可亲的时候，尤其是在凝香想娘的时候，便枕在王夫人盘着的双腿上，王夫人像摸一只猫一样，一面摸着凝香的头发，一面说古今一样给凝香说秀红的事，也说古今一样说她自己的事。

　　王夫人有三个女儿，大女儿嫁给了陈家庙湾的富汉，二女儿嫁给了袁家滩的富汉。大女儿、二女儿早年常回来诉苦，说府大院深，人杂规矩多，大气都不敢出一口。王夫人便将三女儿嫁给了马家沟的穷汉。三女儿虽没受人的气，却吃了穷的苦。大女儿二女儿熬到公婆去世孩子成熟的时候就算熬出了头。王家败落后，全靠着大女儿和二女儿的接济过日子。王夫人常叹息各人有各人的命，三女儿要吃的苦看起来有始无终。

　　三女儿常回娘家来看王夫人，凝香管她叫三姑。三姑家里穷，不过凝香也没见三姑长吁短叹，反而是比大姑二姑都开朗。三姑只生了一个干头儿子，名叫金山，比凝香大五岁。三姑见了凝香爱得放不下，凝香也喜欢黏着三姑。王夫人开玩笑说将凝香许给金山当媳妇，三姑当了真，回家郑重其事告诉了金山爹，金山爹一听自是高兴得合不拢嘴，最开心的还数金山爷爷。可在阴阳那儿一掐算，二人八字不合。凝香属羊，金山属虎，属相不和。阴阳说属狗属马都可以，就是不能跟属虎的结合。从前乡下人信命，阴阳算的就是命，命不能违。但金山爷爷一寻思，柴沟梁上老三跟前的大儿子玉山就是属马的，都是自己的孙娃子，金山不成就玉山。

金山爷爷一共生了七个儿子，老二为救当兵的老大死在了抗日的战场上。抗战胜利了，仗却没结束。虽然儿子生得多，但哪个都是爹娘的宝。1946 年国民党抓兵役，金山爷爷带着几个儿子跟着乡亲们一起逃到了北里柴沟梁上。新中国成立后，为了新开垦的几亩土地，也为了留条后路，金山爷爷把金山爹留在了北里柴沟梁上，他带着其余几个儿子回到了南里马家沟。金山爹没心思务农，想回马家沟的话捎了好几回。金山爷爷自然也希望后人们都能踏踏实实在自己眼皮子底下过日子，但马家沟的土地有限，柴沟梁上有自己逃兵役时开垦过的几亩薄田，想来想去，将老三和老四指派到柴沟梁把金山爹换回来。1956 年，老三刚结婚生子，便带着媳妇和儿子以及给地主家儿子当过陪读的老四上北里柴沟梁换回了金山爹。老三老四不在跟前了，但金山爷爷常念叨，尤其老三跟前的长子玉山，离开马家沟时才学着走路，模样很是惹人心疼。金山爷爷掐指算算，玉山应该有六岁了。

金山爹按照老父亲的吩咐央老婆回娘家探丈母娘的口风。王夫人听说是三女儿的侄子，柴沟梁上的生活比南里殷实，玉山长大了是要读书的，便同意了。征得王夫人的同意，金山爷爷带了一碗小米登门下了定。五岁的凝香并不十分明了，只知道自己将来要嫁给一个叫玉山的后生，要嫁去的是北里一个叫柴沟的地方。南里北里是老百姓根据庄浪隆德两地在地理方位的南北分布习惯性的称呼，自1958年成立了宁夏回族自治区，隆德划归了宁夏，庄浪还属于甘肃管辖。但老百姓习惯上还是南里北里地叫着。远在北里的玉山知道得比凝香还晚，爷爷给自己在南里占下个媳妇的口信捎到柴沟梁上已是第二年。

　　往前走，日子苦得人抬不起头、提不起脚，难怅得很。可是一旦回头望，一辈子只是一眨眼，苦还是甜，来不及分辨。王家的家景一年不如一年，那传说中叫三罐的王先生已挪不到院子里晒太阳，成天躺在炕上扯呼，眼皮都不见抬一下。有一天，院子里静得能听见风丝吹过的响声，王先生悄无声息地咽下了最后一口气息。王先生过世后，王夫人的身子骨也一天不如一天。凝香却一天天出脱得花儿一样，论模样儿看身段儿，凝香算得上是王家塬上的头梢子。王夫人躺在病榻上看着出出进进的凝香，掐着指头一计算，已经是十八岁的大姑娘了。说起来，王夫人出奇地长寿，像是专为陪着凝香长大一样。有一天，在院子里平坦坦的地面上磕了一跤，人就站不起来了，王夫人怕自己一口气上不来丢下凝香没了依靠，便捎话让马家来商议迎娶之事。凝香长到十八岁还没见过对象的面，婆家在北里，三姑说北里远，来一趟不容易。

　　玉山是在爷爷和大爹的陪同下来到王家塬的。也算是亲上加亲，但凝香随王家，管玉山爷爷喊三姑爷爷，管玉山大爹喊三姑夫。三姑爷爷魁梧高大，说话高声大嗓的。三姑父一个模子里刻出来的，身材魁梧高大，说话高声大嗓，只是三姑父左耳下长着一串肉疙瘩，才把二人区分开来。凝香站在厨房里侧着耳朵听得十分真切，三姑父在那里打圆场。可那叫玉山的年轻人却一五一十地跟王夫人说家里一贫如洗，身上缺衣裳，脚上缺鞋子，仓里没粮，炕上没席，睡觉没枕头……

初听时凝香扑哧一笑，听过人穷的，没听过穷到没枕头的。旋即，凝香的心紧缩起来，那么穷怎么过日子。可三姑不会把自己往火坑里推吧，只能说那个叫玉山的年轻人实诚。这样一想，凝香踏踏实实做起饭来。

凝香红着脸低着头将红漆木饭盘子端到上房里，正要退出来的时候听王夫人说："给你三姑父和你马家哥一人装一碗黄米。"快断顿的日子了，王夫人还是好撒散。米箱里共总不过两升黄米，装走了吃什么。但王夫人吩咐了，凝香只得遵命。那叫玉山的年轻人走远了，凝香才抬起头看了看那个背影，瘦瘦的，走路的时候脚后跟拖着地，哆哧哆哧地响。

凝香问王夫人北里柴沟梁马家真有那么穷吗。王夫人说只怕比那还穷。凝香的心里落进一块大石头。王夫人顿了顿说："日子是自个过起来的。我来到王家的时候，王家是一等一的富汉，可到头来又怎么样呢？若不是两个女儿接济着，恐怕早饿死了。时不时地，还得受从前长工短工家的恩惠，那让人觉得比挨饿还难心。你三姑家里穷是穷，却从来没有受过高门大户的气。再说，玉山算是个念书人，人又实诚，是你打着灯笼都难找的人。"王夫人不便明说，但凝香心里明白，自己要出身没出身，要陪嫁没陪嫁，能有个着落已是洪福。

胡麻花、豌豆花、洋芋花先后开过，王夫人从炕柜里拿出一个小包裹递给凝香："你知道家里不比从前了，这点心意你带着，不值钱，是个念想。"凝香跪在炕头上一味点头，眼泪豆豆直往下滚，她知道，离玉山接她的日子不远了。王夫人又吩咐："先去孙家湾坟上磕个头，再去马家沟看看你三姑，以后我不在了，那里就是娘家。"

凝香没有听王夫人的话，出了王家塬，在分岔的路口上朝着孙家湾磕了三个头。凝香不愿意去孙家湾，那里已经没有她要见的人，留下的全是她无力面对的世事。

　　凝香小的时候曾经给她坐月子的母亲去送一块五花肉和一碗小米。五花肉用细麻绳扎着，正上方贴了一张红纸，小米装在一个小面袋里，封口用一根尼龙绳子扎起来，扎得像一朵正开放着的花骨朵。母亲被接去孙家湾后，凝香无日无夜不在思念她，一路上都想象着见到母亲的情景。在她的记忆中，她的母亲长得好看，穿得得体，一言一行都让人竖大拇指。豌豆花开的时候豌豆花像母亲，胡麻花开的时候胡麻花像母亲，荞麦花开的时候荞麦花像母亲。母亲的针线活十里八乡出了名，母亲的茶饭也是十里八乡数一数二的。她记得母亲将头发梳得明明的，紧紧盘在后脑勺处，上面别了一枝亮亮的银发簪。那是早逝的父亲给她们母女留下的唯一念想和财物。靠着母亲的手艺，靠着王家，她们母女从来都穿得暖，吃得饱。自从王家倒了，母亲嫁去了孙家湾，凝香就只能在梦里见到母亲了。王夫人很少允许凝香去看母亲，王夫人说那样对谁都好。但那一回不同，母亲为孙家生了个儿子，母亲坐月子的时候，王夫人让凝香去看望母亲，给母亲带些补品。一块五花肉和一碗小米是十分豪阔的礼物，凝香满怀期待地走向孙家湾。一进村，她就打问秀红家。秀红在王家塬方圆太有名了，人人知道她的名字。凝香顺着别人指的方位找到了母亲的新家。远远看过去，院墙和房子比周围矮一截。门板长长短短，破破烂烂，紧掩着，凝香在院门外就听见里面有女孩子们争吵的声音。

　　就要见到朝思暮想的母亲，凝香的心跳声压住了院里的争吵声。她推开门，院里几个女子回头看着她，大约她们没有见过穿戴那么整齐的女孩子，愣愣地怔在原地。她们破衣烂衫，除了个头，看不出个区别。凝香说是来看望月婆子的，其中一个朝西厢房指了指。门上挂着厚门帘，木窗扇紧紧关着，缝隙间塞了些破布。凝香直接推门走进去。

屋子里黑黑的，借着开门时门缝里带进去的光，凝香看到躺在炕上的人。凝香走过去，炕上的人动了动。大约适应了屋里的光线，凝香看清炕上躺着个女人。褪尽颜色的花被下躺着的是她的母亲，虽然侧着脸，但那是她母亲的耳廓，她母亲的脸庞。凝香喊了声娘，秀红迟缓地伸手摸一旁的月娃子，然后侧过身看着凝香。凝香又叫了声娘。凝香连着叫了两声娘，秀红看穿着和个头才反应过来，眼前的孩子是自己的凝香。秀红没有吱声，眼泪自己噗啦噗啦滚落下来。秀红挣扎着坐起来，说自己没想到凝香会来，啥都没准备。凝香看得见母亲的窘迫，连忙将手里的五花肉和小米放在炕头下的一把小木凳上，将被子裹在母亲脊背上。母亲的头发梳得挺整齐，但已经十分稀疏，银簪子也不见了。凝香也不去问，忍着眼泪花儿去抱月娃子。大约是母亲奶水不足，半个月了，孩子还没怎么发变。凝香带着怜惜在孩子的帽子上亲了亲，那帽子一看就是母亲的手艺。也不知道为什么，那顶帽子一直深深烙印在凝香的记忆里。

看见凝香喜爱孩子，秀红脸上有了一丝喜悦，说家里十分重视，专门找人请了个名字回来，叫宗安。凝香强笑着，抚着孩子叫了声小宗安。秀红下地拿起凝香带来的五花肉和小米要去给凝香做吃的，凝香拦住母亲，不让她劳累。秀红说家里断顿，已经两天没吃的了，宗安爹出门去借面还没有回来。凝香让母亲躺下看着小宗安，她去厨房做饭。

凝香一顿饭眼泪没有断，厨房里乱得像过了土匪，五谷除了一把红葱和几个出芽的土豆啥都没有。凝香打扫清洗一番，熬了小米稀饭，将五花肉熬成丁装进一个小坛子，用熬过腊肉的锅底炒了土豆块。秀红一顿饭吃得眼泪成线地淌，想起在王家的日子，已是隔世。没有生孩子的时候，秀红还想过，凭她的手艺，走出孙家湾，或许还有活路。但是有了儿子，秀红也不想那么多了，把啥都寄托给了命，寄托给了儿子。凝香看了看小宗安，那么小，也不知道母亲何时才能靠得上他。

吃罢饭，凝香替母亲打扫了房间。那时，阳光已经西斜，西厢房的影子几乎要遮住整个院落了。秀红虽然十分不舍，还是催凝香早点动身。凝香真要起身开门时，秀红又啜泣起来，凝香也一个劲抹眼泪。秀红解下挂在大襟衫纽扣上的针插递给凝香，让凝香当个念想。针插已经褪色，但那是母亲的针线，精巧别致，针插盖拉起来，芯子是个白洋布纳的胖娃娃，上面别了几根绣花针。凝香接过针插装进肚兜里，抚了抚小宗安，强忍着眼泪开了房门，从院子里跑出去。出了孙家湾，凝香靠着路畔的一棵老柳树哭了很久。

秀红几次想跟凝香诉说自己的苦，但话到嘴边还是忍住了，说了也是徒增凝香的负担。还有秀红当着凝香的面没有说出口的，就是凝香爹留下来的银簪子，她没有保护好，被老孙偷去变卖了。

关于母亲的消息，凝香大都是从塬上人拉家常时听到的。秀红被接到孙家湾后生了个女孩子，孩子一出生就疾病不断，生活本就不容易，那老孙不识字，出门借钱时被人骗签了高利贷，一下子把家计从半山上拖到了沟底。花了钱，孩子的病也没看好，还没有过百天，就夭折了。为了还债，老孙直接把两个大点的女儿嫁了人。说是嫁，其实就是卖。老孙一手接过钱，人家直接把女子带走了，没有别的仪式。

那之后凝香就再没去过孙家湾，也没有孙家湾的消息。直到四年后王夫人听人说秀红没了。孙家湾没有第一时间送消息来，凝香也没赶上看母亲最后一眼。她去孙家湾要祭拜母亲的时候，家里还是乱得跟过了土匪一般，只有脏兮兮的小宗安坐在一堆棉絮围着的炕角上。她一路打听，问了母亲的坟头，在一个地头上看到了插着丧棒的新坟。一个小小的黄土堆，坟头下埋着的是她的母亲。母亲去了孙家湾，她就再没有感受过母亲的温度，埋在地底下，她连母亲的影子都看不到了。但也没有多余的眼泪，她只是怔怔地在已经上冻的坟前跪了良久。不单单为母亲，也为人的一辈子感到不值。那之后她劝慰自己，不去想母亲，也从来再没有踏入孙家湾的地界。

从王家塬到马家沟，一直是上坡路，到了马家沟抬头向上望，还是山头连山头。凝香小时候也跟着三姑到过马家沟，那时候，三姑爷爷还在世。三姑爷爷生得十分高大健硕，一顿能吃十个糜面馍。凝香记得最清晰的是三姑奶奶，也没什么特别的，就是胆小。虽然那时候凝香不大，但她看得出，三姑爷爷不在家时，三姑奶奶敢说话，甚至也有笑声。只要三姑爷爷在家，三姑奶奶就大气不敢喘一口，老是一副哆哆嗦嗦准备挨打的样子，又可笑又可怜。

马家沟听名字是沟，但站在马家沟往下望王家塬，王家塬才妥妥的是处在沟底。

过去了几年，马家沟没太大变化。还是小时候凝香走过的地埂，小时候走过的土路，门前的树木好像也没怎么长。听见狗叫，金山媳妇从大门走出来。金山娶了后湾大户人家的女子，模样姣好。凝香没见过，但也猜到八九分："是新嫂子吧！"金山媳妇也猜出个大概："是王家塬上凝香吧！"金山媳妇十分热情，拉着凝香的手把她让进东厢房里。三姑正坐在炕上掐麦辫，从窗户里看见凝香，连忙收拾起来。

三姑很开朗豁达，也爱开玩笑。"看看，看看，我们凝香要做新媳妇了！"一句把凝香说得脸颊通红。金山媳妇也很会说话："这十里八乡的，我就没见过这么俊的女子，一看模样我就猜到是凝香了。"凝香连忙说："看嫂子说的，谁俊也没有嫂子俊！"寒暄过后，凝香跟着嫂子进厨房做饭。嫂子虽是大户人家的女子，但十分勤快，家里到处收拾得干干净净、整整齐齐。三姑开朗，金山媳妇聪慧，看得出，她们婆媳相处得也融洽。看到金山媳妇，凝香心底里也对将来的生活有了期待，不由得脸红起来。凝香怕金山媳妇看出来，忙说："厨房里好热！"

　　都说马家沟穷，但三姑家的日子看上去挺殷实，好几年，凝香过年都没吃过长面了。不一会儿工夫，金山媳妇就擀开一大张面，用面刀细细划出去，长面整整齐齐摆在了案板上，十分好看。

　　金山媳妇用一个正方形的红漆木盘子把饭端到了上房。清油炝过的葱花，浆水掺的酸汤，细白的长面整齐地浸在酸汤中，看着就让人流口水。三姑爷爷去世后，上房里就剩下了三姑奶奶。三姑父去了兰州城，不在家。三姑让大家都到上房里吃饭。吃饭时，三姑说平时家里也没有那么挥霍过，但那顿饭当是打发凝香，所以做了长面。看见凝香眼眶泛红，三姑笑着说玉山被招到北里县上建筑公司去当工人了，凝香嫁过去天天吃长面。

　　凝香觉得自己真是在沟底生活，三姑和金山媳妇说的那些事自己一概不知。王家塬上几股势力斗来斗去，一会儿闹这潮，一会儿闹那潮，不管谁起来闹，都把王家翻一翻。掘过王家的坟，翻过王家的院子。王夫人说就是有，也早被输精光了，能翻出啥。后来，大家都消停下来。王夫人常跟凝香说，要不是王先生早早就败光了家产，要不是她没生下后人，还不知道会遭什么罪。王夫人跟凝香说，一个人的福报都是命里带来的，有些事得顺天意，不能强求。

农历七月初七，玉山在三姑父的陪同下按约定上门来接凝香。三姑夫两手空空，玉山也两手空空，凝香有点不高兴。但王夫人还是十分热情地招呼。三姑父左耳上挂着的那串肉瘤，似乎比从前大了一点，说话还是高声大嗓。玉山穿了一套不怎么配套的中山装，但看上去精神了不少，走路还是脚后跟儿拖着地面，哧哧哧哧响。三姑父留在家里陪老太太拉家常，玉山跟凝香到公社里办手续，开介绍信。办完手续，凝香提议给家里多少买点啥，不然看着不像话。供销社里啥都有，但人在没钱的时候看着啥都不实用。经过一番商议，二人给老太太买了顶新网帽和一条棉质的新头巾。玉山想给凝香也买个啥，被凝香拦劝了，玉山手里剩余的钱只够二人搭车上北里的。

王夫人说凝香不懂事，她一个老太婆，啥都不需要。玉山笨嘴拙舌，不知道说什么。凝香跟老太太说不是啥值钱东西，但是个礼数，也是个念想。王夫人脸色沉下去："这娃娃，啥礼数，人还没走就生分了。要说念想，我一个快要入土的人，图的就是没记挂。"王夫人一辈子大门不出，二门不迈，却也算是能够洞察世事人心，深谙那些王朝更迭却亘古不变的道理。凝香涕泪涟涟，不放心，舍不下。王夫人说不愿意看见凝香掉眼泪，让她快点走。王夫人说，凝香一走，陈家庙湾的大女儿就来接她了，没啥不放心，也没啥舍不下的。让陈家庙湾的大女儿来接她，不过是为了让凝香宽心罢了。她深知自己时日无多，哪儿都不会去。打发了凝香，她在这世上就了无牵挂了。本就舍不下，一番话，说得凝香哭起来。大约三姑父见不得女人抽泣，把烟锅子往地上一磕，说娃娃买上了，网帽就戴着，头巾多余了，他拿回去给金山娘。见女婿那么说了，王夫人不好再驳他的面儿，让凝香给她戴起来。

三步一回头，凝香跟着三姑父和玉山往马家沟的方向攀上去。王家塬越来越低，越来越小，越来越模糊。南里北里相距不过几百里，但在心底深处，凝香隐隐觉得那是她与王夫人的生离死别了。虽然她在王夫人家的身份就是个小丫鬟，但十多年里，王夫人疼惜她，教育她，把她当孙女儿养。她们一老一少与塬上的这派那派周旋，经过大事小情，相依为命。

凝香想起王先生说过的话，感觉自己正被王先生说的那股力量抛起来，至于它要把自己扔向何处，自己将要落定成为几点，凝香完全无法预知，也无力左右。

第二章　尘土的花朵

　　进山没有上过学堂，大字不识一个。家里念过书的只有大哥，但是大哥却解答不了进山的困惑，还骂进山一天到晚尽瞎想。进山成天在村子里游荡，走东家串西家，上山爬坡。进山总觉得树上的鸟儿、地上的蚂蚁都在说它们自己的话，总得有个人试着听一听，学一学，看它们讨论些啥。进山偷偷溜出去能在树上待一天，或者趴在地上看蚂蚁搬家看一天。进山常一溜烟跑到山下黄家堡子河湾去独自玩耍，他经常不穿鞋子，只需把裤腿卷到膝盖以上，让淙淙的河水漫过脚面，绕着脚踝流过去。那种清清凉凉柔柔软软又酥酥痒痒的感觉常让他陶醉得忘了一切。他也去摸河里大大小小的石头。进山觉得那些色彩不一的椭圆形石头一定也被谁摸过了，光光的、滑滑的。进山跨过河湾时捡到一块石头，上面有些横竖交错的纹路，像个棋盘。进山觉得那块石头跟别的石头不一样，便宝贝一样捡回家放在自己的枕头旁。

二哥义山比进山大五岁，看着进山傻里吧唧的样子，一脚把他的那块破石头踹到炕头下，说人都没地方睡，还捡个破石头来占地方。进山连忙跳下炕捡起来，委屈巴巴地说那块石头跟别的不一样么。二哥瞪着进山骂他跟人不一样，想一脚把他踹出去。进山不敢再顶撞二哥，嘟囔说放在他踹头顶也占不了多少地方。二哥说将来让那个石头给进山当媳妇。进山不敢还嘴，心想也没啥不好。

进山用大哥念过的书夹了些树叶和花瓣，没事儿的时候便翻开看一看。老五老六不知道三哥在看什么，也挤过去看。老五青山问三哥怎么想起来把它们夹在书里面的，进山说见大哥在笔记本里面夹过一朵蒲公英花，花瓣压平了，但颜色还是明黄明黄的，很好看，像是一直开着。老六宝山伸手去摸那些叶片和花朵，青山在他手背上打了一巴掌，不让他摸，怕他的脏手摸脏了。宝山便把手缩回去在裤子上蹭了蹭，没敢再摸。

义山跟爹娘说："进山怕是个傻子！"

爹娘忙得没空理他，丢了句："晓得饿就不傻！"

进山小的时候，在上沟学校的梨树下看过一场牛皮灯影子，觉得十分美妙。一个戴近视眼镜的老汉一个人站在一张支起来的白布后面，借着烛光把牛皮人影儿投在幕布上，挑动拴在皮影骨节处的竹节，一会儿男声，一会儿女声，一个人就能把一出戏唱下来了。对于唱词，进山只记住了半句开场词。让他浮想联翩的是那个在白布上投影的操作，他在柴沟梁上没有见过比那更神奇的事情。他在幕布前面看一会儿，又绕过梨树跑到幕布后面看一会儿。幕布前面看戏的乡亲们大都是席地而坐，不嫌地上的土脏，大家都是土里生，土里长，对土亲。

绕到幕布后面的时候，除了操作的师傅，还有村里别的几个孩子在看欢欢。牛皮人影儿放在幕布底下的一张桌子上，那师傅一点儿也不慌张，挑起一幅要出场的皮影儿从幕布后面的一侧缓缓把它移动到幕布上。那时候，高处的天空上是星星，天空下面是小学校的梨树，梨树下围坐着一堆人在看牛皮灯影儿。进山觉得有种说不出的美妙感觉。那种感觉让他夜晚久久不能入睡。他问一旁的大哥，人是不是也是被投在幕布上的灯影儿。大哥反手拍了拍他，让他不要提那些傻问题。他便望着黑漆漆的窑顶自己想。但到底想不清楚，好像并没有那么个竹节支配着人，也好像想不出有没有那么一张幕布，即使有那么一张幕布，也不知道有没有席地而坐看戏的人。后来，村里来过电影放映队的人放《农业学大寨》，但进山觉得已经没有小时候看牛皮灯影儿那么神奇。

　　进山常去邻居麦成爹的瓦盆窑上玩，进山觉得那是村里最有趣的地方，生产队里谁家的盐坛瓦罐都是从他的瓦盆窑上烧制出来的。瓦盆窑就在大门前的红土坡下面，一连三口窑，一口用来存放烧制成型的，一口用来烧制的，一口用来捏制。从大门口看到麦成爹在瓦盆窑上忙碌的时候，进山便跑到窑上去帮忙。从红土坡上取土，用刨子头打碎研细，从水泉上挑水，活泥坯。然后把泥坯放在磨盘上拉坯。麦成爹坐在磨盘旁边的土台子上，磨盘搭在地上掏出的坑道中。麦成爹在磨盘上用力蹬一脚，磨盘快速转起来，随着磨盘的转动他用双手将磨盘上的泥坯抟塑成盆子、坛子、罐子一类的形状。看着人的手可以制作出山野上长不出的东西，进山觉得十分神奇。看多了，进山问麦成爹为什么不捏些不一样的形状，为什么不捏得再美气点儿，为什么不上点颜色。麦成爹被问烦了，让他该干啥干啥去。

　　进山觉得自己该干的事没有一件是有趣的。生产队上给他记半个工分，干的是拉骡子的活，磨地、耕地。拉骡子的活最大的好处是地里不扎脚，对他一个没鞋穿的人来说，地里的土跟河里的水一样，绵软、温暖、友好。他常把两只大脚板埋进湿黑的泥土里，躺在田埂上看着头顶的蓝天，让风从面颊上吹过。

大嫂嫁进来之前，进山早已习惯了不穿鞋四处游荡的生活。也不是家里真就穷得做不起鞋子，主要是娘没本事。进山能记得的上一双鞋是下沟苏老四送给他的。但人在长，鞋却不长，等他的大拇指、二拇指先后突破了鞋子走哪儿碰哪儿的时候，进山干脆摆脱了它，将它留给了青山，青山试了试还有点大，便时时等待着自己能穿那双鞋子的一天到来。

大哥去南里接亲的时候，几个兄弟都闹着要一起去，但碍于没有像样的穿戴，也碍于没有盘缠，都没有去成。二哥成天在家里摔摔打打给爹娘使气，进山感觉窗扇门板都快要被二哥摔打得散架了。但爹娘任由二哥闹腾，不吱一声。

算时间，大哥大嫂第二天吃晚饭的时候能到。为了迎接嫂子，娘说晚上吃洋芋面。相对于平日里的面糊糊，洋芋面无疑是一顿大餐。几个弟弟都在窑门口定定等着。进山也觉得比起将要到来的大嫂，洋芋面更具有吸引力，放弃了去上沟逛游，也在窑门口的檩条上等着。

窑门口的空地上堆满了爹拾回来的椽棒檩子、枝条柴火。家里计划着要盖两间泥坯房，二哥一有空闲就在另一边的崖面下挖土打胡墼，胡墼块码了两长行。大哥说已问好白家圪上的旧瓦，等他再发一次工资就可以付清费用拉回来。大哥每个月三十块钱工资，给他自己留两块零花钱，给单位交十四块伙食费，剩下的十四块钱全部买粮票布票补贴家用。最困难的时候，爹还跟着乡亲们一起卖石膏补给家用。

进山总觉得柴沟梁在很久很久以前一定是海底，他在王家湾挖柴胡的时候挖到过贝壳。当时进山觉得好看，拿回家问大哥，大哥说是贝壳，是大海里的东西。柴沟梁上还有挖不尽的石膏，有些石膏挖出来，明明亮亮的，还一片一片分层堆叠在一起，很像玻璃。

进山想过的很多问题都没有根据，都是瞎猜，他唯一确定的是家里很穷，公社里也很穷。虽然大哥到县上做了工人，家里条件得到了明显改善，但也经不起额外的开销，而且爹习惯了节省。大哥结婚，家里甚至没有舍得买一张红纸。爹说搞那些个虚的干啥，把钱省下来给大哥大嫂做了一床新被褥。娘的针线活不咋地，请了四娘来缝。四娘拄着拐棍，跛着一只脚，一拧一拐从上沟来，一针一线缝了一整天。缝好之后，四娘和娘在新被褥上摸了又摸，她们粗糙的手放在绿底红花的被面上看着也好看起来。老七看见四娘和娘在摸，也好奇地跑过去摸了摸。看见老七在摸，老五和老六也摸了摸。进山看见弟弟们都在摸，也摸了摸。绵软，温暖，像河水漫过脚面，像泥土埋了脚板。

打进山记事起，爹就枕着一块砖头。进山有一次问娘，家里真穷得做不起个枕头吗。娘说以前真是做不起，后来习惯了。娘说本就穷得叮当响，搬了几次家，穷得连叮当响也听不见了。进山听娘说家里一开始在王家湾爷爷挖的窑洞住着，刚开始吃大锅饭的时候，为了攒饭，搬到下沟借了苏老四家的羊圈住，羊圈里有两口谷窑。在王家湾的时候具体情形他太小一点儿也想不起来，在下沟的事他也没印象。听大哥说，在下沟吃大锅饭的时候，最清晰的记忆就是饿，要不是四娘在公社灶上做饭，偷偷给他点糊糊渣渣之类的，他大概活不过来。村里人说话很夸张，说那时候的大哥脖子饿得像罐系，搭在下沟苏老四家门口的场墙上。

进山印象中记得比较清晰的是 1968 年下沟的崖面塌了，他和爹娘住的窑洞被塌下来的土堵得严严实实。大哥二哥从隔壁的窑洞里爬出来，听见爹在窑里面喊他们。大哥二哥从外往里挖，爹娘从里往外刨。爹娘从窑里爬出来时，满头满脸都是土。后来，他们又搬到上沟借了老庞家的场窑住了一段时间，直到爹和大哥二哥在前咀上开了新窑才搬到新窑来。

进山最羡慕的就是邻居家的瓦房，偶尔跑去看麦成爹炖罐罐茶，同时也用心地抬头看看人家的瓦房。他也曾东游西荡去过当年借居时住过的庞家场窑，许是他长高了，感觉头都抬不起来，得猫着腰出进。进山觉得盖房子是一项十分宏伟的事业，时不时问问大哥材料攒够了没，大哥总说还差啥，还差啥。直到大哥说再发一个月工资就攒够了全部材料，他才放心期待起来。

一直等到太阳快从院子里撤出去的时候，才逆光看见两个人影从咀头的转盘处拐出来向着家的方向走来。进山对着厨房窑喊起来："娘，我大哥回来了！"说着跑了出去到大路上迎接大哥。

跑到跟前时，进山突然停下来，他不知道该说什么，也为自己的样子感到羞涩，局促地用脚趾抠了抠路面。大哥说："叫人啊！"进山低着头叫了声"大嫂"一溜烟往回跑。进山羞得两个脸颊红红的，他第一次见大嫂，也第一次见那么好看的人。进山坐在檩条上等大哥大嫂走回来，五弟六弟和七弟还站在窑门口等着吃饭。

大嫂走近时，站在场院边上看了看，淌下两行眼泪。大哥不知道怎么安慰，说了句："到家了，不哭了！"大嫂连忙用袖口揩净眼泪。那时，娘从厨房出来。也没有表现出明显的欣喜，只说饭马上就好，让大哥大嫂等一会儿，然后转身又进了厨房。

二哥从窑洞出来接过大哥背着的红漆木箱子放进家里为大哥大嫂准备的新窑。看见大哥大嫂回来，青山和宝山也围了过去。大哥给大嫂介绍说是五弟和六弟。七弟三岁过一点儿，见到有陌生人，站在窑门口没敢动。进山从檩条上站起来，傻呵呵冲着大哥大嫂笑着。大哥也冲进山笑了笑，那时，出门拾柴的爹背着背篓回来了。放下背篓，摸了摸老七的头宣布吃饭。

过了两天，大家都相熟了，进山青山宝山才围着大嫂问东问西，老七也流着哈喇子凑热闹。进山问了自己最关心的问题，大嫂是怎么来的。大嫂说坐公共汽车。进山又问坐公共汽车啥感觉。大嫂说人走的时候山是站定的，坐在车上，看见窗外的山是跑着的，往后跑，像急着跟人告别。青山问王家塬啥样子。大嫂说王家塬的树木比柴沟梁上茂盛，王家塬处在沟底，王家塬的人不住窑洞，其他跟柴沟梁差不多。宝山问大嫂她的衣裳谁做的，大嫂说是她自己缝的。宝山说真好看。老七含山话都说不清，问以前咋没见过大嫂。大嫂说以前她在王家塬。含山的问题逗得大家咯咯笑。

大嫂说盖房子还远呢，大嫂说最紧迫的是给家人做鞋子。二哥因为要去生产队挣工分，尽管破，但有一双属于自己的鞋子穿。进山在生产队拉骡子、磨地，进山却没有一双像样的鞋子穿。其余的几个弟弟成天光着脚像台阶一样排列在窑洞外安分地等候着自己长大。

大嫂白天里在生产队劳动挣工分，夜晚到来的时候，便点灯熬油着手做鞋子。刷面浆、打褙子、搓麻线绳、剪鞋样、纳鞋底、滚鞋帮……大嫂把做好的新鞋子架在桌子上，用头巾苫起来，说要等着都做成了，大家一起穿新鞋子。那是大嫂的一项大工程，不出两个月时间，每人面前一双板生生的新鞋子。

进山看到一双板生生的新鞋子放在自己面前时激动得眼泪花儿漂圈儿。关键不是因为自己有了新鞋子，而是那双新鞋子那样好看。明明都是些破布旧材料，在大嫂手底下却成了板生生的新鞋子。黑色的鞋帮用的是爹的旧汗衫，进山记得爹自己在肩头歪歪扭扭补过补丁。

大哥穿过的一件旧棉袄，大哥换下来二哥穿，二哥穿过进山还穿了几天。隔壁麦成娘说棉花淌得像狗在倒毛。大嫂拆了棉袄，将仅剩的棉花团起来，说留着缝小被子时纴芯子，棉袄的黑棉布面子浆洗之后也做了鞋帮子。包鞋底的白洋布也是家人穿过的旧衣衫、用过的旧面袋，在家里东戳一疙瘩，西戳一疙瘩。大嫂浆洗之后在院子里拉了根阳线晒干，然后东凑凑西凑凑，剪出包鞋底的布面。大嫂剪的鞋样儿就很好看，尤其是脚弓处按着脚形弯进去一道弧线，看着就有种水漫过脚面、土埋了脚掌的舒适感。

二哥双手捧着新鞋子一个劲儿说怎么舍得穿，穿上土弄脏了。大嫂笑着说脏了破了她再做，还有些布票没有用。二哥脱下旧鞋子穿上新鞋子，把双手插进裤兜里提了提裤子，在院子来来回回走了好几圈。老五老六穿着新鞋子在院子里追逐嬉戏。老七人小，走路颤颤巍巍的，看见大家都高兴，他也高兴得满地撒欢。娘的脚是小脚，大嫂用从王家塬带来的花线在娘的鞋帮上绣了两朵花。娘看大家开心，也穿着新鞋子在院子里走了两圈。进山看见院子里的尘土上尽是大家新鞋子踩出的鞋印子，像是地上开出了许多尘土的花朵。大嫂说给老四也做了一双，说等啥时候去上沟的时候带去。娘说四娘看了肯定也高兴。爹在台子上看大家伙高兴，也开心地吧嗒吧嗒吸着老旱烟。大嫂用碎布给爹娘做了一对碎花布枕头，枕芯填的荞皮，两侧的枕头顶上用碎布拼接了图案。娘高高兴兴枕了新枕头，爹沿炕边把新枕头放起来，还是枕了他的大青砖。趁着大家高兴，大嫂提议说有了鞋子要让老五老六去上学，再不上学人就荒了。爹说等大哥回来拿主意，那一刻，爹把家里的大权交给了大哥。入秋的夜空看上去十分高远，月亮格外明朗，高高地挂在梁顶起起伏伏画出的曲线上方。大家怀抱着兴奋的心情走进窑洞，进入梦乡，期待着新的一天到来。

　　进山一直回想着落在院子里的那些鞋印子，在月光的照耀下显得格外好看。但好像只说好看还不够，还能怎么说呢？想来想去，进山想到一个词：美气。那种美气就是他要麦成爹捏瓦盆时捏出的美气，但麦成爹听不明白。麦成爹说不过是些装盐酿浆水的家当，费那个劲干啥。进山觉得大嫂做的鞋子不光是可以穿的，还可以摆起来观看。他很少穿自己的鞋子，他跟大嫂说习惯了不穿鞋，其实是他舍不得穿，压在枕头底下，每天睡觉时摸一摸端头顶的石头，再摸一摸枕头底下的鞋才踏踏实实进入梦乡。二哥看见了，骂他有病。他偷偷瞪一眼二哥，也不敢说什么。

　　做好了准备，乘着喜气，爹决定开始盖新房。上沟下沟中咀后湾的人家有劳力的都来帮忙。大嫂和娘，还有庄里来帮忙的几个年轻媳妇子擀长面做饭。男人们挑水的挑水，搭架的搭架，打夯的打夯，搬土块的搬土块。娘说几年省吃俭用攒材料，真正盖起来却是一两天的事。从天麻麻亮开始动土到午饭时分，四面的围墙已经打到一人高了。灶台是院子里临时搭建的，四娘负责炒葱花调浆水汤，娘负责捞面，大嫂负责舀酸汤，帮忙的媳妇子们也是擀面的擀面，烧火的烧火，摆筷子的摆筷子。劳动了一早晨，劳客们都饿了，满院子吃面喝汤的声响。

　　前前后后忙活了三四天，两间面东背西的瓦房才算彻底竣工。大哥大嫂出出进进看了又看，几个弟弟也跟出跟进看，怎么看也看不够。房梁上"黄道吉日"的喜联十分鲜亮，深秋的阳光透过木格窗洒在渐干的土炕上，从山底下阳坬乡请来的木匠打的柜子、桌子、炕桌、椅子、板凳像主人一样立在平整的地面上。屋里看过看屋外，凝香和玉山坐在盖房用剩的檩条上盯着看。也不知是高远的蓝天豪阔，还是崭新的瓦房更豪阔。不一会儿，老二老三老五老六排成一排坐在一旁的檩条上看。老七吃完一碗开水泡玉米面馍之后，跑过去看排坐得整整齐齐的哥哥嫂子们，他不知道他们在看什么新奇的事物。爹蹲在窑门口，娘端着老七的洋瓷碗往檩条旁走过来时，大哥大嫂同时站起来。娘平时十分严苛，大哥虽然已是娶了媳妇的人，还是毕恭毕敬。娘没有往任何人脸上看，两眼直盯着新房，把红绒衣脱下来搭在肩膀上轻声说，二十年了，终于可以从窑洞里搬出来过人的日子了。

"娘，九口人，两间房，咋住呢？"青山站起来大声问。

这真是一个十分严峻的问题，大家讨论来讨论去，大哥坚持让爹娘带着老七住一间，其余几个弟弟一起住一间，他和大嫂还住窑里。进山感觉到大嫂多少有点失落，但大嫂还是积极地帮爹娘搬家当。也没有过多的东西，除了几件破衣服，就是一床破铺盖。但是经过大嫂整理，看着跟新的一样。

爹在新房住了两天就嚷着不住了，说新房是个看货，哪哪儿都不好。于是，爹娘和大嫂换了住处。大嫂搬进去发现房子没有干透，加上深秋的湿气重，一到晚上，房子冷得像寒窑。大嫂只好每天带着进山、青山和宝山到处去拾柴，预备越冬的柴火。越冬前，家家户户都在拾柴，村庄方圆被拾得干干净净。村里有些人家到大山里去拾，爹带着义山进山也跟着去。十来天下来，院子里的柴火堆出个小山丘，大家心里慢慢踏实起来。

大嫂说都是冬天，但柴沟梁上的冬天比王家塬上的冬天寒冷许多。有时候，老牛北风刮起来，感觉能把整个屋子掀翻。大嫂说她的心一冬天都像一颗卷心白一样冻得蜷缩成一疙瘩。看着整天冻得乌青的大嫂，娘让她搬进厨房窑里住着。大嫂说还是暖和最要紧，在暖和面前崖面塌陷的担忧不值一提。大嫂说那是她有生以来度过的最漫长的一个冬天。那么冷，那么黑，看不到尽头。

熬到翻过年开春，天暖和了一些后，大嫂重新搬进新房里。除了天气渐暖之外，柴沟梁上的春天并不好过。越冬的粮食、腌菜等基本都见了底，真叫个青黄不接。从阳山的积雪开始融化的时候，大嫂就跟着娘一起去拾地软。在积雪融化的地方，地软一小团一小团地簇拥在一起，捡拾回去可以调饭，可以掺酸汤。进山有时候也跟着去，麦成娘也来搭伙儿。麦成娘也是小脚，但她好像心不在焉。坐在一片灰败的草坡上，点一根纸烟边抽边说些东家长西家短的事。麦成娘没掐灭的烟屁股引燃了草坡，她的三寸金莲跳了起来。暗火直烧到还没有融化的积雪处才熄灭。进山觉得积雪、暗火、灰都好看，它们几个凑在一起更好看。草皮开始泛绿的时候，大嫂跟着娘去田埂上铲苦苣，铲蒲公英，铲沙葱，铲一切可以下口的东西。端午节前，大嫂、二哥、进山、青山、宝山都跟着村里人去大山里打蕨菜。虽然路远，但一天下来，每个人多多少少都有收获。进山觉得村里人在粮食下来之前就已经把土地翻了几番，如果土能吃，人们会毫不犹豫把泥土背回去。

好像春天、野菜都不能从根本上搭救人，真正搭救了大家的是包产到户的政策。包产到户之后，村里的大人们看上去重新活了过来。有了自己的田地，上沟下沟中咀后湾的人们都忙碌起来，到处的田埂上都有忙碌的身影。还有人在自家田地的周围开垦荒地，爹也成天四处垦荒。除了土地，生产队里还给家里分了一头老牛。虽是一头老牛，食量却不小，爹管老牛叫草船。除了给人找吃食，大嫂、二哥也上山爬坡，给草船割草刮柴。家里的重活有爹和二哥干，老五和老六在大嫂的极力支持下进了学堂。娘负责做饭，照看老七。进山还是整天东游西逛。

第三章　一包红糖

每天清早，凝香都先到泉上挑水，挑满水缸开始扫院，扫完院子开始给家人烧沫糊，家人们喝完沫糊便出门劳作。端午节过后，山坡上紫一绺、白一绺，胡麻花、豌豆花争相开放。

第一次感到胎动的那个早晨，凝香欣喜不已。虽然屋子里只有她一个人，但又害羞又喜悦的心情使她感到自己的脸颊泛着潮红，鼻尖上沁出汗珠。她穿好衣服，照常去挑水。

那时候，月亮还没有落。月亮下豌豆花争先恐后地开放，凝香感觉月亮远远地在看自己。她也抬起头去看高空中的月亮，不经意呵呵笑出声来。凝香被自己的笑声吓到了，连忙回头看看身后，身后两个黑色的影子。一个水桶的，一个自己的。看看水桶的影子，矮矮的、壮壮的，完全不像水桶，可它就是水桶的影子。再看看自己的，凝香越发觉得好笑了，几乎跟水桶一个样。凝香想尽办法遮掩，她将旧衣服拆掉缝了一条宽宽的带子勒在小腹上，这样，孩子就不会疯长。婆婆说过，女人要知道脸面，别挺着个大肚子出出进进。衣服宽宽大大，完全能够将秘密隐藏。都五个月了，除了婆婆眼尖，村里还没人看出来。人们看见的是依旧勤快利索的凝香。

隔壁麦成媳妇曾经跟凝香说过，头身子男娃才金贵。麦成媳妇说自己头身子是个女孩儿，婆婆不高兴，掌柜的没言语。她至死都不会忘记他们看她的那种眼神，倒不是为自己，而是为自己千辛万苦怀胎十月生下来的女儿。但是麦成媳妇说的呕吐、怕冷、身子累，凝香都没感觉到。她几乎没有任何反应，吃得好、睡得好，干活利索，走动麻利，一个小田埂、一条小水渠，她轻轻松松就能跃过。会不会是个儿子呢？她仿佛能看见儿子清澈如月光的眼睛，她高兴得笑出声来。可是，还有什么征兆呢？还有什么更确凿的证据证明这一胎就是个儿子呢？

听人说酸女子辣儿子，可是也有人说酸儿子辣女子。从口味上，无法准确地判断。还有什么呢？凝香想起三姑给金山媳妇说做梦梦见蛇就是儿子，梦见鱼啊花啊青蛙什么的就是女子，可凝香什么都没梦到过。还有人说要是女子的话，身子会很笨，看不见腰身，如果是儿子，后腰会空空的，人也轻便。可家里也没个大镜子，水泉里、水桶里、水缸里都照不出个全身样儿，更别说仔细辨别腰身了。

凝香再朝周围看看，豌豆花在争先恐后地开放，青青的麦穗散发着清香，月亮下面走着的只有她自己。凝香放下扁担，迅速地脱掉罩着自己的那件宽大外套。仔细地看着自己的影子，左转，左转，左转，左转，她一连转了几个圈圈，发现不管怎么照，影子都差不多，像另外两个影子一样，矮矮的、壮壮的，连脖子都快看不见了，更别说腰身了。月亮就在端头顶，凝香有些失望，她迅速穿好衣服朝周围再看看。豌豆花睁开眼睛在看她，麦穗睁开眼睛在看她，尤其是头顶上的月亮，像是凑近了一样，睁着那么大的眼睛在看她，凝香脸上飘满了红云。凝香心想，管他男孩女孩，只要是自己的孩儿，自己宝贵就行。凝香挑起扁担轻快地朝水泉上走去。

凝香临盆的时候，正是收麦天，家里大大小小的人都上地里去收麦。凝香原本是留在家里负责做饭的。午后的阳光火辣辣地烤着，大场边几株开春时栽下的柳树上几片稀疏的叶子被晒得卷起来。凝香打了一会儿晒干的豆蔓，但连枷重得她实在举不起来了，便坐在场边边捡边剥。白豌豆是婆婆在菜园周围点种的，长势很好，麦黄之前白豌豆先成熟，老二和老三去拔回来，竟也能堆出个小山丘。婆婆把打豆子的任务交给凝香，凝香把豆蔓摊在场边晒了两天。晒干后公公带着老二老三用连枷打了一遍，白豌豆足足装了半口袋。打过的豆蔓被堆起来等着做烧锅的柴火，但凝香总觉得还没打干净，还想再过一遍。身子重起来之后，干啥都身不由己了，凝香在场边剥了大半天，果然，连剥带拾，遗漏的豆子、豆渣又捡了大半碗。凝香满意地起身准备回屋做饭，起身后她觉得不对劲，肚子疼起来。凝香疼得头上直冒汗，她知道大约是要生了，但家里人都去后湾地里收麦子了，她完全不知道该怎么办。在阵痛的间隙，她挣扎着去喊隔壁的麦成娘帮忙。

麦成娘看凝香快生了，顾不得去地里喊玉山娘，她虽不是接生婆，但她也没胆怯。麦成娘说自己生了七个孩子，都是自己生的，没请过接生婆。麦成媳妇的头身子是她接的，老二也是她接的。麦成娘说生孩子就是瓜熟蒂落，没啥神秘的。她的小女儿玉凤是她在洋芋地里干活时生下的，麦成娘说跟尿个尿没啥区别。麦成娘果然有些经验，凝香疼得在炕上打滚，她不慌不忙在厨房里生火烧水。火着起来她又去大场的崖面下铲了一篮子黄土，卷起席篾把黄土平铺到炕角上，然后按着凝香指的地方拿出一个包裹，里面是凝香准备的小缠腰、小被子和一些破布。麦成娘一边收拾着一应物什，一边有意无意抬起眼皮看一眼凝香，左一个"挣"右一个"挣"字，像在鼓励凝香，又像在安慰自己。

直到看见孩子的小脑瓜她才爬上炕帮凝香捋了捋腰眼，不一会儿，孩子顺顺当当降生在黄土上。凝香耗尽了全身力气，看了一眼孩子，安心地睡着了。麦成娘给孩子剪了脐带，在温水中将孩子洗净，包进小花被。然后帮凝香擦洗了身子，将炕角带红的黄土和衣物填进炕眼烧掉。清理好之后，麦成娘到厨房给凝香烧了两个荷包蛋。叫醒凝香，麦成娘才带着遗憾的口吻说是个女孩子。麦成娘生的头两个都是女孩子，不受待见，直到生了麦成，才算暖了老汉的心。凝香倒没有觉得失落，看着在身旁睡得香甜的孩子，她心里比任何时候都感到踏实。吃过之后，麦成娘教凝香如何给孩子喂奶，如何判断孩子饿了还是拉了。

看着睡得香甜的月里娃，凝香想起了自己的娘，想起了小宗安，想起了娘给小宗安缝的小帽帽。也不知道是思念还是担忧还是别的什么，眼泪止不住地就掉了出来。麦成娘连忙说月婆子千万不敢哭，把眼睛哭坏了，是一辈子的事。凝香说是高兴的，她也是当娘的人了。说话间，家人们从地里回来了。

婆婆平日里和麦成娘不对付，又是个直性子，直愣愣说了句感谢的话，还邀请麦成娘留下来吃晚饭。麦成娘借口说还要给家里人做饭，转身就要回去。婆婆从厨房里取了两个鸡蛋作谢礼。麦成娘没有推辞，接生婆不空手回是个讲究。

打发走麦成娘，婆婆才笑逐颜开地心疼了一下月娃子。凝香见平日里很少有笑容的婆婆是打心底里开心，试探性地说了句："要是个男娃就好了！"婆婆没看凝香，对着月娃子说："我让那些干头儿子看够了，我就要个女女儿！"婆婆生了七个孩子，七个都是男娃，没一个女娃，大约心里是真希冀女娃儿的。婆婆说割了一天的麦子，累是累、乏是乏，但心里踏实。说着就给孙女取了个名，说叫麦子，就叫麦子。说着溜下炕沿去做晚饭。不一会儿，凝香就听见公公在厨房门口说叫啥都能成，麦子豆子都能成。老七含山四岁多了，比老六小了好几岁，咬字已经很真切了，在院子里欢天喜地地喊着："麦子，麦子！"青山宝山是大小伙了，还是按捺不住欣喜，偷偷溜进屋子去看自己的小侄女。青山说娃娃脸咋那么红，宝山说娃娃头发咋那么稀，青山说娃娃怕是在做梦，看着眼珠子好像在眼皮下转动呢，宝山说娃娃是不是感觉害怕呢，小手攥得紧紧的……他们好像有问不完的问题，凝香一个劲儿说月娃子就那样，就那样。

　　凝香心里明白，长期忍饥挨饿，孩子营养没跟上。但也没办法，几乎一庄人都是上顿下顿喝沫糊，没见谁家吃过几顿饱饭。好在已经收麦子了，接着是秋田，来年应该吃得饱。玉山从城里回来的时候带了一包三鹿奶粉，一包麦乳精。玉山还从提包里掏出一个玻璃奶瓶子，像只小船，两头各有一个奶嘴。玉山边往出掏，边解释说凝香奶水不足，给孩子补贴点儿。婆婆好像不太高兴，但也没说什么。玉山对孩子的名字还算满意，毕竟是孩子奶奶取的名。但玉山说城里人都不叫爹娘了，听着又土气又落后的样子，让父母亲管他和凝香叫麦子爸、麦子妈。但父母亲都觉得不美气，索性还叫他们自己的名字。

　　家里的景况操办不起满月，但村里人还是多多少少表示了心意。张家一片布，王家一把谷米，李家一个鸡蛋，赵家一个萝卜……凝香很是感动。凝香初到柴沟梁上的时候在心里惊诧过，王家塬虽然地势低，在山洼之间，但王家塬上的姑娘小伙子都收拾得干干净净，长得身量高挑，模样周正。柴沟梁上的人都像没有长开一样，瑟瑟缩缩，有几个生得俊俏的孩子，也是脏兮兮的一团。不过，相处下来，凝香发觉柴沟梁上的人大都老实，重情重义。凝香觉得是贫穷和苦辛把人们原本的光彩磨没了，不然，他们也能昂首挺胸的。

四娘从上沟来的时候带了一纸包红糖。麻纸已经很旧了，有些磨损，四娘把红糖放在炕边上，用她满是褶皱的手抚了抚说家里也拿不出别的什么来，是她留了十几年的一块红糖。凝香感觉自己心里轰然塌陷了一块。

凝香听婆婆说过，四娘一直不生养，在玉山大爹的主张下，婆婆把自己的四儿子君山过继给了四爹四娘顶门立户。凝香从语气中听出来，婆婆是不情愿的，但三姑父也就是玉山大爹，是老一辈弟兄们中的老大，是大哥，大哥讲的话得听。

凝香心里觉得承受不起，好像那包红糖就是四娘的心愿，一个劲儿说红糖太金贵了。四娘却说，也没啥金贵的，家里但凡有一个洋芋蛋蛋一把米面的，也不拿红糖来。凝香听婆婆说四爹不好好过日子，不把四娘当一分钱的人，还懒得要命。四娘从前在公社里做饭的时候，还能关照到家里。在玉山饿得站不起来的时候，是四娘用笼屉渣、锅底巴系了他的命。包产到户之后，最愁的就是四娘。四娘生得是好看，但右脚天生比左脚短一截，走起路来一拧一拐，干农活更是不利索。四爹原本对自己的婚姻不满意，给县上造纸厂做会计时弄丢了十几斤粮票，被以侵占公共资产的罪名辞退。从此便对啥都不满，感觉满世界都是跟他过意不去的人和事，并扬言要告状申冤，只是一直没有行动。四娘也没办法，只想着一手把老四往大了拉扯，指着老四养老送终，她一生为人的任务也就完成了。

　　一生在四娘的描述中多少有些恓惶，有些虚无，有些无望。凝香说老四也快能娶媳妇了，四娘的苦快要到头了，就等着抱孙子享福了。凝香搜腾了些好听的话宽四娘的心，也是真心希望四娘过得好些。看脸色，四娘也确实得了些安慰，出门时脸上带着笑容。

　　说是坐月子，但忙月天，凝香哪里就真敢坐月子。不到三天就下炕干活了，公公婆婆、大人娃娃、一家子人指着她吃饭呢。说是做饭，也不过是刷沫糊、煮洋芋之类。玉山的工资能拿出来的全部补贴家用，每月还是捉襟见肘。凝香做梦都盼着能吃一顿白面饭，直到麦子收完，人背马驮运到大场上，摞成垛，等田里的活干完，麦子干透，公公才选了个晴朗的天开始碾场。麦件在大场上一圈一圈摊开，在阳光下闪着金色的光芒。公公赶着草船拉着碌碡在大场上转了大半天，家人们将麦秸秆翻过五六番，不停地用连枷一圈一圈打过。感觉麦粒基本都与麦秸秆脱离之后，家人们一起将麦秸秆堆起来，在大场边堆成一个实切的麦秸垛。太阳西斜的时候，公公和老二迎着傍晚的山风开始扬场，月亮爬上山头的时候，一袋袋麦子被老二老三背进屋子。吃晚饭的时候，月亮已经上到中天，把院子照得亮亮的。劳累了一整天，院子里除了吃饭的声响就是晚风的脚步声，大家心里都是欣慰且满足的。

　　那一年到底有没有吃到过白面饭，凝香后来没有一点儿印象。按道理，过年至少应该吃过一顿白面做的长面，但凝香完全想不起来。让她记忆深刻的是怀上云子的那一年，她害口。有一天，婆婆说要做一顿鱼儿翻纱，凝香一听格外高兴。婆婆的一手鱼儿翻纱在老庄上的时候远近闻名。同样的面，同样的菜，同样的调货，可是谁也做不出婆婆的那个味儿。婆婆亲自调的面，白面坯子调好了扣在盆底下让醒着，然后调几把玉米面扣在碗底下让醒着。菜也是婆婆亲自洗亲自切。婆婆将韭菜切得很碎，放在碗里，然后切葱花，稍比韭菜大一点。葱花切得匀匀的，瓷白浅黄淡绿放在小蓝花瓷碗里，让人看了就流口水。然后熟油，婆婆每次倒完油都要用左手的食指在油瓶口摸一下放到嘴里吮干净。凝香每次看婆婆的那个动作时都觉得很香，会跟着轻轻咽口水。婆婆每次都要让油熟得很过，等那一层黄色的油沫儿逐渐褪去，油面恢复平静，周围开始冒油烟的时候，婆婆才用锅铲在盐坛里取适量盐搁进锅里，倒进韭菜和葱花炒起来。韭菜在锅里打个过身马上就得出锅，然后在剩余的韭菜和油沫里倒进准备好的葱花炒至八成熟再从浆水缸里舀两勺浆水……凝香看着看着就忘了自己该干啥，婆婆大声地跟凝香说："去，扯柴去。"凝香这才反应过来，连忙出门去扯柴。

柴是分开堆放的，麦柴最金贵，除了烧火最重要的用途是喂牲口，两头牛就指着铡的麦柴节越冬呢。即使冬天早已过去，也不能随性烧麦柴，得为下一个冬季做点额外的准备。常烧的柴是豌豆柴、胡麻柴、大豆秆之类的。这些柴火不能像麦柴那样堆个结实的垛自己就能防雨，这些柴火得堆放在场窑里，以免被下湿发霉。

凝香要去扯的就是豌豆柴。有一次，凝香去扯柴时吓了一跳，从里面跳出一只肥大的灰色野猫来。凝香的心怦怦跳了好久才慢慢平复下来。凝香跟婆婆说要想办法赶走。可是婆婆说"来猫去狗，不做就有"，是个好兆头，让留着。凝香只得听婆婆的，古话都是有道理的。当然，凝香一直都心有余悸。她怕猫，尤其是夜猫的眼睛，她都不敢看。婆婆说那野猫肯定是要下儿子了，等猫娃子会自己拉食了就都走了。果然，没几天就听见一只猫娃子在一堆胡麻柴后面咪咪的叫声。凝香一下子觉得那野猫很亲切了。

一个雨天，凝香去从干草垛上取柴草，听见猫娃子咪咪叫个不停。她怕猫娃子受了伤或者是饿的，就爬到柴堆上将它抱下来带了回去。

婆婆让她赶快放回去，老猫来了会抓人的。婆婆刚说完，就听见院墙上一阵咆哮声，凝香回头一看是老猫来找儿子了。婆婆急得在厨房台子上大喊："快放了猫娃子，快放了猫娃子。"那小猫看见老猫便自己挣脱跑了过去，老猫带着小猫从大门里出去。凝香吓坏了，泪花早已在眼眶里飘满转圆了。

那以后，凝香每次去扯柴都提心吊胆的。可是想想婆婆的命令，想想那可口的鱼儿翻纱，凝香硬着头皮往柴窑跟前走。那老猫正带着孩子在场里晒太阳，看见凝香出来，便倏地都逃回窝里了。凝香悬着的心放了下来，她突然觉得猫也可怜，连晒日头都要看人的眼色。"可是，猫啊，你哪里知道我是怕你的！"凝香站在窑口上跟猫说："成天的日头都是你们的，我扯点柴就走。"

平日里，婆婆冷漠、严肃，很少说那么多的话。听玉山说，婆婆脾气不好，要是他们兄弟惹她不高兴了，她随手捞起个家当就砸下来。玉山挨过婆婆的擀面杖，还挨过婆婆的切面刀。凝香不敢相信，玉山卷起裤腿给她看了膝盖上方的伤疤。

那一天，婆婆的心情也不错，凝香打下手，婆婆边做边说了许多往昔的事。婆婆跟公公是在南里老庄上结的婚，生下玉山的那年家里决定从南里搬迁到北里柴沟梁。婆婆没有上过学，也不识字，知道自己有个官名叫姜冬秀，但不知道自己的名字怎么写。在娘家的时候，家人们都叫她的小名，秀儿。出嫁后，做了新媳妇，就没人叫她的名字了，起先叫她新媳妇，后来叫她老三家的。生下玉山，她就成了别人口中的玉山娘。叫着叫着，她也快忘记自己的名字了。

婆婆说，刚结婚的时候，他们在南里马家沟老庄上生活了几年。1956年，她骑着一头毛驴，跟着玉山爹一起往北里柴沟梁上搬迁。全部的资产就是几件随身衣物，玉山爹挑着扁担，一头挑着刚学走路的玉山，一头挑着些菜籽、杏核之类的种子。玉山爹弟兄七人，他排行老三。老四新中国成立前在老庄上曾经给地主家儿子做陪读，识得几个字，会算账，也拉着一头毛驴驮着一桩粮食跟着一起到北里柴沟梁上落户。他们要去柴沟梁将老大换回去跟他的妻儿团聚。

婆婆说她们在路上足足走了两天，她一双小脚，走不了几步，一路都是骑着毛驴。越往北走，山越高，草木越稀疏。终于到达柴沟梁的时候，她后悔得直淌眼泪。那时候，家还在山后的王家湾，老大守着个破窑，一片荒地都没开垦下。但也没有别的办法，只能一切从零开始。才开了几绺荒地准备安安稳稳过日子，一切收归公有，窑也塌了，也为了吃食堂方便，一家人搬到下沟。在下沟借了苏老四家的两口谷窑安身，窑又塌了一回。1960年，食堂合并到上沟大庄里，一家人又搬到上沟，借了庞家一间柴房住。1961年腊月，食堂倒了之后，一家人又搬到前咀上挖了两孔窑洞安身。

婆婆说她做梦都不会想到有一天还能吃上一口鱼儿翻纱。婆婆说，那些年日子中只留下了一样东西，饥饿。吃完了老庄上驮上去的粮食，一家人吃糠咽菜吊着命。玉山饿得站都站不起来。但她那时候也真是无能为力，痴傻了一样。说起来还得感谢玉山四娘。要不是在食堂做饭的玉山四娘，他们早都饿死了。到了上沟里，还是饿。那时候，她怀了老二。不知是劳累的，还是饿的，浑身浮肿。玉山爹在桃山梁上拾了一点别人剥过的煮洋芋皮子拿回来给她吃。也不是一家一户在挨饿，吃完榆树皮吃白杨树皮。婆婆感叹，人的命也还真的是贱，就那样，都还活了过来。

正说着的时候，四娘从门外一拧一拐进来了。四娘进来改了悲悲凄凄的话风。"三嫂记得牢，我不记得了，也不想记得什么了。"虽然说着不想记得那些苦楚了，还是讲起来那个时候的难怅。四娘说吃得少干得多，天不亮就起来烧点沫糊把一张嘴哄一哄，然后出门干个混天黑。但也不知道为什么，就是没啥吃。四娘说你四爹天天早晨骂骂咧咧，说烧的啥沫糊，就是一碗清水，月亮在里面照镜子呢，梁上的橡棒檩子都明晃晃投下影子在碗里。有一天早晨，他非说香得不行，非要点上油灯看个究竟。点上油灯一看，碗里煮熟了一只青蛙。说了句："是肉啊！"然后一个腿都没给她留，一个人连骨带肉吃掉了。明明是个难怅的故事，四娘说出来却逗得三人一起笑起来。

婆婆打趣说自己在娘家的时候没进过学堂，针线活也拿不出手，唯独茶饭好。她的茶饭在老庄上也是出了名的，虽然是粗谷大面，无论杂面碗簸子，还是莜麦面干炕儿、油渣干炕儿、谷面干炕儿、糜面干炕儿、秫秫面干炕儿；无论苦苣菜饼饼儿、苜蓿菜饼饼儿、莜麦面炒面、莜面洋芋熘馍馍、青菜萝卜炒洋芋菜，还是沫糊馓饭、疙瘩、蛋蛋、片片、搅团、莜麦面卷卷；无论年头节下，还是平时的葱叶葱花儿韭菜炒盐菜、浆水长面，虽是粗茶淡饭，没有一样是她不会的。但又有啥用，到柴沟来，除了喝西北风，啥吃的都没有。

婆婆说她娘家虽然也不是富贵人家，却吃得饱，穿得暖。她嫁进马家之前没见过玉山爹，但家人都还满意，听说对方人老实厚道。嫁到马家沟老庄上的时候，觉得生活还有奔头。到了柴沟梁上，虽然家家户户没有谁家就大富大贵的，除了上沟里康家解放前是地主，曾经富贵过，其余人家都是解放战争的时候逃兵役逃上来的。但在家家户户勒紧裤腰带过日子的时候，她的日子过得最糟心。吃没啥吃，住没地方住。要不是有几个娃娃拴着，她早都寻了无常。

凝香听出来婆婆说着说着来气了，连忙说那些艰难的日子总算过去了。婆婆的脸色慢慢舒展了一些。旋即又说她的一切不幸都是因为老大造成的。说如果不是为了把老大换回去和他的妻儿团聚，她也不至于到柴沟梁的干山秃岭上来。说老大欠她的，老大欠她的一辈子都还不清。四娘没有言语，她知道自己也欠着三嫂的。凝香说："鱼儿翻纱了！"说着去摆盘子。一家人在院子里围着红漆木炕桌吃了起来。凝香也不知为什么，此后的人生中也跟着玉山到处吃过许多好吃的，但生命中最香的一次饭还是那顿鱼儿翻纱。

入秋后的一天，凝香照例去扯柴，不料，那只猫从柴堆上跳出来，凝香被吓得跌坐在大场上。凝香怎么翻也翻不起来，赶快喊婆婆。婆婆应声往大场上跑，却怎么也扶不起凝香。恰好玉山从城里回来，没顾上进屋，直接到大场上，用尽全力把凝香抱进屋子。婆婆看凝香见红了，连忙让玉山去请隔壁麦成娘。麦成娘一双小脚噔噔跑进来，说怕是要早产，自己也没有完全的把握，让玉山去上沟请魏家老太太。玉山没顾上歇缓，连忙骑了自行车往上沟跑。

等魏家老太太进门的时候，凝香已陷入昏迷状态。魏家老太太是村里的接生婆，见得多。按照魏家老太太的说法，女人生孩子的确是缸沿上跑马的事，没有个一万，单怕个万一。魏家老太太连忙让麦成娘和玉山娘烧水洗毛巾。她用冷水惊醒凝香，让凝香用尽全力挣，她用双手在凝香隆起的腹部推揉。不一会儿，孩子的双脚伸出来。麦成娘失声喊了句："我的天，逆生啊！"魏家老太太平静地说："你俩出去等！"一家人在屋外急得团团转。过了一会儿，一声洪亮的婴儿啼哭声从屋里传出来。玉山也顾不得啥禁忌，掀了门帘进去喊凝香的名字。凝香挣扎着抬起眼皮看了一眼玉山。婆婆连忙端了一碗鸡蛋汤。凝香没喝几口就昏睡了过去。

魏家老太太收拾包扎好，起身从屋里出来。说虽是逆生，但比预想得顺利。婆婆准备了一篮子鸡蛋递给魏家老太太答谢。魏家老太太从中取了两个捏在手里，说先留着给凝香补身子，她不空手回就行。

玉山要照顾凝香，婆婆指了宝山把老太太送回去。

魏家老太太走后，玉山进屋去看凝香，凝香还没有醒。玉山才想起去看孩子。虽然早产了十来天，但看上去健健康康的，胎毛也黑油油的。婆婆让玉山去厨房提水，她解开小花被仔细察看了一番。玉山进去的时候，婆婆略带遗憾地说是个女孩儿。凝香迷迷糊糊中听见了婆婆的话。玉山说怕是要把凝香叫醒让再吃点东西，婆婆从炕沿上溜下去，边出门边说她去做饭。凝香从婆婆撩起的门帘缝隙中望见了院外斜上方的蓝天，蓝天上的白云。凝香想，自己应该是可以活过来了。

玉山见凝香醒过来，去厨房给凝香端了小米粥。玉山说，咱们现在有两个女儿了。凝香让玉山给孩子取个名字。玉山想了想，说老大是孩子奶奶给取的名，老二就让凝香取。凝香也拿不准玉山的意思。按照玉山说的，给孩子取了名字，叫云子。玉山开心地把孩子抱起来，叫了声："云子！"

四娘从上沟把麦子带回来，看见炕上的月娃子，刚学会说话的麦子也一个劲儿地叫："云子，云子！"

生下麦子的时候，家里人对玉山和凝香都没改口。但麦子学说话之后成天爸爸、妈妈地喊着，家里人也听习惯了。生下云子以后，个个喜欢云子的名字，连带着"云子爸""云子妈"地叫起玉山和凝香来。凝香用了好一段时间才习惯了大家管她叫云子妈。家里人叫起来，村里人也慢慢叫起来。"找云子妈剪个鞋样去！""找云子妈绣个枕头顶儿去！"打那以后，村里的年轻人也跟着玉山家让大人娃娃改口，好像爸爸妈妈的称呼就是比爹娘洋气一样。

第四章　走出柴沟梁

看着成群结队的弟弟们，义山心里比谁都烦。指甲盖大小的柴沟梁，满打满算不过三十来户人家。扒拉来扒拉去就那么几个女孩子，还都个个谋算着嫁到山下的川地去。二十岁左右的时候，义山看不上村里的女子，觉得没一个看着随心顺意的，一晃自己就快奔三十的人了，到了被别人扒拉的时候。可自己家里的条件，经不起别人扒拉。一大家子人，兄弟一串串，要地没地，要房没房。看着村里已经打光棍的庞家年子，张家老四，马家砖娃，谢家大毛，义山担心最终会成为他们中的一员。起先，义山会摔摔打打给爹娘使气，但后来义山明白，就是把爹娘吃了，他们也没有办法。于是，盘算着出门随便去哪儿当逛客，兰州新疆哪儿都行。但只要他闹着要走，娘就哭天抹泪，说她的娃就算打光棍也得在她能看得着的地方打光棍。娘俩拉扯的时候，隔壁麦成走进来说村里通知开会。义山放开娘拉着的帆布提包，穿了汗衫跟麦成一起去了上沟。

村里开会都是在小学校的教室开，麦成和义山进去的时候上沟的人基本把个小教室泥砌的桌子坐满了。等下沟的苏家谢家都到齐之后，杨支书开始念文件、讲政策。义山没有上过学，不识字。但义山对写在纸上的东西都确信无疑，觉得写在纸上的东西都自带权威，对杨支书结结巴巴、断断续续念的内容也确信无疑。义山没有完全搞清楚支书说的"三西工程"，但牢牢记住了杨支书说的"一方水土养活不了一方人"。

义山一直都想不明白，明明一家人拼死拼活地务农，怎么就不够吃，不够穿，没地方住，说不上女人。如果只是他家一家的情况，也难怪，弟兄太多了。但村里好像家家都一样。义山抱怨爷爷逃兵役的时候没选个好地方，爹说选个好地方世上有没有个义山还两说。只是山上山下的区别，柴沟梁上的人比黄家堡子的人生活困难了不知多少。也难怪村里的女子个个要往外面嫁，除了换头亲，外村没有一个人家愿意把女子嫁进柴沟梁。

不过，村里的人各有各的想法。庞吉利爸说世上哪有平得看不到头的地方呢，都是骗人的。张家书林爸说那么好的地方怎么会轮到柴沟梁上的人，都是骗人的。诸葛家大儿子说，庄稼都种上了，咋搬呢，房上的瓦、场里的草，就是窑里的一根木棍棍都是花力气捡回来的，咋舍得把啥都撇下搬到个两眼一抹黑的地方去呢。但也有心潮澎湃立马儿就想着搬出柴沟梁的。麦成说只要地方宽展，划来搬。村里赤脚医生苏占财说听国家政策的，国家看得宽，看得远，看得清。

义山把会议精神带回家里面，说是国家要把穷处的人搬到富处去，要把陡处的人搬到平处去，要把落后地方的人搬到先进的地方去。云子爷爷不想搬，他舍不下他的窑，他辛辛苦苦盖起的瓦房，舍不下他的地，舍不下他柴沟梁上的风，舍不下他柴沟梁上的水。总之，不想搬。云子奶奶却说没有啥舍不下的，坚决要搬。云子奶奶把半辈子没有说出来的话倾倒在云子爷爷面前。云子奶奶说从南里老庄上跟着云子爷爷到北里柴沟梁上，她把旁人没吃过的苦吃了，把旁人没挨过的饿挨了，把旁人不看的脸色看了。她以为一辈子要老死在柴沟梁上，她也认命了。但她没梦想到有一天她能活着离开柴沟梁，她啥都舍得下，啥都不为，就为离开柴沟梁，也要搬。她说只要能离开柴沟梁，她哪里都愿意去。云子奶奶鼻涕一把眼泪一把，控诉着云子爷爷。云子爷爷被说烦了一个劲儿地让步："走走走，你说走咱就走，你要走哪儿咱就走哪儿……"

云子爸找到支书才把政策搞清楚。县政府响应国家政策，要在西大滩建设吊庄，搞移民搬迁。云子爸回家召集家人开了个家庭会议。云子爸说家里的情况大家都清楚，土地有限、房屋更是有限，搬出去多少是个出路。几个弟弟都同意搬迁，最兴奋的是老三，说是能坐车。云子爸笑着摸了一把老三的脑袋瓜："你多大的人了，还没个正形！"听见三哥说能坐车，老七也嚷着要去坐车。麦子和云子不知道啥是坐车，看三叔七叔都嚷着要坐车，也跟着说要坐车。云子爸说："好，你们都去坐！"

传言传了好一阵子，真正搬迁的时候是一声令下的事。春种以后，村里先是组织人放树，大都是白杨树，也有柳树和榆树。把锯好的椽和檩子用架子车从盘山路拉到山下的黄家堡子，装上政府组织的"大东风"，"大东风"把它们先期运到西大滩。然后是各家选出的劳力，政府组织班车把他们送到西大滩。各家抽调的劳力负责在西大滩盖房子，盖好房子再把家人和物资运输上去。

义山和进山一起乘班车去的西大滩。进山第一次坐汽车，兴奋得在车上站一会儿，坐一会儿。他发现坐车真的是大嫂说的那种感觉，看见窗外的山川自己在往后跑。先期上去的大都是青壮年，大家在一个车子里聊得来，热热闹闹地往一个陌生又神秘的地方驶去。从早晨坐到将近中午的时候，车里的吵闹声渐渐低下去。第一次坐车的兴奋劲儿过去之后，一些人开始觉得腰肢也不舒服，屁股也不舒服，一路颠簸得晕晕乎乎。进山说想吐，司机把车停下来，让大家都下车舒展一下。有人说，坐着车都吐，要是让你坐羊皮筏子渡黄河，看你不把心肝肺都呕出来。进山问司机还有多远，司机说走了还不到一半路程。进山说后悔了，不想去了。司机说前不着村后不着店的，也没有返回的车，回不去了。进山硬着头皮又上了车。村里的人有装炒面的，有装鸡蛋的，有装馒头的，大家互相交换，草草吃了一些算是打发了午饭。

进山偷偷跟二哥说，一开始觉得车跑得快得不得了，咋越跑越慢，怕是没有力气了。义山瞪了一眼老三，说车是加油的，让老三不要胡说。过了一会儿，进山问二哥，说不知道车和时间谁跑得快，车外面看着太阳要落山了，不知道柴沟梁上的太阳到哪里了。义山又瞪了一眼老三，没回应。到一个市集模样的地方，司机把车子停下来，不知到啥地方提了一桶水打开车子前面的水箱盖倒下去，然后继续上路。司机说必须在天黑前赶到，不然天黑了就啥都看不见了。到西大滩的时候，太阳已经完全西沉。

整个西大滩就是一个没有边际的平原，一眼看过去，没有任何标志性的物体，人像是被谁用锅盖扣在了一口平底锅里。进山说心里慌得很，想赶快回到柴沟梁上去。天已经黑下去，义山的脸完全隐在黑夜里，不知道他的表情，只听他说："长翅膀了你飞回去！"进山顿了顿又问二哥说："看着草也有，树也有，还有水渠，咋就感觉那么荒凉呢！"义山说："啥都有，没人么！"进山说："那说明还是人比啥都好！"司机说晚上看不见路了，也摸不清方向，找不到接待站，只好在车上凑合到天亮再走。大家围着车子看满天的星辰，有人开始嚷着胳膊手臂被虫子咬了，痒得不行。司机说不是啥虫子，是蚊子，西大滩的蚊子吃人呢。夜深的时候，时不时听见有人啪啪拍打蚊子的声音。将就了一夜，天麻麻亮的时候，司机发动车子的声音把大家吵醒。太阳出来的时候，司机才把大家送到接待点。

接待点的工作人员带大家步行到目的地。一路上，除了荒滩，看不到别的事物。大家心里越走越恓惶，有人说，这是流放犯人的地方吧。有人说，根本就没有个人影子。进山一屁股坐下去，说不走了，闹着要回柴沟梁。工作人员好说歹说他就是不起身，义山直接从身后踢了一脚，说不走等着喂狼吗，进山腾一下跳起来，委屈地跟着继续往不辨方位的方向走去。

日头爬上肩背的时候，一行人到达了目的地。已经有些未竣工的房屋像模像样伫立在荒滩上。走着走着，突然从地底下钻出个人来。大家才看清地面下有人居住，工作人员说那叫地窝子，是房子建成前的临时住所，就是在地上挖个坑，然后搭上个顶子。好在西大滩有的是土地，有些是早些年劳改队种过，还有些农场开垦的，都是熟地。土地就是庄稼人的性命，柴沟梁上的黑土地适合种庄稼，但土地有限。上点年纪懂点事的人都明白，迁到西大滩就是一条活路，不管那条活路是窄是宽，他们都没有更好的选择。

安置好随行物品，一行人跟随工作组去参观学习前期到达的人修建的房屋。西大滩常年干旱，很少下雨。已经建成的房屋都是黄泥小屋，屋顶上也不用撒瓦。搭建房屋的基础材料是土块。土块是用泥坯在模具里倒出来的，方方正正，晾在广袤的平原上，经过西大滩的毒日头，几天就能干透。门窗是政府统一发放的，椽和檩子是前期政府组织的"大东风"从老家拉上去的。

学习参观之后大家领取了劳动工具。义山开始倒土块，跟在老家打胡墼差不多。老家的胡墼是用杵子将模子里的湿土打成块码起来晒干用。西大滩的土块是将和好的泥浆用模子倒成块晒干了用。日头出来以后，整个平原上快要被晒透了。一天下来，光着膀子干活的人被晒伤了。傍晚的时候，蚊子成群结队地在地窝周围飞舞。进山说："二哥，咱一起逃吧，这里不是活人的地方。"干了一天活，义山早就对三弟不满意了，听他那么说，踹了老三一脚："就你事多，柴沟梁上好，柴沟梁上有地种吗，老五老六老七排着队往大了长，他们长大了不成家立业吗，不分田地吗？如果不是大哥的工资撑着，柴沟梁上巴掌大的几片地早把一家子饿死了。人不大，事情还多得不行……"

进山被二哥骂怕了，见空就溜。一会儿到这家工地上看看，一会儿到那家工地上看看。到哪儿都只想找个阴凉乘着。二哥问他人呢，一天不见。进山想了一套套，说苏老四上了年纪，干活不得力，他帮苏老四倒了一天土块。果不其然，又被二哥踹了一脚："不知道给自己家干活，跑去给旁人帮忙！要帮你去给咱四爹帮，去给人家苏老四帮忙，饭吃多了！"老三说："二哥，苏老四一个老汉，干不动活，帮一下应该的。"义山劳动了一天，心焦口渴，听着老三的话气不打一处来，抡起铁锹打过去。进山一看二哥动真格的，撒腿就跑，跑到苏老四的地窝口。苏老四正在刷沫糊，进山凑合着喝了一碗，挤在苏老四的地窝里睡了一晚。

在下沟的时候，一家人借的是苏老四家的两口谷窑落的脚。进山长大后在村里瞎逛游的时候经常去找苏老四，进山觉得苏老四人好，老实，有趣。包产到户的时候，生产队把一头老瞎驴分给了苏老四。一次去水泉上饮驴，一开始苏老四拉着缰绳走在前面，进山走在后面赶。进山为了搭话，跑到驴前面跟苏老四拉家常。到水泉边时，苏老四才发现手里的缰绳不见了，缰绳那头的老瞎驴也不见了。两人赶快回过头去找，发现老瞎驴从崖上掉下去了。进山自责不已，苏老四说正好吃肉。进山觉得苏老四是村里最好的人，要不是年龄差距太大，他会提出结拜的请求。

望着地窝缝隙上方的夜空，苏老四问进山多大了，进山说快二十三了。苏老四说二十三了可以占媳妇结婚了。进山说家里穷、弟兄多，没有人愿意把女子嫁给他。苏老四顿了一会儿说把自己的大女儿菊香说给进山。进山眼前闪过菊香的模样，丑丑的，两个红脸蛋，一对小眼睛凑在一处，除了憨憨的笑容，几乎没有什么能给人美好记忆的地方。但进山一转念就答应了，丈人好就好。

第二天，进山跟二哥一说，二哥心里酸酸的，自己当哥的还没占媳妇，做弟的倒抢了先。但苏老四家大女儿那样的，他可瞧不上。不过，无论如何，弟兄几个中总算有一个的终身大事有了点眉目，也算是好事。二哥说等房子盖好回去就让大哥去提亲。

义山和进山在西大滩熬了将近一个月，盖了两座土坯房。老四当兵不在，四爹家上去盖房子的是他自己，懒懒散散不好好干活。别人家都封顶了，他的房子地基都没弄好。义山进山盖好房子后又去帮四爹盖，村里同去的人们也都完成了房屋的修建。大多数人盼望回老家眼睛都盼绿了。有人要留在西大滩，去前进农场干活挣钱。有些实在挨不了蚊子叮咬、日头暴晒和满目荒凉，想办法早早逃回了老家。

回到柴沟梁上的时候，正好赶上收割。先是白豌豆，然后是麦子，然后是胡麻，然后是大豆。入秋以后，老家的庄稼只剩下部分秋田还没有收，上面通知地里的活儿一结束就要往西大滩搬迁。进山说打死也不去西大滩了，说蚊子吃人呢，蚊子叮了连疼带痒，疼倒能挨，但痒受不了。进山说西大滩的日头毒得像刺像刀子，往骨头里面晒。进山说西大滩荒凉得鬼都不扎站。进山说了一箩筐，但云子奶奶铁了心要搬离柴沟梁。她还是那句话，只要能离开柴沟，哪里她都愿意去。

　　家家都有本难念的经，家家的经念法都不同。吊庄移民，各家各户都是留守的留守，搬离的搬离。政策上说的"两头有家"，留守的守的是退路，搬离的搬的是出路。但总归各家都面临着分户的难题。分户也就意味着要分财产。有的人家搬出去的人带走的多，有的人家搬出去的人带走的少。云子爸单位人事调整的时候被分配到了供电局，新单位还不错，他不愿离开，所以云子妈留在了柴沟梁上。进山去了一趟西大滩，打死都不搬，也留了下来。青山上中学，西大滩没有中学，转不了学，也留了下来。云子爷爷和云子奶奶跟着义山，带着老六老七搬去西大滩。云子爸说穷家富路，西大滩的庄农活不知道怎么干，土地不知道熟不熟，来年还不知道收成怎么样，把能打包的几乎都打包装到了运输物资的"大东风"上。不像前期盖房子，劳力们几乎都是同一趟车上的西大滩。真正搬迁的时候，是两家人一辆大车运送物资，拉粮食，拉铺盖，拉家具。除了在大车上看护物品的人，其余的人都还是坐班车。

　　云子奶奶的话说得决绝，但真正离开的那一刻，也是抹着眼泪出的村。云子爷爷问她是不是舍不得。云子奶奶强说把柴沟梁这么个干山秃岭，有啥舍不得。她只是心疼自己，可怜自己。云子奶奶从南里老庄上往柴沟梁上搬的时候二十二，走出柴沟梁的时候已五十出头。她不懂得政策宣传的那一套，她认定了世上最难活人的地方是柴沟梁，只要不是柴沟梁，哪里都能活得更好。她在柴沟梁上流过血、流过汗，也流过泪。说对柴沟梁一点感情没有肯定是假话，但离开的意愿更加强烈。迈着小脚终于要离开的时候，她的心里是五味杂陈的。但她强忍着，没有回头。一同出村的人从陡屲上往下走的时候，有说舍不下的，有三步一回头的。过了山下黄家堡子的小河湾时，大家还停下脚步一起回头望了望柴沟梁。秋天西斜的阳光把柴沟梁掩映在斜辉之中，似乎也带着不舍。但云子奶奶一眼都没有回望。

昏天黑地坐了整整一长夜的班车，天大亮的时候才到达西大滩。下了车，大家被眼前的景致惊呆了。地上长满了沙棘草，还有大片的芦蒿，远处也零零星星长着沙枣树，但它们共同构成的是一幅荒芜的图景，比荒芜更摄人心魄的还是它的广袤。四下里望去，除了天际，没有什么阻挡视线。西边的贺兰山像剪纸一样，贴在天边上。云子奶奶说像是一眨眼睛谁把山都移走了。云子奶奶平生第一次有一种冲动，想要在平原上奔跑一圈儿，可惜一双小脚不听使唤。

越往搬迁点上走，越恓惶。几个上年纪的老人谈论着脚下的盐碱地种不成庄稼。甚至有女人啜泣起来，说："这是活人的地方吗？咱犯了啥罪，要把咱迁到这地方来？"义山听不得人说那些丧气的话，扯着嗓子喊："咱就是来开荒的，天下哪有现成的好事等着咱的。既然这荒滩上有农场，就说明一定能种成庄稼！"也有人应和说国家把那么多人都迁到这地方来，肯定不是因为这里不能生存才迁来的。

到达搬迁点的时候，大家看清了自己新家园的面貌。一两间黄泥小屋，屋前是一片空置的宅基地。房舍周围是手扶拖拉机犁出的田地，坑坑洼洼，洼陷处一坨一坨泛着白茫茫的碱花。云子奶奶家隔壁是同村搬上去的老陈家。老陈媳妇脸色阴沉，眼泪快含不住了。老陈媳妇比云子奶奶年轻将近十来岁，管云子奶奶叫老嫂子。"老嫂子，这咋活呢！"云子奶奶把绒线衣搭在肩膀上，从背篓里抓出几只绑了腿的老母鸡，鸡们被一路车程颠簸得晕乎乎的，在地上扑腾了一阵子才慢慢站稳。老陈媳妇见云子奶奶没回应，转身朝自己的地盘走去。云子奶奶见老陈媳妇要回去了，才说："该咋活就咋活！我在柴沟梁上的时候被塞在寒窑里，每天进去的时候都不知道能不能活着出来。这地方，天宽地展，立着就是个人。"云子爷爷在房前屋后转了一圈，流露出满足的神情。放下身上的褡裢，跟义山一起去看西大滩的耕地。

摆好有限的几件家具，云子奶奶开始安置带上去的包包蛋蛋。义山回来的时候抱了一捆沙棘草。云子奶奶从老家带了一口铁锅搭在炉灶上准备做饭。因为厨房没有完全安置好，在西大滩吃的第一顿饭是容易做的莜面糊糊。时令已是深秋，西大滩的夜晚不像老家那么冰冷。一家人吃完晚饭坐在台子上讨论着留在老家的人们此时不知在干啥。没有院墙，但也看不到远处，四处漆黑一片，只是头顶的天空辽远空旷，上面缀满一闪一闪的星星。天空十分高远，把人压得很低。不像柴沟梁上，吃完晚饭，到大门外向远处眺望，能看到月光下远处层层叠叠的山峦，视野十分开阔。抬头望上去，星星一闪一闪，离人很近。西大滩的夜晚十分陌生，但也是一家人新生活的开始。

新的村庄名叫南线村，以柴沟村的村民为主，也有来自其他乡村的村民。大家在劳动中开始互相结识。村支书姓王，叫王常有，带领各家的代表按人口分配土地，讲解西大滩土地的特性以及适合的耕作方式。分配到了自己看好的田地，云子爷爷十分欣慰。按照以往的耕作经验，秋后是保墒期。平过土地后，各家的劳动力分散到周边的农场、煤矿以及其他工厂打工。找不到工作的村民便到周围去割芦蒿，捡树枝。体力好一些的会走得更远一些，在西大滩火车站沿线捡运输车上掉下来的煤炭，为过冬做准备。

义山和当兵回来的四弟君山到汝箕沟煤矿上装炭，活苦，但挣得相对多一些。每天下来，整个人被煤渣熏染得乌黑乌黑，到夜晚回家的时候就与黑夜融为一体，如果不是两只眼珠子在动，都看不到眼前走过个人。云子爷爷常去农场干活，农场十分欢迎他那种吃苦耐劳的人。在农场没活可干的时候，他也去捡碳，捡不上碳的时候，他就扫路上的煤末。扫回去堆起来，浇上水，和成浆，平铺在院子里做成煤块，冬天架炉子取暖。云子奶奶和各家的主妇一样，忙着腌菜，忙着做饭，忙着打扫。到了西大滩，她的心情好了很多，不会动不动生气，也跟周围的邻居们多了些来往。

翻年开春，各家各户都开始在一片陌生的土地上耕种。虽然其中也有很多人之前有过从南里搬迁到北里的经历，但南里和北里的耕作方式到底差别不是很大。西大滩的土地却跟南里和北里都不一样。西大滩的地是水地，而且还有些地碱化比较严重。搬迁上去的人一开始还是种麦子，他们没有种植水稻的经验。麦子种下去怎么放水，什么时候放水，他们完全没有经验。有些人家分到的地起了碱花，种子撒下去就没见出来。还有些人家的麦苗都已经长到覆盖了地皮，却因为施肥不对、放水水量不对死掉了。天热起来的时候，也有些人说受不了西大滩的毒日头了，更受不了西大滩的蚊子咬。陆陆续续有好几家人又搬回了老家柴沟梁。

对进山来说，谁家搬回柴沟梁都无所谓，苏老四家搬回去给他带来了不小的惊喜。原本苏老四答应要把大女儿嫁给他，但他根本没打算在西大滩生活。看着苏老四家搬走，他就不再寄望。没想到苏老四又带着家人搬回了下沟，他都等不到大哥下班，就跑去城里找大哥给他找人说媒。

父母亲都搬去了西大滩，就是他们没搬走，几个弟弟婚事的重担也会落在云子爸的双肩上，谁让他是大哥呢。云子爸先带了几盒纸烟到下沟找苏老四探了探口风。征得同意后，云子爸带着进山割了五花肉，买了两瓶白酒，称了茶叶，扯了卡其布，请了村里德高望重的陈家老汉做媒人到苏老四家提亲。礼情放在当时的柴沟梁上十分体面。但苏老四看上的是进山那个人，也是老马家一家人。老马家住他家谷窑的时候，他们打过交道，苏老四觉得老马是个厚道人，把女儿嫁给进山他放心。苏老四没有要多少彩礼，他提了一个条件，结婚前必须先盖房。云子爸一口应承下来。

因为搬迁，家里积攒下的盖房材料和钱款基本都被云子爷爷奶奶带去了西大滩。要盖新房，云子爸一时间也拿不出那么多钱。但为了三弟的婚事，他只能说服云子妈，问同事和同学朋友去借。云子妈觉得要借钱盖房子不是个小数目，但也没有别的办法。云子爸到处借，他周围也没几个有钱人，很偶然地，在他一个叫乔玉明的老同学那里借到两百元。乔玉明原本是枭了麦子要做生意，被老婆撒泼上吊拦下了。写作业的麦子和云子说两百元是个天文数字，说两百元怕是要用一辈子才能还清的一个数字。

进山领着未过门的菊香到家来看新房，云子见未过门的三妈穿着一件土红颜色的滑雪衫，她立马就想到用的是父亲借来的钱买来的，那件滑雪衫上有一个腰带，腰带上有一个蝴蝶形状的晶莹透亮的扣子，看上去很漂亮，却是让云子感到疼痛的漂亮。

第五章　鼓风机的声响

　　从小就听大人们在说西大滩，听他们说西大滩的广袤，说西大滩的平坦，说西大滩的荒凉。云子在心里也无数次想象过西大滩的样子。第一次去西大滩是云子六岁的时候。

　　先是跟着父亲到县城，在县城南门车站搭去西大滩的班车。去西大滩的班车是傍晚发车，第二天天亮到达。去西大滩的班车一天一趟，基本都是县上搬迁到西大滩的各乡村村民。各家上西大滩的人都是带这带那一大堆，大家先把要带去西大滩的东西架上车顶，洋芋、粉条、麦子、面……啥都有，捆绑结实，才回到车里等待发车。车里面也是包包蛋蛋塞得满满当当，带锅盔的，带馒头的，带油饼的，还有些用的布袋子，看不见里面装的什么。车子发动起来的时候，云子十分兴奋，不是因为坐车，而是终于要见到西大滩那个神秘的地方了。车辆走得并不像云子想象得那么快，翻越六盘山的时候，能感觉到它爬得十分吃力。云子望着车窗外，走了没多久就感到十分困乏。云子没有买票，没有座位。云子爸在前排的座位底下铺了件毛衣，云子蜷缩进去睡着了。等她迷迷糊糊睁开眼睛的时候，发现车子停了下来。云子爸说到同心城了。车窗外有提着篮子叫卖麻花、茶叶蛋的。但很少有人买，大家都从家里带了吃的，也是在省钱。有个男孩子提着一种云子没见过的东西伸向车窗，云子看了父亲一眼。父亲在看别处，她便对着那男孩子摇了摇头。她虽然吃过米饭，却没有见过爆成米花的大米，更没有见过米糕。米糕方方正正，云子想象着吃起来一定是生硬的。但父亲没有买的意思，她也只好懂事地为家里省着钱。

过了同心，云子精神了一会儿，望着窗外夜色中被车灯照亮的陌生而新异的风景，她不舍得闭上眼睛，一个劲儿问父亲快到了没。她也不知道自己什么时候睡着了。再醒来时，父亲说已经到站了。但天还没有完全亮，父亲也摸不清方向。只是沿着司机指的路和方向一直向前走。

云子爸之前去过几次西大滩，也带麦子去过。云子听麦子说她去的时候还有三叔和邻居有成。几个人坐火车去的。从西大滩火车站下的车，下车时有成还偷了火车上的毛毯。下车后天色黑黑的，几个人完全不知道方向，找了个桥洞睡到天亮才一路打问找到了爷爷家所在的地方。

云子和父亲摸索着走了十来分钟，到了一片居民区，但父亲也不知道到哪里了。云子望了望四周，到处一个模样。土豆、粉条、醋、锅盔……父亲背了好多东西，说再不敢乱走了，走错了还得背回去。几乎所有的人家都没有院墙，父亲去敲一家人的窗户问路。屋里的灯亮起来，一个光膀子的小伙子揉着眼睛开了窗。云子爸看了一眼，喊了声"老七"。云子觉得太神奇了，怎么一敲窗户就敲到了奶奶家。云子七叔也觉得不可思议，高兴得没来得及回应，从窗户里跳出来，拉着云子爸的手向另一个屋子喊："娘，娘，我大哥上来了！"

灯亮之后，云子奶奶开了门。"是我的娃儿，咋不说一声就上来了，赶紧进屋！"云子奶奶高兴得直掉眼泪，连忙去做吃的。云子盯着头顶的灯泡看，很明亮。柴沟村那时候还没有通电，云子在父亲单位见过灯泡、荧光灯，但没想到村民家里能用上灯泡。吃了一些，天亮了。云子爸帮云子爷爷到地里去干活，云子又上炕睡了一觉。坐了整整一夜车，躺在炕上，她一直觉得炕像车一样在走动。

那是云子第一次去西大滩，关于西大滩，留在云子记忆里的片段是支离破碎的。父亲带着她给四奶奶家送了带上去的东西，四奶奶绊折了腰，常年躺在炕上，看见老家来人，也十分开心，问东问西。爷爷带着云子去田地边上玩，地畔是水渠，水渠里有青蛙的叫声。有些地畔有沙枣树，她之前吃到过奶奶从西大滩捎回柴沟梁上的沙枣，但是第一次见沙枣树，沙枣叶不够绿，泛着白，像落了霜。爷爷在一条水渠边摘了长长的芦蒿叶给她编了一个蝈蝈笼，只是没有抓到一只蝈蝈。但她很开心，几乎是跳着回去的。到家的时候，她看到了放在院子里的一个大西瓜，她第一次见西瓜，那么大，她都不敢相信土地里能长出那么大的东西。那也是她第一次吃西瓜，那种又甜又凉爽的滋味够她记一辈子。她记得的西大滩除了平坦，还有它的燥热。只要她一喊热，奶奶就将她额前的头发往短剪一剪。回到柴沟梁上的时候，她额前的头发已经被奶奶剪到根儿上了。山下阳圪照相的银胡给云子家照了第一张全家福，云子奇怪的发型被定了格，连带着西大滩的气息和记忆也被留在了那个奇异的发型上。

云子没想到的是，翻年开春，柴沟梁上就开始架线栽杆，准备通电了。那也是一个十分漫长的盼望的过程。从开春就开始张罗，到秋天才通电。先是各种材料的运输，柴沟梁上没有车走的路，所有的材料都是拉到山下黄家堡子，然后村里组织人套着牲口用架子车拉上山梁。等电线杆、电线、线核等材料一应俱全，天已经热起来。因为云子爸就是供电局的职工，也因为云子妈的茶饭好，经过村里研究，工程队的饭菜由云子妈来做，村里也派了几个年轻媳妇子来帮忙。但主要的活儿还是云子妈和云子三妈做。麦子和云子放学后也会帮母亲打下手。

有时候吃饭的人太多，擀面擀不过来。云子会跟着三妈挑着面粉去乡镇上的压面店压面。三妈挑着扁担，云子跟在三妈身后。两人下了陡山，过了黄家堡子河湾，走过一段川路，穿过一片小树林，走过一段崖面上的捷路才到达乡镇的压面店。店主在一个大盆里和好面梭，放在压面机上把和好的面梭压在一起，再经过几次调压，均匀的长面就从切刀下匀匀地被切出来。云子感慨："真快啊！"不像手工擀面，母亲在案板上费尽力气擀开一张面，然后一刀一刀去划，虽然划出来的长面摆在案板上看着十分好看，但太费劲和时间了。压好面，店主把面条一把一把放进铺有笼屉布的篮子，云子跟着三妈一起往回返。爬到半山腰的时候，三妈停下来说歇缓歇缓。云子和三妈一起看来时的路，从山坡上看下去，从乡镇到达柴沟的路清晰可见。云子觉得有种说不出的美好洒在她和三妈走过的那条路途上，而那种美好也一直跟着她们一起爬上山坡，氤氲在她和三妈以及担子周围。

除了长面，母亲也经常炖鸡肉给工程队上的人。村民们根据村里的安排把自己养的鸡送到云子家。云子妈和云子三妈一大早就挑几担水，倒满临时借来的几口水缸。云子和妹妹燕子收集了许多种漂亮的鸡毛夹在不用的书里面，云子没事儿的时候把它们翻出来放在阳光下观看。在阳光下，它们的色彩会更加绚丽，还会随着角度的不同不停变换。工程队上人少的时候，云子妈也学着云子奶奶的样子给大伙儿做鱼儿翻纱。也煮豆子、煮洋芋，煎果子、炸油饼。柴沟梁上拉电的那段时间，云子并不知道工程队具体是怎么工作的，但对母亲和三妈的工作全都看在眼里。在她的记忆中，那是母亲、三妈和村里一帮女人们的工程，只是她们的工程好像没有架线栽杆的工程显赫。

　　等线路进户，正式通电已是入秋之后。麦子、云子、燕子围坐在上房的炕沿上等着灯泡亮起来的那一刻。但灯泡没有亮起来，她们先听到了厨房里鼓风机的响声。那是她们姐妹在柴沟梁上第一次听到机器发出的声响。三人几乎同时拔腿往厨房里跑。云子妈在厨房里忙着做晚饭，也被鼓风机的声音吓了一跳。灶膛里的灰烬被鼓风机吹得飘散出来，云子妈连忙去拉灯绳。云子才反应过来，上房里的灯绳没有拉开，所以灯是灭着的。云子妈又把厨房里的灯泡开关拉开，大家对着灯泡看了一会儿才又关掉。姐妹三人开心地跑出院子，到大门外看神奇的电线，她们怎么也搞不明白为什么通过那根线线，灯泡就能亮起来。

　　自从有了电，村民们的生活悄悄地被一点点改变。通了电之后的几年中，村里陆续开始有了磨面机，有了压面机，有了电视机。在那之前，村里人要么用石磨磨面，要么把收拾干净的麦子拉到乡镇上去磨，很不方便。最令人兴奋的是邻居家买了黑白电视机，恰好是播放亚运会实况比赛的时候，云子爸在城里单位上看过，回到家里后就去有成家看。电视上播放《西游记》的时候，云子姐妹也是准时提了板凳到邻居家去看。看完才出门放牛，干母亲交付的其他活计。那时候，夏天盛大的白云堆积在远处六盘山顶上，云子也会疑惑，那些云层中会不会就有《西游记》里的神仙和孙悟空。

通电后的第二年，云子三妈生下了大儿子振华。有了孩子，云子三叔提出了分家的要求。云子爸才把娶云子三妈时欠下的债还完，又借下了新的债务。好在云子四叔从部队上回来后自由恋爱谈了对象，结婚时也没有花大钱。云子爸全力给云子三叔家盖了新院子，云子三叔一家搬了过去。不过，分家是分家，云子爸大多数时候不在家，在耕种、收割等重活以及需要协作才能完成的活计上，云子三叔和云子三妈还是帮着云子妈完成。

云子姐妹很少参与农务劳动，家里家外的大小劳动几乎都是云子妈完成的。云子妈觉得学习比啥都重要。麦子一开始便在乡镇中心小学读书，到了云子上学的时候，政策变了。村里刚入学的孩子必须到村小上。云子也不知道村小教学水平是高是低。但她在村小读书的时候，度过了十分快乐的两年时光。

村小只有一个老师，两个年级。村小的老师是村里支书的弟弟，上过学，是个民办教师。学生们当面叫他杨老师，回家后跟家里大人们交流的时候都像大人们一样叫他大娃，但也不含不敬的成分，只是一种习惯。

村小的同学都是柴沟梁上的孩子，大大小小十来个。杨老师给一年级上课的时候二年级学生写作业，给二年级学生上课时一年级写作业。村小的桌子是土块砌成的，桌面是麦衣活成的泥浆漫过的，被学生磨得明油油的。村小的夏天还比较好过，杨老师会带着孩子们玩游戏。但冬天就不太好过了，一只泥炉子，不太利落，常常冒死烟。窗户上没有安装玻璃，冷得受不了，杨老师用土块把漏风的窗户封了起来。早晨的时候，教室里黑漆漆一片。杨老师自己编了搓手操、跺脚操，带学生在座位上做一会儿操写一会儿作业。

挨过冬天，村小的学习生活就一天比一天美好。草芽还没有露出地面的时候，大大小小十来个孩子在操场边缘上挖辣辣。它们的叶芽才在地面上露出个几乎看不见的尖尖，用小手拂去表面的虚土，它们的脖颈就露出地面。顺着往下挖，就能挖出一根根乳白色的根茎。娃娃们也不觉得不干净，用手搓掉根茎上连带的泥土，直接放进嘴里嚼起来。跟它的名字一样，辣辣略带辣味，是解馋的好吃头。等天再暖和一些，学生娃娃们就会利用课间、课外活动的时间，在学校周围的田埂上挖一种被他们叫作细葫芦的白色小果子，脆脆的，带着一丝甜味。课余，杨老师还带着他们一起做游戏。杨老师为满足学生娃娃们，自己扮演特务之类的角色，学生娃娃对他围追堵截。

过六一儿童节的时候，杨老师给女学生们一人发了一段红色的纱质发带。有辫子的女生把它扎在头发上，把自己装扮得十分靓丽。云子的头发被母亲剪成个假小子的模样，她便把发带打个蝴蝶结绾在白衬衫的第一颗纽扣处。为了庆祝六一儿童节，杨老师还组织学生们一起做一个捉迷藏的游戏。杨老师和两个大个儿的男生背着鼓、拿着锣钻进桃树林。其余的同学跟着鼓和锣的声音去追寻他们，捉到了算老师那一组输，捉不到，算学生那一组输。也不大的一片桃树林，锣鼓声一会儿在东，一会儿在西，学生们花了大半个下午愣是没有捉到他们。直到杨老师鸣金收兵。

在村小的时候，老师、学生都彼此相熟。学生们之间还有这样那样的亲戚关系。云子在村小的时候，和一个叫苏莉香的女生做过几天好朋友。那叫苏莉香的女同学是云子三妈的堂妹，从辈分上，云子应该叫她一声姨。但老师规定，在学校里大家都叫对方的名字，都是同学。苏莉香比云子大几岁，也老沉一些。云子也带苏莉香去家里吃饭，带她去自己家摘杏子。苏莉香也给云子说古今。但苏莉香一个学期没上完就辍学回家了。听说家里给她说了对象，不让她上学了。不光是女生，有些男生上着上着也就中途辍学了，说是跟着某某亲戚出去打工了。

上学的时候，云子并没有为他们可惜过。她也不知道上不上学有什么区别，好像除了识字的多少，他们的家庭也能把他们教育得很好。苏莉香辍学之后，学校里转来了一个女同学，叫谢熊熊，是云子邻居牟家奶奶的外孙女。大约因为一种陌生感，那个叫谢熊熊的女生在班上特别胆怯。也大约是她脸蛋上小时候被狗咬过，愈合后留下个丑陋的疤痕，像脸上长出个小肉包子一样，所以总是很自卑。杨老师叫她回答问题，她回答问题的声音小得大家听不见。杨老师把她的作业本发下去，说谢熊熊，你怎么连名字都能写错，引得同学们一阵哄笑。因为是邻居，牟家奶奶让云子上学的时候和谢熊熊一起走。云子便和谢熊熊结伴上下学。同学们都欺负谢熊熊，云子也没少捉弄谢熊熊。

一次，牟家奶奶到学校里去为谢熊熊打抱不平。牟家奶奶一双小脚颤颤巍巍地，拄着一个磨得明油油的拐棍。一进教室门，一屁股坐在讲桌上。讲桌的一条腿短，牟家奶奶在桌子上闪了闪。学生们大笑起来。牟家奶奶大声喊："不准笑！"然后点燃一根旱烟，边抽边说今后谁要是欺负谢熊熊，她就把谁的腿打断。但是牟家奶奶的恐吓没有吓到学生们，反而让大家更排斥谢熊熊了。

学校上方是杨老师家的洋芋地，杨老师给学生们布置了写生字的作业便到地里去帮自己的女人挖洋芋。学生们分散在操场上，一人圈出一片长方形的格子，用树枝在操场上写生字。写错了的，用手轻轻抚平地面，再把正确的写上去。有几个捣蛋的同学偷偷将谢熊熊写的生字改错。杨老师发现他们不好好写自己的作业，从地里拾了一个小土块打下去，几个男生一跟头滚到了自己的格子旁继续写起来。到了下课的时候，杨老师从地里跳到操场上检查作业，发现谢熊熊错了好多字，便罚她继续写。别的同学都放学回家了，谢熊熊还在写，云子在一旁带着看热闹的心情等待着，一点儿也不觉得不耐烦。直到杨老师通过了，她们才一起回家。谢熊熊一个学期没有上完，便转学离开了柴沟小学，云子又独自上下学。

让云子再次提起精神的是父亲给她从城里买了个漂亮的皮书包。蓝色的皮子，白镶边，双背肩，洋气得令整个山野流露出羡慕又嫉妒的眼神，云子故意蹦蹦跳跳地走起来，瞧着山野因嫉妒而扭着脖子努嘴的样子，云子心里美滋滋的。

学校在上沟的村口上，庞吉利家的院落旁。看见云子的新书包，破落的校舍自卑地想一头杵进地底下。云子蓝色的新书包在老大的操场上十分显眼，一抖一抖跟着云子一起骄傲地穿过操场向教室走去。操场边上粗笨的木质篮球架也睁了新奇的眼看过去，直到云子进到教室里。当云子背着新书包走进教室时，教室也光鲜了起来，云子那些大大小小分属两个年级的同学们唏嘘不已，还有人伸了脏兮兮的手要来摸。

但新鲜感没几天就过去了，中午吃饭时云子也不再背回去，和其他同学的书包一样放在泥砌的桌仓里。有一天午饭后，教室里一片狼藉，像过了土匪。早来的几个同学整理着自己被翻得乱七八糟的书本和桌框。云子发现她的书包上破了个洞，脑子里嗡得滚成了一锅粥，眼泪二话不说扑落扑落掉了出来。后来，大家看见庞吉利家的狗在学校后边的林子里挣扎，那狗在偷吃馍馍时将自己的脑袋套在了一个碎花布书包里无法自拔。

直到下午放学云子的眼泪也没干，云子抓住庞吉利不放，让他赔一个新书包，不然她不敢回家，云子怕她妈用火棍打她。庞吉利不吭一声拼命想从云子手心里逃出去。一直撕扯到庞吉利家里。庞吉利妈的脸老得能给庞吉利当奶奶，一张大饼脸上寥落地分布着一双小眼睛。

她倒是不惊慌，说等吃完饭给云子用针线缝起来。云子紧跟着庞吉利妈不放，她去扯柴云子跟着，她去取面云子也跟着。庞吉利妈做饭的方法让云子大开眼界。她活了些黑乎乎的面，然后抓起一大把，再使劲一攥，稀溜溜黑乎乎的面从她的指缝里挤出来落在沸腾的开水中。云子感觉她一把一把攥的不是面，是她的心，云子妈的几火棍不好挨。这时年子走了进来。

云子上学的时候总是要经过庞吉利家的场院，但从没注意过里面是否有那么个人。也许云子之前也见过他几次，只是没有深究过。年子悄无声息地走进去低声说了句让云子留下来吃晚饭的客套话，然后摸了摸云子的书包出去了。云子心想庞吉利妈那样子做出来的饭怎么吃，更何况她不是去吃饭的。

就在庞吉利妈做好饭时，云子妈打问到庞吉利家接云子了，她连声向庞吉利妈赔礼道歉说娃娃不懂事，一把将云子扯过去责备云子不听话。云子委屈地抹起眼泪来。云子妈几乎是拎着云子走出了庞吉利家的大门，庞吉利的弟弟庞双喜跟在后面看笑话。庞吉利妈追出大门往云子书包里塞了个麻麸包子，说再没个啥装的。走过大场的时候，云子看见了场房门口站着的年子，年子跟云子妈打了个招呼。云子问那个人是谁，怎么住在场房里。云子妈告诉云子，那个人是庞吉利的叔父，一个光棍汉，也是村里的屠夫。云子妈说，云子爷爷奶奶一家曾经问庞吉利爷爷借了他家的场房住在里面。云子妈跟云子说，要一辈子记得人家的恩情。

云子一直比较憧憬乡镇上的中心小学，有一次，她跟着麦子去中心小学蹭了半天学。中心小学的学生多、教室大、学校宽敞，学校旁边的操场更是阔得不得了。云子就开始期待有一天到中心小学去上学。放学的时候，黄家堡子几个女同学把她们姐妹和几个柴沟的学生堵在了川路上。那黄家堡子的几个女学生中为首的一个姓魏。云子起先不知道怎么回事，同村的另一个同学说姓魏的那几个女学生总欺负麦子。见麦子拿的本子、铅笔、橡皮、铅笔盒啥都好，啥都想要。麦子已经有好几支铅笔被她们抢走了。

说着，那姓魏的女学生就推麦子。似乎，出身的贫穷和出身地的偏远让人有种天生的自卑与胆怯，即使父亲在县城工作，但也不能给身为柴沟人的麦子在精神上撑腰。同村的几个孩子也没敢上前帮忙，云子看出麦子吓得连连后退。云子已经气急了，二话没说冲上去一头把那姓魏的女同学推倒在地，抢起拳头就砸下去。那姓魏的同学耳朵上戴了一种镶穗子的金黄色耳环，上面镶了红色的像宝石一样的装饰品。云子两把扯下来扔在一边，警告她再不许欺负她姐姐。那姓魏的同学虽然带了一帮人，但没有人上前帮她。听她保证再不欺负麦子，云子才收手。

云子回家要求母亲把她转到中心小学去。母亲不知道怎么回事，自是不答应。母亲说，没上结束就转走，得罪人。那杨老师不管教得好不好，是支书的弟弟，不能得罪。云子又在柴沟小学待了半学期。柴沟小学是不完全小学，只有两个年级。升到三年级，云子便进入了镇上的中心小学。但那时姐姐好像已经不需要她保护，姐姐学习好，尤其画儿画得好，学校老师都对她另眼相待，也没有学生再敢欺负她。

中心小学在乡镇上，云子上学的时候常和同村老虎沟的蒙娟子一起上下学。蒙娟子的父亲是从前村里的教书匠，是云子爸的老师，云子爸从蒙老师那里学到了很多。她们很快成了好朋友，两人一起分享从家里带到学校的干粮。因为离家远，她们中午很少回家。遇到有集的日子，她们便一起去集市上逛一逛。一次逛街的时候，蒙娟子突然拉她转身回学校。云子不知道怎么回事，回头才明白蒙娟子看见了她的未来婆婆。云子知道蒙娟子虽然也才三年级，但已经被说定了婆家。云子认得，蒙娟子的未来婆婆也是同村的，是杨老师的四嫂。就在她回头的时候，蒙娟子的未来婆婆也看到了她们，追过来塞给蒙娟子两毛钱。

不知是因为羞涩，还是因为不情愿，蒙娟子红着脸转身就走。云子预感到有一天蒙娟子也会和苏莉香一样，上着上着就不来了。果然，蒙娟子四年级没上完便辍学了。但云子和蒙娟子的情谊却一直保持着。有时候，她会去蒙娟子家找蒙娟子玩，帮她干点活。她会站在柴沟梁的半坡上对着老虎沟的方位喊蒙娟子。蒙娟子常指了他的侄子蒙长江回应。

云子上中心小学那几年几乎每年的夏初年尾都会有交流会。摆小摊的、卖小吃的、演杂耍的、演马戏的、演录像的……大小不一、颜色各异的小帐篷将圆形的戏场围得密密匝匝。戏场里是熙熙攘攘出出进进的人群，戏场上方蒸腾着喇叭扩出的各种声响。

晚饭一过，各村的老头老太太便提着板凳椅子往戏场里涌了。因为家远，麦子和云子放学后在戏场上干逛几个来回，然后赶在那些老头老太太前面用砖头、土块垒座位、占地盘。大概七点半的时候，云子妈就会跟村里人一起去看戏。老头老太太媳妇子娃娃大椅子小板凳的，一下子就将看戏的气氛衬托得气派起来。云子发现，虽然都看的是一台戏，可看的结果与效果完全不同。比如邻居牟家奶奶，说是一句也听不懂，就是喜欢看，全仗着云子妈在那里给她讲解；再比如柳家环环妈，多悲催的戏她都从头笑到尾，那个乐呵呵的样子让人觉得她从头到尾只沉浸在能够来看戏的喜悦中；再比如媳妇子们怀里抱着的那些娃娃，吃奶的就不说了，连那些已经开始换牙的娃娃都是看着看着就迷迷瞪瞪睡着了。

虽说都是西北黄土高原上的口音，可是在那些道白与唱词中间总会扑扑闪闪有几句让人拿不住。所以要看好一场戏必须找一个货真价实的"说戏人"。

不过对于那些自己熟知的戏，最好是不去找"说戏人"，一定要沉入其中，进去了，即便有几句飘飘忽忽也无妨。演员的一招一式、唱腔的一起一伏、鼓声的一快一慢、二胡的一凄一切……都能将情感与意念传递得恰到好处。有一次看马友仙的《哑女告状》，看得麦子和云子都忘了时间，跟着韵律消融在掌上珠戏一般悲苦的命运里。只是那个年代的人们十分朴素，他们不善于将自己的情感外化，无论多么震撼都会被掩藏在内府深处，不鼓掌不喝彩。也许是大家都沉浸在一种感慨中，人群几乎是悄悄散去的。在余韵未歇中，在暗自垂泪中，在唏嘘不已中，悄悄散去，留下空荡荡的戏场在夜风中一点点静寂下去。

乘着月色过了黄家堡子的河湾，大家的话多起来，笑声爽朗起来，迷迷瞪瞪行走的孩子也醒过来了，连媳妇子们怀抱中的小宝宝们也睁着明油油的眼睛望着头顶上行走的月亮和星星，好像大家暗中达成了一个默契，要将那些悲情苦戏全部抛洒在河岸那边一样。

等大家一路说说笑笑爬到半山腰时，有人提议要休息一会儿。因为那些老奶奶、那些年轻媳妇子的家长里短、江湖外传还没有说完，她们还不尽兴。于是，大家停泊在月光蔓延的山坡上尽情安享着夜风送来的徐徐凉爽。也不知是谁提醒了一句，身边就是黄维汉家的豌豆地。正是豌豆丰满的季节，几个手快的年轻媳妇子不一会儿就摘了一帽碗。大家吃着豆角开着玩笑。完了望着远处戏场里的点点灯光静默了一会儿才拎起板凳、抱起孩子继续那回家的路，身后留下的是一幅蛋彩的画卷。

第六章　刀印子

　　柴沟梁上的时间虽然也是在一分一秒地往前滴漏，但柴沟梁上总有一种静默不变的东西统摄着它，老人们在变得更老，孩子们在一点点长大。除了亲戚邻人的来往，柴沟梁上很少有意想不到的惊喜带给大家。哪怕有个货郎到来，都会是打破平静的大事。几乎每家都会全家出动去看新奇，看货郎的担子里面挑的是什么。货郎的担子里面有许多小方格，方格里面尽放些五颜六色的纽扣、针线盒子、发卡、头花、耳环、项链、镜子之类的小东西。却总能吸引得大家流连忘返，尤其是女人娃娃们。更有吸引力的是那些花花绿绿的东西可以不用钱，可以用头发换。牟家老太太换一盒洋火，庞吉利妈换一瓶长虫油，三妈换几个纽扣……那种时候，云子就遗憾自己只有一头短发，不然也可以剪了辫子换些新鲜玩意儿。

对麦子姐妹而言，总有一种希冀就是周末的时候去咀头上看父亲是否下班回家。从咀头上望下去，山下的风景尽收眼底。沿山公路上过往的车辆也看得清，川路上走着几个人也看得清。她们往往从父亲下车穿过捷路上的小树林步入川路就能判断是不是父亲回来了。她们盼望父亲，不仅因为想念父亲，也因为父亲回来总会多多少少带回来新鲜物什。有时候父亲也会突然从咀头上冒出来，走过大场下面的架子车路，路过门前的杏树回家来。

也有些时候，突然会冒出个亲戚来。也会给柴沟梁上单调的生活带来意想不到的惊喜。云子家的亲戚主要是南里老庄上的和西大滩的，因为路途遥远，他们往往会住几天，甚至会住很长一段时日。

有一天，云子大爷爷带着他的大孙女荷花从大门里走进来。云子大爷爷头戴瓜皮帽，一脸络腮长胡，穿一身中式汗衫，肩上搭着褡裢，双手背在身后，手上拿着旱烟锅、旱烟袋挑在玛瑙烟锅头子上一甩一甩。最显眼的是他耳朵上的一串肉葡萄，也随着他的步幅轻轻晃动着。云子也是看见他耳朵上的肉葡萄才认出他是南里上来的大爷爷，她跟着五叔去老庄上时见过。大爷爷身后跟着他的大孙女荷花，荷花推着自行车，车后座上绑着一袋子粉条。云子妈看见云子爸的自行车，就知道他们从南里上来时，先去过云子爸的单位。

云子大爷爷高声大嗓，一进门就说他回他的柴沟梁看看，顺便把荷花带上来念书。好像也没人提前跟云子妈商量，甚至也没人跟她打个招呼。她心里不高兴，但也没表露出来，还是好吃好喝地做出来端进上房。云子大爷爷靠着炕脚的被子斜躺着，看见云子妈端着吃喝进去才慢慢起身。云子妈管云子大爷爷叫三姑夫，问了三姑和家人都可好，云子大爷爷不耐烦地说都好着。

云子大爷爷的上眼皮总是垂下去，看着对一切都没兴趣的样子。云子妈说你们大爷爷就不是个家里能待得住的人，一年有十个月搭个褡裢在外瞎逛游。从东城低价买几个新鲜玩意儿，到西城高价出售。常站在路中间拦过路车，胡拉八扯一番就好像跟司机有了过命的交情。吃过饭，大爷爷让麦子从桌子上把褡裢递给他，麦子小心翼翼递过去。他从褡裢里拿出了一支圆珠笔，云子姐妹见过的，接着拿出了一个易拉罐，云子姐妹没见过，也不知道叫什么，看着又新鲜又神奇，像来自另一个世界。大爷爷把两件捡来的宝贝都给了麦子。多年以后，云子听到楼下院子里被风吹过来吹过去的易拉罐声响时，想起大爷爷第一次给她们姐妹出示易拉罐的那个神奇时刻，心里充满了感慨。

荷花是金山的大女儿，金山和玉山是堂弟兄。按家族排行，金山算老大，玉山算老二，因着南里的习惯，荷花喊云子妈叫二娘。荷花算是乖巧的，一声一个二娘叫着。云子妈知道，云子五叔从乡镇中学考上了市里的师范，出来就能当老师，吃公家饭。荷花在南里南湖中学已经复读过一年，没考上，家里人想着是南湖的教学质量不好，所以把她转到北里来。云子妈跟云子姐妹说考不考得上还得看个人是不是肯下功夫，当年她们的五叔六叔一起上的学，但她们的六叔不肯学，去了西大滩也没学出个结果，最终放弃了学业。县上给西大滩取了名字叫潮湖，用一句开玩笑话说，云子六叔真是成天跟着一些没事干的年轻人满潮湖"胡潮"。云子妈转念一想也就一学期，如果真能考上也是大好事，也算给三姑报恩情。

荷花很用功，早晨早早就起来背书，晚上回来得晚，写作业写得更晚。柴沟梁上学的孩子大都上着上着就辍学了，要么回家务农，要么出去打工，要么嫁人。能上到初中的女孩子就更少了。村里上初中的女孩子只有后湾谢家的聪儿。荷花见聪儿住校，也申请了住校，只有周末才回家。

荷花和聪儿都是大姑娘，她们都留着长长的辫子，从脊背上垂下去，直搭到腰际，走起路来一起一伏。荷花住校期间麦子隔两天带一次干粮。一次麦子上课走神，老师从讲台上走下去看她的桌仓。从她的桌仓里相继拿出玉米面碗簸，大豆面饼子，煮洋芋，摆在桌面上。麦子的脸羞得红红的。倒不是怕被老师同学误会她的食量，而是她拿的干粮不是白面馍，也不是稍次一些的黑面馍，而是秋田面馍。

虽然云子爸在县城工作，但西大滩、柴沟梁，全家上上下下都要他补贴。最大的支出款项是给几个弟弟占媳妇、盖新房。荷花到柴沟梁上的时候正赶上家里最不景气的时候，云子爸在上沟给云子六叔占了个媳妇，对方要的彩礼高，云子爸变卖了一部分粮食凑彩礼。云子听母亲几次说家里怕是快要断顿了。荷花很刻苦地念了一学期，但最终还是没考上。麦子姐妹也觉得可惜，却也并不十分在意。荷花回到南里就嫁了人，好在那石家姐夫待她不错。

荷花走后的第二个学期，云子五叔毕业被分配到乡镇中心小学实习。云子姐妹十分骄傲地走在校园里。五叔是他们见过最标准的老师的模样。面色白净，穿一件白衬衫，白衬衫的袖管卷起来，腕表把整个人点缀得十分儒雅尊贵。五叔多才多艺，他用毛笔画了一幅没有着色的天王送子图送给云子妈。云子姐妹看着五叔画得跟书上印得一模一样，只是加大了比例。五叔会吹笛子，会吹口琴。五叔在家的时候经常坐在场墙上吹口琴，云子姐妹围着五叔听他吹，头顶上是微风中轻轻摆动的榆树枝叶，榆树上方是晴朗的天空。

云子感到遗憾的是五叔实习结束后去了远方西大滩的学校教书。西大滩缺老师，五叔的工作分配得十分顺利。五叔走后，六叔从西大滩回到了柴沟梁。云子从三妈跟母亲的谈话中知道六叔犯了错，女方家要退婚。云子爸捎话把云子六叔从西大滩叫了回来。云子爸给云子六叔占的是魏老三家的大女子莲香，云子六叔却偏偏喜欢魏老二家的大女子红霞。云子六叔从西大滩给红霞捎了一个笔记本，捎东西的人东家转西家转，转来转去转到了莲香的手里。莲香不识字，找了在村小上学的学生念给她听。说上面写的"赠挚友魏红霞"，"挚"字是从字典上查到的。莲香就不高兴了，非闹着要退婚。

云子爸备了厚礼，拿着单位新发的两对枕巾，丹花牌子，水红花子金丝边，漂亮极了，还有烟酒糖茶，带着云子六叔去了趟魏老三家。也不知云子爸怎么说的，魏老三两口子笑着把云子爸送出了门。说定了亲事，云子爸让云子六叔去城里的工地上打工挣钱娶媳妇。云子六叔极不情愿，但给家里造成了额外的损失，也只好跟着大哥去了城里。

柴沟梁上没有通车，因为没有路。通往柴沟梁上的路都是山路，走架子车的大路也仅能容下一辆架子车，两辆架子车会车都十分紧张。运送物资都是通过架子车从黄家堡子河湾蹚水过去，然后套着牲口用架子车从盘盘路拉上柴沟梁。每次拉麦子、拉粮食、运煤之类的，云子都担心翻车。那年夏天父亲回来说单位分了西瓜，单位的"大解放"拉到了黄家堡子。云子去喊三叔的时候，三叔一下子从炕上翻起来。能吃到西瓜，他比娃娃们还兴奋。

在云子的印象中，三叔就是一个吃货。三叔会把从田里打到的瞎瞎（中华鼢鼠或瞎老鼠）埋在炕灰里烤熟吃；会在清水里把青豌豆皮泡成卷吃；会在冬天的时候到老虎沟挖一种叫鸡腿的刺根吃；会在夏天的时候到下沟摘一种叫美子的小果子吃；会在锅还没开的时候揭起草锅盖提前品尝甜菜、红薯之类的；会用铝壶在火炉上煮玉米粒；会用铁锹在山上挖锅锅灶烤洋芋；会带着云子姐妹在镇上榨油店偷油渣；会带着云子姐妹偷邻居家的红梅杏……

云子三叔拉了架子车装满西瓜从盘山路往家里拉，车子上装不下的，云子爸、云子妈、云子三妈、麦子、云子，背的抱的，从陡峁爬上去。云子三叔没有顾上卸车，指了麦子端炕桌、云子端盘子拿菜刀，切了两个大西瓜先吃起来。云子三叔家的大儿子振华还没有上学，坐在台子角落里吸溜吸溜一连啃了好几牙，把个肚皮吃得圆鼓鼓的，瓜水顺着下颌流到肚脐眼处，在他脏兮兮的肚皮上冲了一道湿印子，逗得大伙儿笑起来。云子三叔吃罢才卸车，架子车上剩了七八个西瓜，他和云子三妈一起拉回自己家去了。振华不愿走，说大妈做的饭香，等着吃大妈做的饭。云子三妈嘿嘿笑着，云子三叔说肚子比瓜都圆，还能吃下饭啊。但说归说，也没逼着振华回家。

云子往院子里一看，剩下的西瓜一下子少了许多，心里紧张起来。果然，饭还没熟，云子妈让云子和麦子给邻居牟家奶奶送一个，给上沟魏家老太太送一个。第二天，云子妈还让她们姐妹用篮子装两个给六妈家送过去。

云子姐妹本就不情愿，到了魏家，那未过门的六妈正坐在院子里吃洋芋面，脸蛋上粘了一片韭菜，头都没有抬。还是魏家奶奶把她们让进上房里，寒暄了几句。云子姐妹离开时，魏家奶奶给她们篮子里放了一个白萝卜，说别空着回。云子姐妹回到家跟母亲诉说莲香对她们的态度多冷淡。云子妈说是你们六叔错在先，怪不了别人，以后要亲亲地叫六妈，不能喊名字。

云子妈说完命令麦子和云子给庞吉利家送个西瓜去。云子姐妹听了都紧张起来。云子姐妹嘟着嘴送过去，庞吉利妈当即切了半个西瓜放在炕桌上，又切了好几个小牙牙，庞吉利弟兄人手一牙，正巧年子进到院子里。庞吉利妈连忙夺过去放在盘子里用个头巾苫上了。年子挑起门帘一看没吱声出去了。

入冬后，工地上停工，云子六叔从城里回到了柴沟梁上，成天不安分，东游西逛。云子也不知道母亲为什么突然去城里，把她们姐妹的吃饭问题托付给三妈。母亲走的时候跟她们说盯着点她们的六叔。有一天，六叔跟麦子和云子说做个捉迷藏的游戏。六叔让她们站在房檐下，他去大场上藏起来。等他喊时，麦子和云子就可以出门去找他。麦子和云子等了好久都没听见六叔喊。云子跑到大场上去喊六叔，没有回音。她和姐姐在场窑里找，在草垛后面找，跑到咀头上母亲种的一片小树林去找，连个人影子都没找着。三妈来做晚饭的时候推断云子六叔怕是逃婚了。

几天后，云子妈才从城里回来，看着脸色有些苍白。听说老六逃婚了，她气得不轻，但也没地方找，没力气找，只能等老六回心转意。没几天，云子六叔胡子拉碴地回来了。云子妈问他去哪儿了，他说去城里沙棘饮料厂打工了。但住处太冷，待不下去回来了。云子妈没再问什么，只说为了给他凑彩礼，家里把大犍牛卖掉了。云子六叔无声地笑了笑，也没有再说什么。

柴沟梁上的人从开春就忙起来，一忙就忙到冬天上冻的时候才闲下来。其实也闲不下来，乡村的喜事基本都挤在腊月。大家忙着走人情，忙着办喜事，忙着办年货。云子六叔的婚礼定在腊月二十二，比后湾杜家院生的婚礼迟几天。云子妈和云子三妈早早就开始准备，腌菜、蒸馒头、煎果子，借盘子、借碗、买筷子，称花生、称葵花、买洋糖……准备好的物什不敢放开了让她们姐妹吃，母亲把它们锁在柜子里，等着喜日子的到来。

要说最重大的准备是杀猪。云子妈早早就请了屠夫年子。也只有到腊月，年子才变得有尊严起来，都是排着队请。年子往云子家走的时候，杜家院生从红土坡上走过来，双肩挂着红，洋盘里端着印花瓷酒壶，酒壶旁卧着两只白瓷小酒盅。杜家院生打招呼时露出包银的门牙，银牙后吐出一团一团白雾。年子揣着棉袖筒，耳朵鼻头冻得通红。年子侧了侧身子，亮出脊背后裹着牛皮套的屠刀。

"庞家哥好手艺！这几天活儿正多呢吧？"

"也没有。去搭把手！"

杜家院生从云子家场院旁的杏树下走过去，脚下溅起了尘土。年子把手从棉袖筒里抽出来揩了揩清鼻涕。那时杜家院生已经走远了，年子在杏树下站了一会儿。

"他庞家爸早啊，快进屋！你今天可是大师傅！"云子妈挑着水从水泉路走上来。

"没有，搭把手！"年子说着跟云子妈一起进了门。

上房里的炉火燃得正旺，年子盘腿坐了上去。云子妈端来了馒头和咸菜。

年子爱喝砖茶。闲时他会花一个上午熬罐罐茶，熬到茶水扯线才算。但腊月八一过，他便没有那样的闲暇了。东一家西一家排着队来请他。

早先村里唯一的大师傅是银祥，银祥一把好手艺，杀猪宰羊，干净利落。年子那时还年轻，有一次银祥的屠刀已经抽出了刀鞘，顶着猪牙叉骨的竹子断了。银祥情急之中喊了一声："年子，搭把手！"从那时候开始，年子便拜了银祥为师，开始了他的屠夫生涯。

收年子为徒，不是银祥的本义。年子从头到脚处处没样子，说话办事没一丁点机灵劲儿。掐过来数过去，就一身浑力气。碍着年子四哥的面子，也为着情急之中的那一句"搭把手"，银祥答应了收年子为徒。

　　银祥生气的时候骂年子是瓷锤，骂年子不拨不动弹。年子唯一的好还是那身浑力气。年子跟了几年之后，银祥也不怎么骂了。银祥心里盘算过，年子有年子的好。指甲盖大的柴沟，不过三十来户人家，也不是家家岁尾年末能杀猪宰羊的，若是个机灵的，恐怕早跟自己抢活了。年子干活不机灵，但对银祥没的说，节儿令儿总去探望一趟。要说杀猪宰羊那种事，明眼人看都看得会。可是年子还是跟着银祥，银祥不说年子可以出师，年子绝不自己接活。

　　年子出师时已年近四十。年子是少白头，加上他那木讷劲，看上去跟银祥差不了几岁。那年腊月十八，天气晴好，年子背着屠刀跟着银祥去给老康家杀猪。枝枝节节都有板有眼，开剥好，大师傅、帮忙的、亲戚邻人能来的也都招呼得到位。可是银祥接过谢礼时变了脸，一把将谢礼扔到笑盈盈欢送客人的老康怀中。

　　"他康家爸，你这就不够人了！"银祥说完转身迈出了大门。

　　"这是……"事出突然，老康不知所措，后来搞清楚是女人嫌银祥割的刀印子肉有点多，切下了一半。老康当机将女人锤了一顿，女人哇哇的喊叫声惊了半庄人。

　　年子背着屠刀跟在银祥身后没敢出声。走到云子家场院旁的杏树下时，银祥突然停下来，年子也跟着停下来。银祥抬头看了看杏树，又转身看了看年子。年子准备说点什么，银祥转身向前走去。

　　银祥一路没有说话，年子一路没敢言语。年子将银祥送回家，又给银祥倒了茶。

　　"年子，刀是你的了！"

　　"我……你……"

　　"康家的脖子肉是割得多了点，但多少都是刀印子。康家……"

　　年子本想说女人娃娃做的事，犯不上计较。可银祥到底是个好讲究有气性的，若是被女人娃娃浅看了，他得吐血。年子抿了口热茶水。

银祥一点一点将屠刀上缠的红洋布解下来，边沿处早已被污渍浸染得没了本色，倒是包裹在底层的部分依旧鲜红。银祥洗了手，又一层一层给屠刀缠了新的红洋布。银祥将缠好的屠刀递给了年子。没多久，银祥便带着女人搬去了西大滩。

所有的规程都是按照银祥在时进行的，年子生怕哪里有不对的地方。可每每收拾结束，年子就发现还是跟银祥做得不一样。坐在云子家上房炕上，年子心里有点乱无头绪。他明白，若是银祥在，云子妈那样讲究的人肯定不愿来请他年子的。年子不时侧目望望门外，但低垂的门帘把他的视线遮住了，不然的话，应该可以看见大门外的那棵杏树。杜家院生的身影在他眼前飘来荡去。

"进进进，师傅已经来了一会儿了！"云子妈招呼着来帮忙的人。

来人一一与年子问了好。年子学着银祥的样子盘坐在炕上没下来。

"他庞家爸，五个人手够了吧？"云子妈把人让进上房问年子。

年子很快给来人分派了任务。有成和豆成兄弟俩去捆绑，云子三叔和老虎沟蒙娟子的姐夫岁虎挖坑，年子带着下沟里谢家六成搭架。云子妈和云子三妈负责烧开水、做饭。云子六叔负责挑水。

寒冷的阳光破开晨霜落在上房门廊上。走出院门，年子看见了照壁后伸展的杏树枝条。杏树下是通往村外的唯一大路，走车的、骑马的都会从那里经过。柴沟梁虽小，走江湖卖手艺的不在少数。二五八逢集，云子家门前总会热闹一阵子。做生意的走得早一点，张家书林会拉一板车扫帚簸箕之类的去摆小摊，牟家老汉会牵着毛驴驮一驮瓦盆到集上兜售，后庄菜籽沟的老蔡会骑着铜脖铃镶铜边马鞍的白马一路叮叮咚咚走过去。村里人办年货，都是兜里揣着钱，肩上背着褡裢去集上。核桃、瓜子、花生、枣子、洋糖都是小孩子眼馋的年货，买回去锁在柜子里，孩子们眼巴巴等到大年三十儿，家长数来数去给他们每人分几个。年画、门神、香裱、鞭炮也在购买之列，也有人家割肉买菜扯布裁衣。年子望了一眼，对面山坡上已经有人迫不及待往集上赶了。

银祥在时，帮忙的不止五六个，单是抓猪的，就用四个壮劳力，挖坑开塘的也用两三个，搭架的至少也得四五个。银祥说那样热闹。冷清清的寒冬腊月，大场上一下子摆布开十来个人，你一言我一语有个热火劲。不是年子不喜欢热闹，年子总觉得自己的手艺远不及银祥，能为东家省一点就省一点，算是一种弥补。邻村大都已不挖坑开塘了，从废品收购站还是什么地方弄个大油桶，一破两半，支起来烧开水烫猪拔毛简便干净。但年子总觉得那大油桶有点什么味道，还是挖坑开塘的好。开挖好，铺上一层金黄的麦草，把毙命的猪扔进去浇上滚好的开水，费劲是费劲了点，但看着就觉得有生气。上了架，开剥时是最显本事的。银祥总是做得干净利落，虽赶不上哗然响然的庖丁，也让一旁看的人啧啧地赞叹不已。年子尽力赶着银祥的样子，可怎么也赶不上。总是有些骨节找不准，开剥得费劲又不好看。

捆好抬到支好的门板上，有成念叨着大女子手上生了冻疮，听说用猪血烫一下很见效。征得云子妈的同意，有成媳妇带着蒙了眼睛的女子盈盈赶过来。一刀毙命，黑红的鲜血喷涌出来，盈盈洗了手。热血顺着屠刀上的暗壕汩汩流进云子妈盛接的盆子里。

天气晴好，拔了毛，细心的豆成扎猪鬃，有成给忙着开剥的年子打下手，云子三叔忙着拾掇规整。有成说还得办点年货，岁虎赶着去老杜家走人情。云子妈说家里忙，让云子跟着岁虎去老杜家搭个情，有成便也指了盈盈一起去。

在柴沟梁，腊月里除了办年货最重要的便是嫁娶。一来时间充足，二来喜庆。新人在婆家头一回过大年，上上下下见个礼。娘家那一头，过完年赶上走亲戚，新娘领着新郎给亲戚族人拜个年。等开春开播，新人便安心开始过日子。

年子开剥完，已近中午，那些只顾着办年货对逛街没兴趣的人已经往回赶了。虽然做得没有银祥到家，云子妈还是大加赞赏，说他庞家爸手艺真好。腊肉一缸，肋条留了半面，燎得葱黄的猪头挂在东厢房墙面上，肠肚洗涮后挂在东厢房的廊檐下。

收拾完一应家什，装了刀，几个人清洗一番围着炕桌等开席。云子妈请了村里几个上了年纪的老人在上房炕上摆了一桌子酒席。又请了隔壁的麦成娘，麦成娘还带着两个孙子来，还有代劳的，在上房地上摆了一桌子酒席。云子妈的厨艺在村里是第一的，不一会儿，就上了烩菜和花馒头。云子妈端出糜子酒给师傅和帮忙的敬过一圈，又忙着去端菜添馒头。

吃好喝好大家起身告辞，云子妈按习俗给年子封了脖子肉。年子接过时让云子妈去换他割好的一斤腔。云子妈说脖子肉是规矩，年子说拿回家也没个人做，好肉也给糟了。云子妈说做好做不好是其次，脖子上带着刀印子，各行有各行的规矩，说什么也不换。年子说那就什么也不拿了，就当搭把手。说着迈步往外走去，云子妈只好指了云子三妈去换年子割好的一斤腔。年子高高兴兴接了过去。

走人情的云子带着盈盈跑回来，上气不接下气地说把人吓坏了。云子妈问咋回事，云子说杜家的汤菜不好吃，没吃完，她偷偷放回厨房跑回来了。云子妈摆出一副生气的样子说吃不完就吃不完，大大方方端过去放了就是，偷偷放回去算是什么事。

过了一会儿，云子看见母亲脸上的神色缓和了，说在门口遇见年子了。云子问年子咋那么奇怪，肩上搭着块猪屁股回去了，猪尾巴还像活着一样晃动着。那时云子三妈也凑过去说年子真是个怪人。云子妈一面擦锅台一面感叹："说到底，年子还不单是个下苦人。白刀子进红刀子出，害的到底是条命。家里没女人是一说，可按规矩，脖子肉该他拿着，上面带着刀印子呢！"

　　云子没有能够领会到母亲说话的深意，只觉得年子怎么看都不像个屠夫，还有一点可怜，屠夫跟那个缩在场房里的人完全联系不起来，像是谁把事情搞错了一样。

第七章　透明的凉鞋

云子觉得六叔的婚礼是柴沟梁上最气派的婚礼。很小的时候，她见有嫁到菜籽沟的一个新娘从门前的杏树下路过。那新娘裹着长长的军大衣，被驮在驴背上。她本十分好奇想要看清楚为什么她是趴着被驮在驴背上的，但被母亲拉进大门。母亲说迎到白事前头是好事，迎到红事前头不好。云子也不知道是如何的不好，但母亲说得总应该没错。那一次让她对迎亲的事感到十分好奇。

她见过村里最寒碜的婚礼是三叔家坡地下面诸葛老汉家大儿子娶媳妇的时候。云子识字读书之前对诸葛老汉也好奇，好奇他的名字，跟村里谁家都不一样。更好奇诸葛老汉怎么懂得医术。父亲母亲十分尊敬诸葛老汉，大人娃娃有个头疼脑热都先请诸葛老汉来看。诸葛老汉给开的有些方子他们一直用，直到那些药品被新药替代他们再也购买不到为止。

云子带着燕子去诸葛老汉家搭情的。她们从来没有见过诸葛老汉的老婆，裹着一面深棕色的头巾在厨房里做饭。院子里长桌上备的席十分简单，筷子用扎扫帚的竹子截成的。一双筷子歪歪扭扭互不相关，夹东西很困难。要不是席上也有炸彩色的虾片，那天的席就完全没有什么值得称道的。

云子觉得六叔的婚礼之所以最气派，倒不是它的排场大，主要还是安排得周到，母亲的饭菜做得可口，礼数行得周全。新娘子是接近黄昏的时候迎来的，下马的时候由六叔抱进了新房。只见红盖头蒙着头，外面穿一件黄军大衣。云子透过窗纸上谁捅开的缝隙看到了六妈，与她和姐姐送西瓜的时候见到的不太一样。漂亮了许多，一脸娇羞，看着也亲和了许多。

云子六叔婚后没多久就带着新媳妇去了西大滩，云子一家的生活又恢复了往日的平静。过年时云子爸单位上发了奖金，云子爸妈打算翻修厢房、盖上房和新大门。云子妈还记得自己第一次看见眼前盖起的两间西厢房时出出进进总也看不够，房梁上"黄道吉日"的字样一直在她心里亮堂堂的。但年久月深，两间厢房已经破旧得像一串烂抹布。

云子姐妹不知道盖父母亲心中的新房和大门得花多少钱，得准备多少料，但都十分积极地配合父母亲。云子爸说新房的地基得是砖头砌的，新房的台子得是水泥石子打的。为此，云子爸努力挣钱，云子妈拼命经营田地，云子姐妹的任务是从山下黄家堡子河湾捡石头，用来打石子。

在满眼黄土的柴沟梁，好像连个石头都是金贵的。云子见过三叔珍藏的一块方石头，上面有些纵横交错的格子。三叔说当年因为看着它跟别的石头不一样捡了回去，一直没舍得扔。对于三叔的那一类古怪举动，云子姐妹已经十分习惯。云子很小的时候看到三叔将花棉被从炕头上铺到地上，在上面练习翻滚。三叔还买了沙袋、飞镖。说经常揣着石头、绑着沙袋走可以练出轻功来，后来，三叔被乡镇上一个号称老刀背的打败之后便再不提练功的事了。但每每看见河流，看见石头，云子便能想起三叔来，心里暗暗遗憾三叔在那个满眼黄土的干山秃岭上偏偏生出什么江湖梦。

云子姐妹每天都从黄家堡子河湾捡两块石头背在母亲用碎布拼接成的花书包里带回去，母亲一有空就把它们打成小石子。从春天到秋天，云子看见母亲打的石子堆成了小山丘。第二年开春，云子家开始盖新房。也是半庄人来帮忙，不到一周的时间，在原来的土院子里竖起半院新的建筑。地基是砖砌的，前墙是砖砌的，大门整个是砖砌的，台子是石子水泥打的。大门和上房两面用了从城里买来的灰色装饰砖。大门正面的灰砖上一边写着"耕"字，一边写着"读"字。其余的几面是梅兰竹菊的浮雕，看着很气派的样子。云子爸在大场上用铁锹挖出几个模型，用剩余的水泥石子倒出了猪食槽、狗食盆。

就在整个工程接近尾声的时候，从大门前的杏树下走过来一个人，一看是电视里面才有的穿着打扮。头戴一顶礼帽，身穿一件及膝的卡其色风衣，手提一个黑色的皮质手提包。在门口干活的云子爸愣住了，帮忙的云子三叔愣住了，云子也愣住了。村里从来没有那种衣着的人进来过，更何况来人长得相当魁伟，还戴着一副茶色墨镜。但大家都不知道时髦、英俊、帅气一类的词汇，只是被对方的穿着打扮惊呆了。

来人见大家都站着不动，问是不是王家塬上凝香的家。听口音，才把大家拉回现实中来，原来是南里老庄上的人。其他人都还没有反应过来，云子说是。那人便向着才竣工的大门走进去。大家都没想到，大门才盖成，就先走进来个陌生人。云子比来人更快，跑进厨房去喊母亲。

云子妈在护襟上擦净面手从厨房里走出来，来人也已经进到了院当中。但云子妈并没有认出对方是谁。来人竟然先喊了声姐姐，云子妈一时间还是没想起来是哪里来的弟弟。来人对着云子妈说："我是宗安啊！"云子妈一听，眼泪瞬间就流了出来，倒不是因为见到弟弟的欣喜，而是对方说出自己身份的时候，她的眼前瞬间浮现出了母亲背身躺在黑漆漆的炕上的样子。

云子妈意识到自己好像有些失态时，不好意思地擦拭脸上的泪水，却怎么也抑制不住。宗安在她的记忆中就是襁褓中的一个婴儿，头戴母亲缝的小圆帽，双目紧闭睡得十分深沉。最后一次见，还是在一团破布堆里滚蛋蛋的小小子，她都不知道那娃能不能长大成人，突然间就变成一个大人立在她面前，云子妈一时间懵懵地。直说哪里能梦想到那么小的个人儿就站在柴沟梁上了呢！云子妈一时间也不知道把那么洋气个人往哪里让，虽然家里盖了上房，翻修了厢房，但都还不能入住，院子里也还没有收拾停当。

云子妈边撩起护襟擦眼泪，边让云子搬炕桌倒水。炕桌放在厨房台子上，云子妈一边做饭，一边跟宗安说着许多年里的人事。云子妈离开王家塬的时候没有按照王夫人的意思去孙家湾母亲的坟头上告别，而是在路口朝着孙家湾拜了拜，孙家湾是她心头久未愈合的一道伤口。

宗安坐在厨房台子上给做饭的云子妈一五一十说着母亲离世时的事。宗安说母亲离开的时候自己刚记事。他记得天很冷，但比起寒冷，他更强烈的感觉是饥饿。母亲出门去干活，他被关在屋子里。他也不知道时间到底过去了多久，只记得自己饿了就睡一会儿，醒来感到饿了再睡一会儿。屋子里黑黑的，只有门槛底下猫眼里透进一束光亮。

他感到身上有点力气的时候就趴在地上向猫眼外望一望，想顺着猫眼钻出去，额头上留了个红红的猫眼印子。屋外院子里偶尔有一群麻雀像影子一样落下来，旋即又噗一下飞走。院子里偶尔也有寒风吹过去，把浮尘吹得跑几步。院子里也有阴晴不定的阳光落下来，但倏忽就不见了，也像被风吹走了一样。直到天黑的时候，母亲才从外面回来。身上背着一个大背篓，背篓里装着拾来的柴。母亲手里抱着头巾，头巾里裹着从谁家的田地里刨来的冻死洋芋，黑乌乌的。宗安吃过那种冻死洋芋，是秋收时没收尽的，耕地时被埋在泥土里。那些土地的人家耕过之后也会翻找一番，觉得拾尽了，才让土地养熵。母亲不知道偷偷在那些土地里翻了多久才找到的。宗安虽然四岁多了，但没有断奶。他看见母亲回来，直扑到母亲怀里去吃奶。揭起母亲的大襟棉袄时，母亲身上冰凉冰凉的，连奶水也是冰凉的，但他拼命地吮吸着。母亲在做晚饭的时候倒在了灶膛前，再没有叫醒，锅里煮着她刨来的冻死洋芋。

云子妈边做饭，边默无声息地掉眼泪。她弯腰往灶膛里添了一把柴，起身时说："宗安，别说了，说这些只会把人心疼烂！"宗安说要让姐姐知道母亲遭过的罪。云子妈用余光瞥了瞥宗安。对于母亲和这个弟弟，她心里既有遗憾，更多的是愧疚。多少次当她点灯熬油做针线活的时候，总在心底责问自己，难道自己对母亲和那个同母异父的弟弟没有一丁点儿责任吗？但似乎如果让她翻过头去重走，她也没有更好的办法去照顾他们周全，她好像连自己都不能周全，大约那才是她多年不敢回南里的一个原因。

云子妈烙的油千子，烧的鸡蛋汤，炒的洋芋条条。一家人在台子上吃了晚饭，宗安连声赞叹姐姐的手艺，说他从来没有吃过那么美味的饭。云子妈说家里啥都没有，不过是简简单单的晚饭。吃完晚饭，一家人还是围坐在留有余温的厨房台子上，围着炕桌听宗安说他的传奇。云子坐在一旁听得十分认真，有些情景她想象得出，有些情景完全超出了她的想象。

宗安一开始完全不知道下场是什么，后来渐渐明白，就是他再也没在生活中看到娘，再也没有奶吃。母亲活着的时候，父亲虽然酗酒，但看着还是个活物。母亲不在了，父亲也不酗酒了，直接躺在炕上不出门，像在等着自己烂掉一样。宗安饿得受不了，揭了父亲的棉袄去找奶喝，找不到就去啃他，他也不躲闪。躺了几天，他颤颤歪歪起身拉着饿得没有一钱力气的宗安出了村。宗安也不知道到了一个什么地方，父亲把他像扔包袱一样扔到一家人的上房炕上转身离开了。从那家人的训斥声中，他渐渐明白，父亲卖了他抵债。

他在新家挨打挨骂，还得干许多活计。但只要吃得上饭，对他来说已经到了天堂。新家姓余，男掌柜逼着他喊爹，女掌柜逼着他喊娘。爹他喊得出口，娘他却喊不出口。那女掌柜为此常用针扎他，伸了长长的铜烟锅头子来烫他。男掌柜不打则已，要打便是一顿毒打。一次放牛他丢了鞭子，那男掌柜把他从山坡上的地埂扔下去，扔到下一个地埂，他也顾不上疼，只想爬起来逃命，但那男掌柜三步并作两步从上面跨下来，又提起他扔下去。他感觉自己像一只癞蛤蟆，被抛起来，在空中划一条弧线，然后落下去。每一次，他都让自己学乖一些，一声一个爹爹喊着。去给他捶肩膀，给他点烟，给他捏脚，给他暖被窝。但那掌柜一阵一阵儿的，心情好了还罢，心情不好了就拿他撒气。七岁上，他余家爹爹让他去上学，他开始识得几个字。课余，他还是干些放牛、割草、喂猪、喂狗之类的活计，也还常常挨余家女掌柜的毒打。那时候，他已经基本想不起自己孙家湾的亲爹。但常常想起母亲，尤其在梦里。他常做同一个梦，梦见母亲来接他，每次他都不愿醒。八岁上，有一天他放牛的时候睡着了。醒来找不到牛，他吓坏了，偷偷潜回牛圈去看，牛并没有回去。他悄悄又跑去放牛的地方四下里寻找，从太阳落山找到月亮升上天空，他也没有找着。找着找着，他走远了，也不知道到了哪里，他便在一户人家门口的一堆麦柴上睡着了。天亮之后，他索性不再找余家，打听了孙家湾的方向，往孙家湾去找他亲爹。

几经周折，他回到了孙家湾，但他爹早已不在人世，家里能被拿走的都被债主拿走了，包括房上的瓦片、檩条，门窗上的木料、屋里仅有的几件家具。扒开蜘蛛网，在被灰尘覆没的屋子里，午后的阳光从门框里照射进去，除了周围漆黑的阴影，就剩下一长绺门方勾勒出的阳光。一双母亲的烂鞋子凌乱地丢在投在地上的阳光中，一副急切地要走的样子。宗安把母亲的鞋子捡起来，用手拍了拍上面的灰尘。母亲的三寸金莲就是穿着它们上山爬山，涉水过沟，给他刨食吃。宗安把鞋子摆在门槛外的猫眼处，他觉得自己从前从猫眼里从早到晚盼望要见到的就是娘的身影，在他盼望的过程中，娘的一双小脚正在不知何处的地方为他的五谷奔波。那之后，他心里永远有个那么一个猫眼在向外张望。

宗安没有去母亲的坟头，也没有去找父亲的坟头，八岁多一点的他走出村子一路讨饭，到过许多地方，遇过许多人，干过许多活计。一直讨饭到兰州城，在那里当过理发店的学徒，当过修车行的学徒，当过饭店的洗碗工，在私人的小煤窑下过矿……相对于农村，在兰州城里更容易谋生。他在一家饭馆学做拉条子的时候，被老板看上，非要留他做上门女婿。为了生存，他应了下来。有一天，他看到白银煤矿上招工的信息，便求着老板给他托人办了户口和身份证。身份证上他的名字叫孙宗安。

对于天上掉下来的那个舅舅，云子怎么也不能把他跟他所讲的经历联系起来。他的穿着打扮太洋气了，像画报上港台的大明星。他讲的经历更像是别人的，云子把它当古今听。云子姐妹沉溺于舅舅从黑色皮包里掏出来的洋玩意上。虽然父亲从城里回来时也偶尔带些新鲜玩意儿，但也似乎超不出她们的想象，也许城里也是有的，只是父亲从来没有舍得花钱买。但舅舅带来的东西她们完全没有见过。袋装的小馒头，比指头蛋还小，宝塔糖一样的粘花饼干，还有蛋卷、果丹皮、奶糖、汽水，等等。比起里面的内容，云子被它们五颜六色的包装迷得挪不开眼。她和姐姐把各种包装都积攒了起来。她们剥了糖纸把糖块放进开水碗里，一边念叨着"化月亮"，一边用筷子搅拌，等糖块完全融化在水里，然后一点一点喝掉。

舅舅说认下了路，以后还给她们带。舅舅在家待了好几天，和她们熟了也开玩笑。一天，云子在厨房里帮母亲烧锅，舅舅坐在厨房门口的一个小木凳上，问她为什么家里总是她帮妈妈干活，姐姐妹妹要么在学习要么在玩耍。云子起初知道是舅舅在跟她开玩笑，说着说着就认真起来。一直以来，母亲派活儿的时候都说你姐姐大了、你妹妹还小，你去放牛、你去拉车、你去扯柴……

母亲那样说的时候她从来没有怀疑过那个理由的正当性。舅舅问的时候，她才突然觉得那算个什么理由呢？姐姐能比她大多少呢，妹妹又比她小多少呢？再说，就算比她大，也应该做得比她多才是。她想起来，每次都是姐姐穿新衣，姐姐把新衣穿破才轮到她穿，她穿过的也实在很破旧了，到了妹妹那里又买新衣穿。她记得母亲说她小时候最听话，深得奶奶的喜爱。所以母亲每次出门都不带她，母亲说只有云子留在家里她才放心，因为奶奶会用心照顾。她想起母亲说有一次她从城里回来，看见云子三叔躺在大门外面晒太阳，才学会走路的云子趴在旁边吮吸奶嘴一样吮吸着三叔的脚丫子。云子越想越觉得不对，如果不是舅舅说，她还不知道母亲那么偏心。于是，便坐在灶膛旁边哭起来，越哭越伤心。母亲让她滚出去写作业，她不动弹，一个劲儿哭。直到母亲说带她到乡镇集上给她买新衣，她才慢慢停止了哭泣。

舅舅走后，母亲去集市的时候并没有带她，但从集市上给她买了一双凉鞋。透明的紫色塑料凉鞋，好看极了。她一直穿，弦断了，她用烧红的火筷子把它粘起来又穿。虽然那双凉鞋最终破旧，但它的晶莹透亮和它的紫色一直留在她的心底里。

舅舅并没有像他说的那样频繁地来到柴沟梁，反倒是云子爸妈，把刚满月的四女儿送去云子舅舅家寄养。云子姐妹也从未梦想过有一天能去舅舅家所在的地方浪一回。除了西大滩，她们最远到达过的地方是父亲的单位。在村里的时候，她们并不知道父亲具体在单位干什么，只知道他在城里供电局工作，她们感到十分骄傲。去过父亲单位之后，他们才知道父亲在单位上尽干些零碎活儿，到冬天还烧暖气。父亲是个正式工，但从建筑公司分配进供电局的父亲干的活儿却像个临时工。不过，在父亲的单位，他们也才发现父亲不光是一个父亲，也是个文艺青年，也有许多爱好。父亲有许多笔记本，有的抄写的毛主席诗词，有的写的他自己的打油诗，有的上面写了如何看手相、看面相之类的，还有不同属相人的性格特征，还有十指指纹"箩"和"簸箕"不同组合预示的命运，父亲还在几本印有密密麻麻红绿格子的账本上抄写了几部小说。

除了城里，她们独自离开柴沟梁走过最远的地方是乡镇和山下的阳凸村。乡镇的大操场上每年都开交流会，她们在那里见过录像厅、见过马戏团。在那之前，她们去过最远的地方就是山下的阳凸村。母亲给麦子和云子每人一毛钱，她们跟着三叔一起去阳凸看戏。戏台建在一个圆形的操场上。戏没有开始前，就有几个摆小摊的。云子仗着一毛钱撑腰，在操场上逛一圈，也打问价钱，但啥都舍不得买。云子三叔问葵花籽价钱的时候抓起几个尝一尝，摊主不让他吃，他说不尝怎么知道好坏。但就算好吃，他也不买。开戏后，有好几个孩子站在戏台上鼓乐班子旁，三叔也将云子抱上去，于是云子便看见了台前幕后。她也不知道演的什么戏，一个穿黑衣服打红脸的武生去台前亮了相，等不见后面接戏的，晾在戏台上。台后那个穿绿衣服扮旦角的男演员撂挑子，大约对给自己分配的角色不满意，真是幕后的戏比台前的还有趣。

云子跟着父亲去过西大滩，西大滩在云子的印象中十分遥远，公共汽车把他们放在一站，他们走到爷爷奶奶的家之后也是农村，不是什么大地方。四妹长到三岁的时候，云子跟着母亲去过一次兰州城。母亲本想把四妹带回来，舅妈不让，说养到三岁了，舍不得。但那一回云子才知道她一直想要见到的大地方是什么样子，不是距离上的远近，而是它跟村里不一样，跟父亲的单位不一样。她第一次见到单元楼房，见到陌生人组成的生活区域，见到城市的街巷。表哥那时候还没有结婚，整天迷恋于他的几把枪械模型。表姐穿着白底黑斑块的健美裤，腿像蛇一样。

回家的时候，是表哥把他们送回去的。离开兰州的时候，汽车慢慢把高楼林立的城市扔在山体遮蔽的身后。回到黄家堡子河湾的时候，云子还有些迷幻。虽然风刮过来还十分冰冷，但还有些残雪的麦田里，冬麦在蛰伏一个冬天之后开始显出一片绿意。

夏天到来的时候，云子爸终于给云子二叔在中台村说下一门亲事。云子二叔去了西大滩之后，一直没有相中满意的媳妇，一晃就超过了适婚年龄。眼看着弟弟们一个个都娶上了媳妇，只有他还在打光棍，云子二叔就觉得憋屈，成天摔摔打打的。云子爸多方打听，有人给说中台有一家女子过了三十还没有出嫁，人生得白皙俊俏，上过学、念过书。美中不足是女子驼背，但应该不影响生养。云子爸觉得只要能给二弟把媳妇娶上就行，背锅儿也无所谓。于是，让云子妈备了礼情，周末的时候带着云子边走边打问，到中台村去给二弟相亲。

云子一大早跟着父亲弯弯绕绕走过几个村庄，将近中午的时候终于到达了中台村。媒人早将信息带给了女方家，家里早有准备。说来也巧，云子的几个婶娘跟云子妈一样，名字里都带了个香字。云子妈叫凝香，云子三妈叫菊香，云子四妈叫梅香，云子五妈是她们中唯一一个吃公家饭的人，名字里也带了个香字，叫兰香，云子六妈叫莲香。听女方家长介绍说女子叫惠香，云子暗暗觉得有戏，像命中已经注定一样。

等大人们在上房里议事的时候，云子被带到惠香的房子里。惠香住在高房里。高房在西北也比较常见，一般是库房之类的上面又盖了一层，像一间独立的小二层，一般都给未出阁的女子住。

进了屋，云子被屋子里女子的气韵所震慑。完全不像西北黄土高原上农村的女子，没有见过天日一样的白皙。她略带忧郁的眼睛里蕴含着倔强。房子也收拾得十分干净、别致。云子一开口叫了声二妈，惠香脸上掠过一缕微红，但也没有拒绝。惠香问云子上几年级，学习成绩怎么样。云子一一回答。谈话间，云子看到惠香桌子上摆放的书籍。其中有一本《古文观止》，云子也没有读过。拿起来翻时，她看到尽是繁体字，上面用红色小楷圈画了许多处。云子问二妈会写小楷吗？惠香说会一点儿，家里看她天生残疾，不让她下地干活，只让她读书。云子一开始并没有十分留意，听惠香说自己残疾，她才把目光落在惠香脊背右上方靠肩膀处，也才注意到她的脖子比起正常人有点缩。但并不影响她浑身散发出的一种气息，她从来没有在别的女性身上见过的气息。说柔美，不完全是，她有点柔弱，又有点倔强和坚强。说疏离，也不完全，她目光里带了些对尘世的排斥，又有对人间烟火的渴望。

在她的脸盆架上，云子看见两盒霞飞牌的抹脸油，也是她在村里别的任何女子那里没有见过的。村里没有任何一位女子被家里那般对待过。惠香的哥哥在城里工作，给妹妹买的高级抹脸油。云子明白，家里人把二妈当宝贝一样疼惜着，其中带着一种怜惜。那种怜惜大约是惠香所不愿意但也不能不接受的。

云子走出高房门的时候，二妈眼里有种羡慕的神情。云子不知道她有什么值得惠香羡慕的。也许是她年龄小，也许是她健康，也许是她能到处走动。回家的路上，云子没有敢跟父亲说，心里却无比惋惜。那样一个女子，见也没见过她大老粗的二叔，就被家人定夺下来，要把她嫁出去。也许，她眼里的是不甘和屈从。惠香的样子深深烙印在云子心底里。

亲事有了眉目，云子二叔很快便从西大滩搭班车返回了柴沟梁。年近四十才说到媳妇，他的喜悦之情溢满了整个山梁。云子妈和云子三妈打趣："还没见过面，还不知道乖丑，瞎高兴个啥！"云子二叔说："是个女人能生娃就行！"约好见面的日子，云子二叔把脸盆架子搬到院子里，大洗了一番，穿着一套蓝布中山装跟着云子爸出了门。云子也为二叔开心，却还是觉得惠香那样的女子，嫁给二叔有点可惜。云子没有看见二叔和惠香见面的情景，但二叔回来后整个人的精神气质都跟以前不一样了，脸上始终挂着微笑。二叔急匆匆回了西大滩，说冬天结婚，要提前把新房修建出来。

第八章　袖口上的灰尘

云子妈说云子是个又滑又鬼的女子，有点风吹草动早就逃得没人影儿了。不像她那个固执的大女儿麦子，犯了错从来都显出一副大义凛然的模样。云子觉得母亲的话无可反驳，麦子执拗起来，母亲也拿她没办法，麦子会杵在母亲面前，既不承认错误，也不逃避。云子却是个见情形不对能跑多远就跑多远的人，她清晰地记得自己逃跑的那些情形。

有一次母亲去塔山锄胡麻，云子和姐姐在家照看三四岁的妹妹。锄胡麻的时候正是青杏长到指头蛋大小的时候，她们在枝头翘盼出让人流口水的姿态，麦子和云子无法抵挡诱惑便带着小妹去摘杏子。一棵树就是一个世界，一棵结满果实的树就是一个让人乐不思蜀的世界。

也许真的是忘记了时间，也许是母亲那天收工早，当她们姐妹还在杏树上欢乐的时候，母亲突然从打满褶皱的咀头后出现在了大场下面的大路上。

把燕子带到杏树上是十分危险的事，犯错感让云子觉得生气的母亲距离她只一步之遥。麦子和云子慌忙把妹妹从杏树的枝丫上抱下来。母亲在大路上边走边和缓地说："慢点儿"。当她们拉着吃杏子的燕子走上大路时，云子最先看见了一把明晃晃的铲子，铲子睁着盛怒的眼睛躺在一篮子苦苦菜上，盛满苦苦菜的篮子挽在母亲的臂弯上。母亲走近时摘下了草帽，显出一脸辛劳。母亲摘帽子的动作舒缓得像害羞的云朵，母亲拿起铲子的动作却像闪电。也许云子的反应比闪电更迅疾。当母亲举起铲背向麦子打去时，云子已经跑出了几步远径直向大场另一头的草垛子奔去。云子站在大场的尽头看麦子被母亲驱赶着向家门口走去。母亲站在大门口将食指伸展成利剑，远远地指着云子用近在耳畔的声音指责说："你娃你等着……"

云子穿着红格子呢的衣服在草垛子周围漂泊到太阳翻过山头，邻居家的烟囱和自家的烟囱先后升起炊烟，那炊烟渐渐变淡飘散在山尖上方灰蓝色的天空里。暮色渐浓时满山遍野的孤寂向草垛子下的云子袭去，云子开始害怕，强忍着不让眼泪流出来。家就那么近，云子却不能穿过大场向她走近，云子得等母亲呼唤她一声。暮色越积越厚，云子感到恐惧。云子忘记了自己心爱的红格子呢衣服，背靠在场墙上一寸一寸往家门口挪动。可母亲就是不出来，家里一点动静也没有。

太近了，云子感觉再挪一点就会掉进母亲的威势铸成的陷阱里。向右边看看，浓密的夜色将她逼得无路可逃。云子紧紧地靠在场墙上用几近崩溃的脆弱做着防守。

母亲在哪儿呢？如果母亲的目光这个时候能落在自己弱小的身躯

上，云子的泪水就会决堤。可是，天哪，一个母亲的心怎么那么硬呢？云子害怕极了，下意识地将背在身后的右手心在场墙上来来回回磨蹭着，疼痛可以抵御恐惧。最后，云子对整个山野都失望了，整个世界开始冰冷，云子开始计划逃得远远地，让母亲再也找不着她。她想母亲一定会后悔……

终于，母亲从大门里走出来，但那还是一个母亲吗？云子内心里对母亲能够出来感激涕零，却倔强地转动脖颈将高傲的头颅扭向远方的黑夜。云子想母亲过来抚摸一下她，让她回家吃晚饭，或许她的眼泪还会流出来。可母亲没有。母亲远远地呵斥道："你给我往回滚！"整个山峦与黑夜都打了一个冷战。云子内心溃不成军，身体却纹丝不动。母亲冲过来一把将云子从场墙的怀抱里扯了出来，拎进院子里。云子感觉自己在母亲的手心里就如她们姐妹提在线绳子上的一只麻雀。门口站着比云子更幼小无知的妹妹。东厢房的台子上站着瘦弱倔强的麦子。看麦子临危不惧一副随时准备上刀山下火海的姿势，云子知道姐姐仍旧顽固不化一言不发。她那姿势只会让母亲气上加气。

燕子跑过去抱住母亲的腿说："妈，你吃饭吧！"母亲没吭声。燕子又跑过去拉着姐姐的手摇起来，可麦子还是面不改色。燕子跑过去拉起云子的手说："二姐，妈让大姐吃饭，大姐说不让你吃她就不吃。"仿佛温柔的夜风轻轻从院子里走过，云子眼前一片温润，她听见鸡妈妈带着自己的孩子上了架，叽叽咕咕说着些什么话。

麦子留着两个有点泛黄的细辫子，整天风风火火和云子一起到悬崖上掏鸟蛋，上树摘果子。虽然她力气不及云子，拉板车、挑水之类的重活都是云子干，但麦子性格十分执拗，瞅准一件事情，会全身心投入进去。麦子喜欢画画，喜欢写大字，为此，也深得父亲的欢喜。麦子曾在山梁上推着父亲的飞鸽自行车学骑车。车子太高，她力气不够，摔了好多次，最严重的一次是从路上掉到崖面下三叔家犁过的洋芋地里。云子吓坏了，但麦子没有哭，翻起来把车子推上大路又学起来。

前咀上只有两家人，邻居牟家老大麦成搬去了西大滩，老二老三家的孩子都比麦子云子小好几岁。平日里能做玩伴的，只有她们姊妹自己。她们是玩伴，是朋友，是姐妹。

时间在悄然流逝，父母亲在逐渐变老，云子姐妹在慢慢长大。柴沟梁上的光阴就是在张王李赵互相的来来往往中，在生死红白的人情世故中流转。转眼间，在县城读中学的麦子到了初三毕业的时候，已经长成了个大姑娘。支书的哥哥杨老大托人提亲，想把麦子说给他家大儿子做媳妇。杨老大看上麦子，一是麦子爸在城里工作，是个国家人，二是麦子年龄跟他家大儿子同岁，村里年龄差不多的女孩子中间只有麦子最合适。杨老大看上麦子，问了儿子杨成龙，杨成龙也同意。杨成龙比麦子低一级，杨成龙上学放学的路上也曾看见过麦子，穿着得体，人看着安静。

云子爸和云子妈彻夜翻来覆去，决定接受。放在柴沟梁上，杨老大家的长子算得上人尖子，一表人才。云子爸和云子妈多年来一直想生个儿子，却一直没能如愿。如果把麦子给了杨老大家，将来给云子招个上门女婿，女儿们在村里也不怕人欺负。

正式提亲的时候，杨老大准备了十分丰厚的礼物。麦子全程红着脸。她多少有些不愿意，但也不知道反抗，更不知道为什么理由反抗，村里的姑娘大了都会说婆家，是十分自然的事。

虽然是一个村的，麦子之前从来没注意过杨老大家的大儿子，杨家提亲的时候她才看清楚对方的面貌。那杨家大儿子比她低一级，在乡镇上读初中。看人，还算干净，文绉绉挺出息的样子。订了亲，杨老大逢年过节总带着儿子提着礼情追节，也在农忙的时候给云子家帮忙。

麦子顺利考上了高中，见高中有专门学画画的补习班，便要学画画。云子爸和云子妈向来在学习上非常支持女儿们。见女儿自己提要求学习，便同意了。画画班的老师常在周末的时候加课，麦子便很少回柴沟梁。

上初中的云子倒是一周回一次，一是想妈妈，二是要回家背干粮。单位给父亲分的房子是单面楼上一间宿舍，父亲用布帘子将房子隔了两段。里面靠窗处是麦子和云子的床与书桌，外面靠门处是父亲的床和炉灶。麦子和云子没有学做饭，更没有学做馍。都是父亲在电炉子上给她们做洋芋面，做西红柿面，烙饼子。但父亲的手艺怎么也赶不上母亲的。

云子回家的时候大多是自己搭车，有时候也跟着父亲一起回家。为了能够在家多待一晚，他们常在星期五下午放学后搭车回家。一辆额定几人的面包车，挤二十几个人是常有的事。也没有人查车，只要能塞进去，都塞进去。从乡镇下了车，父女二人步行走过川道爬上柴沟梁。上山的时候，基本是走夜路，道路两侧是庄稼的香气，山风拂过去，十分清朗。回到家，母亲早已把饭菜留好等他们回家。

有时候，云子一个人回家、返城。也会遇上没车的时候，她便走山路。四周黑黢黢的，但她也不害怕。遇上下雨天、下雪天，会比较辛苦。雪积起来，看不见路，常常踩空。下大雨的时候，她便穿着雨衣，顺着砂石公路步行到县城。

岁月没有波澜地往前走着，云子也上了高中。那期间，亲人们也常在西大滩和柴沟梁之间来回走动。五叔从西大滩调回了北里乡镇中心小学，二叔家有了两个健健康康的孩子，七叔在西大滩成了亲，娶的还是从老家搬到西大滩的女子。

按照家人们的意见，云子爸和云子妈把几个女子供给到初三毕业就行了，云子三叔常说："念书那么费脑子，费那劲干啥？"云子二叔说："迟早是旁人家一口子人，费那劲干啥！"尤其是麦子高三寒假的时候说要跟同学一起去兰州学画画，说高考要报考美术院校。叔父们就非常反对，但云子爸和云子妈商量了一番，还是决定给她报名。麦子一整个寒假便在兰州学画画，偶尔去舅舅家一趟。云子不知道姐姐具体在什么地方，但也十分向往。

高考结束后，麦子回家给母亲帮忙干农活。一天傍晚，她和母亲还有两个妹妹在厨房门口吃午饭。父亲从大门走进来，十分高兴的样子。把一封西北民族学院的录取通知书递给了麦子。麦子高兴得愣在厨房台子上。

在那之前，一家人也知道读书是好事，但不知道读书究竟如何改变命运。云子也是闷头念着书，不知道尽头在哪里，出路在哪里。直到那封录取通知书的到来，他们才知道麦子通过考学步入了另一种生活道路。

麦子成了村里第一个大学生，云子爸和云子妈自是十分欣慰。但杨老大却十分不安，叮嘱儿子也得好好读书，不然，眼看到手的媳妇就要飞了。定过亲，杨成龙父子也常给云子家帮忙，但杨成龙很少跟麦子直接交流。上了高中，他在学校画展上见过麦子画的人物素描，画的谁他不认识，上面写了麦子的名字。麦子考上了大学，杨成龙觉得只要自己努力，也一定能够上大学。

麦子考上了大学自是十分令人开心的事，但几千元的学费对云子爸来说还是相当高额的一个数字。好在云子爸到底是公家人，单位上给他借了一部分，同事给他借了一些。有同事问他工作了那么多年咋一个子儿都没攒下。云子爸只说家里开销大，也没有别的解释。云子妈却左一笔右一笔给记得清清的。云子几个叔父娶媳妇、盖房子，云子爷爷住院，云子爷爷奶奶买棺木，南里哪个亲戚干啥借，村里哪个乡亲借……云子爸也没别的话说，只一句："谁叫我是家里的老大呢！""谁让村里就我一个吃国家饭的呢！"

云子妈每次都抱怨着，但一遇到事，她比谁都跑得忙。云子妈一直都对自己的母亲和同母异父的弟弟宗安抱有愧疚之情，觉得自己从没有伸手搭救过他们一把。那时候的确也是她无能力为力，她也的确没有想过任何办法。她不想把同样的遗憾留给云子爸，好像对自己也是一种救赎。

麦子开学的时候，一家人都到城里去送。麦子背着铺盖卷、兜里揣着学费和生活费，搭上了去往兰州的班车。麦子说已经在那里待过一个寒假，不用家里担心。云子妈还是舍不下，哭天抹泪不放心。看着班车走得没影儿了，一家人才从车站返回父亲单位的宿舍。

云子听父亲和母亲合计着，一料子庄农下来，打不了多少粮食，投入的人力、物力、财力不在少数，索性把地和房子都租出去，把燕子也转到县城，云子妈到城里去给孩子们安心做饭，供娃娃们上学。云子已经上了高一，双手赞成父母亲的决定。

云子假期、周末多少帮母亲干过些活计。她知道农活有多苦人、有多累人。不说别的，单是把粮食从地里运回大场上的难怅，就让云子刻骨铭心。山上的地大都是坡地，遇到能走架子车的地，她们得靠三叔拉车。她们和三叔一起把麦件装到架子车上，装得高高的，然后套着牛拉回去。装麦子和拉车子不仅是体力活，也是技术活。装偏了就会翻车，架子车拉偏了也可能翻车。遇到走不了架子车的地，一家人就得把麦件背回去。云子一次最多能背八件麦子。粗粗的麻绳把麦件捆起来，留出绳头，再把捆好的麦子绑在脊背上，有时候重得人翻不起身。麻绳勒得锁骨要断一样，麦芒在脸上、脖子上蹭得要裂开一样。

有一次，云子从红土坡下的地里往家中大场上背麦件，庞双喜站在大路旁她家的杏树下面说："给我当媳妇儿，我帮你背！"云子抬头看见是嬉皮笑脸的庞双喜，回说能成。那庞双喜连忙绕过杏树跑下去给云子帮忙，云子转身把麦件靠在斜坡上让庞双喜蹲下去，她把麦件转到庞双喜脊背上。庞双喜刚蹲下去，云子从庞双喜屁股上使劲蹬了一脚，庞双喜瓜一样顺坡路滚了下去。庞双喜滚到牟家的杏树底下被杏树挡住才停下来，云子把麦件背到大场上，看着庞双喜喊叫的样子，笑起来。庞双喜顺着坡路边往上走，边喊道："小心没人要！"云子说："少操心，看好路！"云子妈骂云子不知道轻重，万一庞双喜哪儿伤着了，看她怎么收场。

但无论如何，云子干的活是十分有限的，家里的二十几亩地，都是母亲在三叔一家的帮助下经营着。风里来雨里去，母亲的双手早已苦得变了形。跳出农门，摆脱面朝黄土背朝天的生存方式是多少孩子读书的目的。在麦子考上大学之前，那种目的虽然存在着，但并不实际。麦子考上了大学，那种目的一下子就变得切实，是努力一番就能够得着的。

麦子考上了大学，杨老大家多少有些担忧，只是还维护了面子上的和谐，给麦子凑了几百块钱学费。但云子爸要举家搬到城里去，杨老大直接把担忧说了出来。云子爸让杨老大放心，两个娃娃的婚事是当着媒人和村里长辈们定下来的事，不会变。杨老大才多少安心了一些。

云子爸在单位上又申请了一间房子，虽然在两个楼层，但也够一家人住了。云子爸单位上双职工家庭的生活相对优渥一些，但也有很多跟云子爸情况不相上下的，也都把孩子转到县城上学，带着老婆住在单位分的宿舍，给孩子做饭。云子妈想在城里找个活儿干，多少挣一点，帮家里减轻一点压力。云子爸在单位上给云子妈找了个打扫卫生的活儿，一个月能挣个买菜钱。在云子的记忆里，所谓单位，就是职工的靠山，单位的领导们也是想着法儿给职工们解决实际困难。

年底，马路对面单位上盖的单元楼竣工了，一套三万多块钱，那时候县城还没有商品房，价钱高低没地方比。但不管价钱高低，家里没钱，云子爸愁得话都没有了。麦子上学的钱还没有还清，房款又上哪里去凑呢？云子爸妈卖了几年攒下的粮食，卖了老家的院子，云子三叔凑了凑，云子西大滩的几个叔父凑了凑，没凑齐的部分拖欠着。拿到钥匙，走进空空的房子里，一家人开心极了。虽然有高额的借款，虽然没有一个子儿买新家具，但有了房子他们就能在城里落脚了。年底单位发了奖金，云子爸和单位的同事们一起上了趟平凉，买了电视柜和沙发。云子爸连夜组装起来，摆在客厅地上，房子一下子气派起来。

正月里走亲戚，云子二叔带着一家子从西大滩回来，说要带孩子浪姥姥家。云子二妈把头发剪短了，看着很精神，卫华与保华生得活泼可爱。看着二叔很会照顾人的样子，云子打心底里为二妈高兴着。一个正月熙来攘往，都是南里北里和西大滩的亲戚。云子妈从早到晚在做饭，云子偶尔也帮帮忙，大多数时候云子妈不让云子插手，怕耽误她学习。

开学的时候，云子五叔和云子五妈一起调到县城的小学教书。也是一件令一大家子都开心的喜事。云子五妈是个教书的，茶饭手艺不咋行，很多时候两口子带着儿子兴华一起到云子家蹭饭吃，云子妈也不嫌麻烦，还常常给他们一家留饭。云子五叔对大嫂十分敬重，兴华也喜欢在大妈家待着。

　　一家人正热热闹闹吃饭的时候，电话铃响起来。云子妈接起电话喂了一声，电话那头沉默了一会儿才有个闷闷的声音喊了声姨娘。云子妈愣了愣才反应过来是杨老大家的大儿子杨成龙，一听声音就知道出了事。云子妈连忙问啥事。电话那头说他爹出了事到城里住院，怕是没多少日子了。云子妈感觉天瞬间黑下来，但很快回过神，叮嘱成龙不要着急，她马上去医院。

　　云子爸骑着自行车带着云子妈就往医院跑。原来杨老大套着骡子到山下拉盖新房的木料，过了黄家堡子河湾，上山的路被河水冲刷得太窄了，骡子一快架子车翻了，杨老大从路面上跌到崖面下河道上被压在了木料底下。

　　杨老大从昏迷中渐渐醒过来，认出了云子爸，拼了最后一口力气说："你姨父，成龙就交给你了！"云子爸想都没想，一口应承下来："老亲家，你放心！"

　　杨老大一走，家里的顶梁柱塌了。杨成龙本就复读了两年没考上大学，为了把家撑起来，干脆辍学回家务农去了。麦子电话里说得十分决绝，杨成龙若上不成学，婚事就不提。云子五叔和云子五妈一致反对麦子的婚事。但云子爸更决绝，说麦子如果悔婚，就断绝父女关系！

　　听到父亲为了一句话的事要把自己的一生搭进去，麦子没有再回复一句话，双眼噙满泪水，挂断了电话。打那以后，麦子寒暑假再没回过家。云子妈想麦子了就哭天抹泪，说都是自己的错，没有为马家生下个儿子，让命运来难为她的女儿。起初，云子会安慰母亲，这两件事情之间没有任何关系。时间长了，云子和云子爸听着听着都听烦了，却也没办法把云子妈从那种无谓的自责中解救出来。直到麦子大学毕业找了工作，在市上的大学里任教，云子也顺利考上了大学。云子妈脸上的阴云才散了一些。

麦子能进市里的大学教书，在柴沟梁上引起了不小的波澜。尽管大多数人不知道那个工作跟别的工作有什么区别，但麦子那丫头吃上了公家饭，那比她成为村里第一个大学生这件事更为轰动。尤其村里那些婶婶姨姨婆婆奶奶的，见了杨成龙就啧啧地赞叹，杨成龙有本事，占了个吃公家饭的媳妇。不管是出于啥目的说出来的，在杨成龙那里都变成了恶意的挖苦和讽刺。

快入冬的时候，地里的活儿都已经做完，杨成龙打算去一趟乡镇，给新房里添置点东西。他做支书的二叔来喊他去村委会接电话，说是麦子打来的。麦子约杨成龙去一趟市上。杨成龙也没来得及换衣服就搭车往市上走。到了市上，找到约定的地点，已经是吃午饭的时候。麦子烫了个大波浪卷，杨成龙没认出来，是麦子喊了他的名字，他才认出来。

见面的地方是家咖啡馆，杨成龙没进店门时就感觉很不自在。进去后感到更加别扭，觉得自己跟啥都格格不入。虽然定了亲，但两人很少交流。麦子说话不中听，却很直接很坦诚，杨成龙才渐渐镇定下来。

麦子说："我约你来没别的事情，就是说说退婚的事！"

杨成龙感觉自己的脸色变得很难看，但没想好说词，没吱声。麦子接着说下去，说她爸为此事和她断绝了父女关系，但她也不觉得有负于谁。时也势也，以她现有的认识与处境，如果为了一句话和杨成龙绑在一起一辈子，只会是两个人的悲剧。

杨成龙虽然没有上过大学，但他听得懂麦子的意思，甚至麦子说的话他也不是没想过。从前在村里时不觉得，但眼前的麦子让他感到十分陌生，甚至有些可怕，那并不是他想要的妻子的模样。

他没有想到麦子会丝毫不觉得愧疚，甚至还要求他主动向她的父亲提出退婚的事。但麦子讲得似乎也有道理，麦子只有个名字还是从前的。她的发型，她的衣着，甚至她的长相都不是他所见过的麦子。

直到麦子提出给他一万元作为经济赔偿的时候，杨成龙一口应承了。倒不是因为一万元多，而是因为麦子开出了价码，一下子就把之前杨成龙感觉到的某种说不清道不明的自卑感转化成了优势。杨成龙掸了一下袖口上的灰尘，从沙发上站起来转身往外走去。店外的空气已经带有寒意，但阳光十分醉人。

第九章　妮子的花被子

　　云子顺利拿到了大学录取通知书,云子妈高兴得眼泪花儿漂圈儿。望了望窗外,云子妈说她的女儿可以不走她走过的路了。云子妈开始给云子准备开学的被子、褥子,大学录取通知书上说啥都要自己准备。就在一切紧锣密鼓准备停当的时候,云子妈接到三姑捎来的口信,让她到南里去接人。云子妈放下手上的活计,带着云子搭了去南里的班车。

　　尽管当年王夫人说她不在了,凝香可以将三姑家当娘家走。但凝香嫁到柴沟梁上从来没有回过南里。逢年过节都是云子爸一个人或带着孩子去南里,捎这捎那给三姑。在凝香的心底深处,从来不敢告诉任何人的是她一面实实在在感激着王夫人,一面却也实实在在恨着王夫人。尽管她也明白不是王夫人的错，但总不免会觉得如果不是王夫人把她的母亲说给了孙家湾，她不至于打小就成了个孤儿，她的母亲也不至于像一把被人推进了地狱里。

汽车从南门车站往南里行驶的时候，当年自己跟着云子爸从南里往柴沟梁上走的情景在云子妈心里又播放了一遍。

当年的凝香跟玉山在三姑夫家站了一夜，第二天天还没亮就往南湖赶，在南湖搭了去往北里县城的公共汽车。凝香曾经在阳山川公社前的街道上见过汽车，却从来没有坐过。好像第一次坐汽车的欣喜远胜于出嫁，玉山让她双手抓着前座上的扶手，路不平，颠得慌。凝香听玉山的话，双手紧紧抓着扶手，眼睛却被窗外快速掠过的山川吸引，准确地说，是被外面山川后退的速度所吸引。回想起来，王家塬真的在井底一样的深处，爬半天工夫的山到马家沟，马家沟还是架在半山上，从马家沟再往上爬，到了梁上的集市，周围还是连绵不断的山脉。

一路上，凝香和玉山没说几句话，越是没话越是尴尬，凝香也只能一直望着窗外。汽车在沙土路上颠簸了大半天才驶进北里县城。玉山初中毕业后在乡里基建队上干活，1972年县上大招工，玉山作为初中生被基建队推荐了上去。县上招了百十来人，分配到各个行业，玉山被分配到建筑公司。虽然玉山在工地上和水泥、倒石块，干的活比在基建队的时候还苦还累。但是有工资，身份是工人，家里上上下下很是骄傲，柴沟梁生产队上招到县上当工人的就他一人。玉山带凝香看了看建筑公司他工作的地方，还了从同事那里借的中山装，带着凝香往柴沟梁家里赶。

从县城到柴沟梁，十几公里路程，步行得大半天。凝香在心里感叹，亏得母亲去孙家湾后王夫人将她的脚放开了，虽然几个脚趾都有些变形，但不影响她走路，不然，缠个三寸金莲，她连个村子都走不出去。

玉山在县城上班，一周回一次，不舍得搭车，步行过几次，哪里路捷，哪里路好走，他都比较熟。好像山路上不像车里那么局促，二人话也多了起来。玉山说以前跟着他爹和乡亲去城里卖石膏，一担石膏百十来斤。挑得最重的是张家老汉，能挑一百四十斤，凝香没见过张家老汉，当个古今听。从柴沟梁上挑到县城里，一斤二分钱卖掉。有些人舍得，吃一碗炒面，舍不得的，吃两口随身携带的干粮又往回赶。玉山最重的一次挑过八十斤，路上，他爹来来回回替他挑过好几段路。玉山感叹生存不易，给凝香背了白居易的《卖炭翁》。虽然有些地方凝香没听明白，但大义她听懂了。凝香崇拜地偷偷看了看玉山。凝香羡慕玉山上过学，上过学就是不一样。玉山说，不是课本子上学的，是村里教书匠蒙老师笔记本上抄下的，他觉得好，抄了背下来。玉山又给凝香背了《硕鼠》，凝香听不懂的地方，玉山给凝香解释了一遍。玉山说当年他抄下来的时候有些地方蒙老师也解释不通，他跑到倪家套子找了个老念书人才给他讲通。玉山说，柴沟梁穷是穷，卖石膏苦是苦，但在最困难的时候，卖石膏也是条十分窄细的活路。

凝香感叹，走了两天，还在翻山越岭。不过，虽说都是山，但北里的山和南里的山不一样。南里的山更大，沟更深，南里的山更绿。玉山说，北里比南里干旱，庄稼也不比南里。南里是多少代人经营过的地方，土地熟，有文化。柴沟梁上除了原来的地主康家，其余的人家大都是解放战争时为了逃国民党的兵役从南里逃上去的。

过了好水，上了白家屲，过了冯家湾，走过中咀，就进了柴沟梁的地界。在梁峁上绕着山路弯弯曲曲又走了一顿饭的工夫，路过的人家玉山都给凝香一一指认。老虎沟住的是蒙家，中咀湾住的是张家，野狐沟住的是魏家，下沟住的苏家、谢家，上沟里比较集中，村里大部分人住在上沟。玉山张王李赵地说了一串串，凝香听了个七七八八。玉山家住在前咀上，离上沟比较远，但也不是最远的，从前咀上绕到后山的王家湾和后湾，还住着杜家和谢家。

"这回真从沟底走到梁顶了！"凝香原本是笑着说的，说着说着就开始掉眼泪。玉山不知道怎么安慰，悄无声息地陪着凝香往前走。凝香也说不清自己为什么笑着笑着就哭起来。好像走了那么多路，就是一步一步从从前的生活中彻底走出来。也不过是从沟底走到了梁顶，娘、王夫人、王家塬却都一寸一寸远得像前世的事。眼前的路不知要把她带往什么样的生活，好在不管怎么样，凝香从此要有自己的家了。在这世上，也有她可以依靠的人了。

玉山说："不哭了，前面就到家了！"

走近时，凝香看清了相邻的两家，牟家有院墙，从破败的门扇能窥见里面的窑洞，院墙上面露出西厢房低矮的屋脊，屋顶的瓦片中间生出稀稀拉拉的瓦楞草。走过牟家的院墙，横陈在眼前的是凝香不敢相信的模样。崖面下三口低矮灰暗的窑洞，洞口外墙根下的檩条上坐着大大小小几个脏兮兮的男孩，一律光着脚丫子。黄昏的阳光梢梢正从崖面上撤离，把几个孩子的影子拉得长长的，投向没有院墙的空地。凝香一眼就看穿了自己贫穷艰辛的未来。不过，当时也谈不上畏惧，王家塬上再好，也没有她自己的家，她在王家大院的高墙内不过是个小丫鬟。眼前的窑院再荒芜，也是她的家了。

云子见母亲看着窗外掉眼泪，问母亲怎么了。云子妈说要回娘家了，激动的。云子握住母亲的手，她知道母亲的身世，懂得母亲的辛酸。

云子小的时候跟着父亲走亲戚到过南里。但那时候她太小了，记得不太清晰。只记得走了许多山路，到王家塬上抬头望上去，人像掉进了深井里。南里的人十分讲究，她记得自己把暖帽放在一个什么亲戚家上房的八仙桌上时，那个亲戚连忙拾起来，说八仙桌上敬的他家老先人。南里的人曲里拐弯好像都是亲戚，到谁家都会听到谁谁是谁姨娘家的谁谁，谁又是谁谁几爹的什么人。好像每个人都有攀扯不清的亲戚关系。

多年过去，南里似乎也没有多大变化，似乎细路还是那样的细路，连树木都还是那样的树木，似乎不曾长高，也不曾长粗。和北里不一样的是，南里的亲戚都住在路和崖面底下，人是从山梁上往下走。云子跟着母亲从崖面走下去，院子的布局倒是跟北里几乎没有什么区别。听见响动，看门狗叫了起来。走到大场边的时候，云子看到一个头戴网兜、身穿大襟衫的老太太站在大场边。云子妈远远地喊道："三姑！"老太太一边擦眼睛，一边问："是凝香吗不是？"云子妈又喊了一声三姑。老太太骂起来："这没良心的！"云子看到母亲的眼泪滚落下来。母亲边擦眼泪，边让云子叫大奶奶。云子才认出来眼前的老太太就是大奶奶。

大奶奶拉着云子妈的手把云子母女往院里带，金山媳妇听见外面有人声也连忙迎出来。多年不见，金山媳妇已不似当年那般年轻，双腿也因风湿略显卷曲。云子妈让云子喊大妈。云子连忙向大妈问了好，也问了荷花姐姐的近况。大妈说荷花已经是三个孩子的娘了，规规矩矩往老了长着没啥不好的。南里的人礼节多，个个都很会说话。云子母女跟着云子大妈进了上房，云子妈把礼情摆放在上房桌子前。红砖铺的地面平平整整，被清扫得明明的。桌子上面摆着云子大爷爷的牌位。云子一眼就看到了大爷爷遗照上面那串葡萄一样的肉瘤。云子妈给三姑父牌位上了香，和云子一起磕了头。云子听母亲说过，大爷爷耳朵上那串肉瘤后来发生了病变，夺走了大爷爷的生命。

炕边上是大奶奶的一簸箕麦秆和掐好的半盘麦辫。云子妈说："三姑还掐麦辫啊！"三姑回说卖不成钱了，草帽子都是机器做了，她掐着打发时间。边说边上炕盘腿坐下来。云子妈和三姑说着许多年间的零零碎碎，云子大妈到隔壁去喊云子七奶奶。

云子七奶奶天生近视眼，但不曾佩戴过眼镜，看啥都凑得特别近。南里人并不说那是近视眼，而叫近看眼。云子知道，母亲此行的目的是接个碎人带到北里，送到西大滩给六叔抚养。云子六叔和云子六妈婚后多年，一直都没有生下一儿半女。两口子到处求医问药，西大滩、北里、南里都打问过，中药西药、偏方铁方都用过，就是没有结果。没有别的办法，便南里北里托人打问抱养一个。云子妈托人给南里三姑捎了口信有大半年，回信说云子七奶奶二女儿小凤跟前有几个女子，日子过不下去，已经把两个送了人，家里打算再送走两个。

云子七奶奶看人的时候凑得近，几乎要凑到云子妈的脸上了，说娃娃过得难怅，实在是过不下去了，若是多少有个出路，一定不会把那么小的人儿打发了。云子妈说了些体己的话，说给娃娃们个生路也是积善行德的事。云子见七奶奶也只是因为近视看人时靠得近了些，说那些话的时候脸上并不带悲伤的神情，更没有眼泪。倒是自己的母亲，看着实在不落忍的样子。

说话间，云子大妈便做好了长面。拌的白萝卜丝，上面放了几叶芫荽叶，看着清淡可口。云子妈想起当年出嫁前到三姑家也吃过一顿长面，二十年的时光却快得像是只吃了一顿饭的工夫，那些结结实实的人间世事也像只是一席闲话，不由得眼泪花儿开始转圈儿。吃过饭，云子大妈陪着云子娘俩往邻村姜家湾走。七奶奶的二女儿嫁给了姜家湾，生了一堆女孩子，还不肯收手，非要生个儿子才肯罢休。

不远的路程，不一会儿就到了。低矮的房子与周围几家明显区别开来。云子大妈说自己就不进去了，云子妈和云子走进院子。院子里静静地，云子妈直接走进上房里。炕上大大小小睡着几个头发毛毛的女孩子，靠窗户下的炕上躺着个大人。

云子妈叫了声："小凤！"

窗户下的人把头转过来，定睛看了看，渐渐反应过来，问是二嫂吗？说着坐起来。

云子妈让云子喊姑姑。云子喊了姑姑问了好。云子妈问："她姑父呢？"

小凤说："出去浪去了。"

云子之前在大妈家上房墙上挂着的相框中看到过七奶奶家两个姑姑的照片，大姑姑倒是一般，小凤姑姑生得十分秀丽，脸上透露着一股子倔强。但眼前的妇人又胖又邋遢，跟照片里判若两人。

云子妈说："家里如果不愿意就算了。"

小凤抹起眼泪说："二嫂，不是不愿意，有人能给我娃一条活路，我得烧高香。但是娃他爹没脸见你，自己的娃娃养不活，没脸见你。"

云子妈安慰道："别那么说，谁也不是情愿的，但咱就这么个条件。"转头看了一眼炕上几个高高低低的孩子，问了句："几个娃娃都在啊？"

小凤瞥了一眼几个孩子，厌弃似的把眼皮垂下去说："嗯，剩下的都在这儿了。"

云子妈看着几个孩子睁着明油油的眼睛，嘴上说着："真乖！"心里却觉得很不是滋味。

小凤没有抬头，带着哭腔欲言又止："嫂子，我——"眼泪一个劲儿地淌。

云子妈也不知道怎么安慰，把小凤说过的话又说了一遍："别哭，别哭。家里这么难怅，也是娃娃的一条出路。"

"嫂子，我知道。我真是没办法了。你知道我一个接一个地生，照顾不了家里，几个娃娃跟没娘娃没啥差别。"

云子妈也被惹得掉起眼泪来："小凤啊，如果实在生不了就算了，就是几个女娃娃吧，健健康康养大就是福。"云子当时并不完全理解母亲的心情，只觉得是母亲看着小凤姑姑不落忍才掉泪的。

"嫂子你不知道，她姑父弟兄两个。老大家的也没生下儿子，我老公公成天长气短叹的。一大家子大眼小眼就指望着我呢。"云子听小凤姑姑那么说，心里生出许多怜惜，好像女人在姜家湾那里是纯粹的生育机器。而小凤姑姑自觉地领受了那样的命运。

云子妈说："人啊，这一世哪有个十全十美的。"

"嫂子，不瞒你说。我也不想这样，可是她姑父不听。我在这个家里活下去的理由好像就是生个儿子，好像生个儿子也是我在这个世上的全部理由。"

"别那么想，那么想就把路走窄了。"

"刚结婚的时候还想着活一辈子人，也没多少年的工夫，我也不知道是怎么了。"

"常这么下去也不是个办法啊。唉……"

"嫂子，你不知道，生下老四的时候，家里就开始断顿了。现在已经是七个了，实在是养不活了。我也不能眼睁睁看着自己的孩子饿死吧。"

"唉，小凤啊，我也不知道这是行善呢，还是行凶呢。西大滩你七哥结婚几年了跟前也没个娃娃，就这么下去也不行，有个孩子才是个全乎的人家啊。"

"嫂子，我知道。虽然是两个爹爹，但还是一个爷爷。西大滩我七哥我也见过，人好，我放心！"

云子妈劝慰着，也把丑话说在前面："嗯，娃娃送了人就不能想着再见了。"

小凤早做好了心理准备："我明白。不瞒你说，我老六先前给后河她姨夫家送过一回。她姨夫得了个怪病，阴阳说想要病好，就得添口人冲个喜。她姨来求我。我狠下心将老六给了她姨。可是她姨夫的病还是越来越重。她姨又跑来说病人要个人照顾，家里的农活要个人干，没有精力照顾娃娃。我让她姑父把娃娃又接了回来。可是咱家里也揭不开锅了。"

"唉，作孽啊！"

"娃娃如果去了我七哥家，也是一条活路，嫂子，我得感谢你啊。"小凤说着溜下炕沿要给云子妈跪下去。

云子妈连忙扶着她："别这样，起来吧，娃娃看见了不好。再说我也受不起。"

"嫂子，我要是有一丁点办法也不走这条路。"

"小凤，你也知道，我跟前的老四也送到她舅舅家养。她舅舅她舅妈疼娃娃，可是娃娃没那个命。"

如果不是母亲自己提起，四妹没了之后，家里谁都不敢提。云子记得四妹刚过满月就被表哥表姐抱去了兰州舅舅家寄养，父母亲也隔段时间去看四妹。四妹四岁多的时候回过一次柴沟梁。云子记得四妹特别爱照镜子，在上房地上的穿衣镜前跟镜子里的自己捉迷藏，咯咯地笑着，很开心的样子。但四妹长到五岁多的时候身上起了一种红疹，送去医院没有抢救过来。云子在父亲钱包里曾经看到过四妹学走路时的一张照片，背着夹在最里层。虽然没有看见父母亲当面流过泪，但云子姐妹都能感觉到他们的悲痛。没有人再敢提四妹。

小凤说："我知道，嫂子，我知道的。"

云子妈接着说："我的意思是，送过去了，娃娃的忧乐祸福就跟你这没关系了，娃娃前程好了都好，娃娃前程不好了你可不能怪我，更不能怪你七哥。"

"嫂子，你放心，也是我娘儿们的命，我认。"

"那我就不多说了，还得赶路，我就带着孩子走了。"

"吃了饭再走吧。"

"不了，路还长着呢。"

"嫂子，你容我跟孩子说句话。"

云子妈眼泪又哗地流出来，连忙说："她姑姑，你说，你说，有啥话你说！"

"嫂子，我还没怎么呢，你倒哭了。"

"小凤啊，你别怪我心狠把你娃抱走了。"

"嫂子，怎么会呢？你是给了我娃一条活路啊。"

"嗯，有啥话快给娃说吧。"

"嗯。"

小凤对着几个孩子说："你几个听着，人家都嫁女子呢，为娘的没本事，养活不了你们，今天就趁早打发一个。北里你二娘要上西大滩呢，你们谁去啊？"

几个大点的都怯怯地沉默着，一个小点的抢在前头说："我要去，我要去。"

小凤一把把她拉到跟前，说："老五，那就是你了。跟着你二娘享福去吧。"

云子妈问："娃娃叫啥名字？"

小凤边给娃娃穿鞋，边说："嫂子，你看，娃娃接来送去的，三岁多了还没个名字呢。在家里都老六老六地叫着。"

云子妈说："那给娃娃起个名字吧，算是个念想。"

　　小凤犹豫了一下，说："算了，让七哥七嫂给她起吧。"

　　云子妈坚持说："还是你起吧，算是给娃的个念想。"

　　小凤又哭起来："嗯，那就随她几个姐姐吧，叫妮子吧。"

　　云子妈把妮子抱起来，在她红红的小脸上亲了亲。孩子也不躲闪。看孩子十分可爱，云子妈说："嗳，好名字，叫妮子，呵呵。"

　　小凤把一个小布包递给云子，朝着云子妈说："嫂子，走吧，天黑了路不好走，路还远呢！"

　　云子妈说："嗯，走了。你还是把自己照顾好。生男女的事，是老天爷的事，不要强求。"小凤心里知道，嫂子是为自己好。但她也知道，她如果不生个儿子就没个头儿。嘴上答应着："嗯——嫂子，赶快走吧。"

　　云子妈很不舍，但也没有别的办法："你保重吧，走了！"

　　"走吧……"

　　临走，云子妈把一沓钱放在了桌子上，钱包在一块红布里。云子妈对小凤说是西大滩你七哥的一点儿心意。小凤趴在门框上把脸埋在胳膊上大哭起来。

　　出村的时候，云子和母亲都没有提起四妹，也都没有说别的话，只是逗着妮子玩儿。到村口的时候，有个人在路边的田地里拔大豆秆。看见云子妈和云子时直起身子看了看她们。云子妈也看了看收大豆的人，长着浓黑的两道眉毛。

　　那人认出了云子妈："是马家嫂子啊！"

　　云子妈也认出了对方："哦，是她姜家舅舅啊！"云子妈让云子叫舅舅。然后把事情大略讲了一番，让对方理解，不是个大肆张扬的事，所以没有去家里看望老人家。云子没有见过那姜家舅舅。但说到姜家，就知道是奶奶的娘家。她曾几次听母亲说父亲的两个表弟问父亲借钱，借走的都没见还。别人看见的云子爸是个挣工资吃国家饭的，但别人看不见云子爸的两个钱七窟窿八眼眼到处都得填。碍着面子，张了口，云子爸有些时候是从别人那里借了再借给他们的。云子爸面情软，人家不还，他也不好意思张口要，也不让云子妈要，怕惹人。云子奶奶曾经捎话让云子爸不要理她那些不成器的侄子，但云子爸总说要维护云子奶奶的面子。

只是匆匆打了个照面，云子完全不会想到二十多年后将会再次见到那个有着两道浓眉的姜家舅舅，而且是以她完全意想不到的方式。

妮子三岁多，话已经说得真真儿的。指着她娘给她准备的包裹说里面装着她的小被子。云子妈问她怎么知道，妮子说上次她被送给她姨妈家的时候就背着那个小被子。云子看见母亲眼里闪着泪花，怕母亲又难过。逗着妮子说："你个小人精，记性还好！"妮子说："小被子上有我娘的味道呢！"云子妈长长出了口气。

云子六叔从西大滩到北里县城云子爸的宿舍来会合。妮子按照云子妈教的，顺顺叫了声爸爸。云子六叔把从西大滩买的一身新衣服给妮子换上，说旧衣服不要了。妮子说小被子她要，不能丢。云子六叔把小被子给妮子装进包裹里。云子爸妈给妮子也买了身新衣服，还有一些零食，一起装进云子六叔的帆布提包里。云子六叔带着妮子搭了班车上了西大滩。

第十章　风中的沙枣花

　　腊月，云子爸和云子妈逛街买年货的时候遇到了村里的杨老师。杨老师还是年轻时的样子，没太大变化。杨老师说村里人都重视教育了，都想把娃娃送到中心小学上学。村小已经没有学生了，他也转正去中心小学教书了。杨老师还说杨成龙结婚了，娶的是菜籽沟蔡家的女子。云子爸应付了两句场面上的话，也没有心情办年货了，回家躺在沙发里长吁短叹的。云子妈不敢跟云子爸说，她心底里期望着杨成龙能主动退婚，算是给麦子解了绳索。云子五叔和云子五妈蹭饭的时候，你一言我一语一唱一和地说这样对谁都好。说娃娃好不容易走出去了，生拉硬套会毁了两个娃娃一辈子。云子爸有心骂老五一句，但碍着云子五妈的面子，也因为心上吃力，只抬了抬沉重的眼皮瞪了老五两口子一眼。

似乎真应了那句话，时间会治愈一切。在岁月无声地流逝中，云子爸也不再纠结，只把对杨老大的那份歉意深埋在心底。麦子打电话说要出国留学，出国留学前回了趟家，云子爸也不再提及往事。担心女儿到那人生地不熟的地方遇到个头疼脑热的没人照顾，叮嘱这，叮嘱那。麦子感觉父亲好像一瞬间苍老了许多，找话宽慰说几年就回来了，不用担心。

云子妈也不知道女儿要去的地方在哪儿，燕子在地图上给她指了，又在地球仪上指了，但她还是不知道那个叫什么什么斯的地方在哪儿。云子爸单位上有个姓张的女同事，是天津人，女儿在美国定居，张师戴个墨镜成天牵着个小白狗在单元楼前的马路上溜达。张师在云子妈跟前感叹说娃娃没出息了家长难心，娃娃太出息了就不是自己的娃娃了。云子妈能理解张师说的话，但心里还是觉得娃娃出息了好。

麦子从上大学的时候开始，就很少回家，即使回来一次，也像点火一样，只住一两天就拉着她的行李箱去了学校。麦子的学校在兰州，麦子的舅舅在兰州城。云子爸妈把四女儿送到云子舅舅舅妈家寄养之后去过几次兰州城，四女儿不在了，云子爸妈再没敢去过兰州城。但麦子到兰州上学有个舅舅在那里，麦子就算假期不回家，云子爸妈也不至于太担心。出国却不一样，麦子走了，把半个家带走了一样，云子妈总扯心着。麦子走了，云子在省城上大学，燕子也在备考，如果能够考上大学，也将离开家门，去不知道啥地方的地方了。

从家里的阳台上望出去，是一条长长的马路。单位上的人上下班走那条路，一中的学生娃娃上下学走那条路。云子妈做好饭等云子爸的时候，看见云子爸提着一扎酒瓶往回走。还是当年走路的样子，脚后跟拖着地，不用听，都能看见那种哆哧哆哧的声响。只是，当年那个身影是个年轻小伙子，出现在窗外的已经是个半大老头子，一扎空酒瓶都提不动的样子。云子妈懂得云子爸心底里藏着的那份歉疚。

云子在省城上大学的时候，偶尔坐火车去西大滩。西大滩火车站距离爷爷奶奶家不远，叔父们随便谁骑着自行车便能把她从火车站接回去，走的时候再从家里送到火车站。在来去的路上，云子看见过前进农场的大门。叔父们都有关于前进农场打工的趣事分享。

过了沙湖往爷爷奶奶家走的时候，云子也能看见公路两侧十分醒目的标识牌，上面写着"汝箕沟"的字样。看到那几个字，云子便会想起小时候到西大滩时见过的叔父们，从汝箕沟煤矿劳动归来，整个人被煤渍污染得融合进夜色中，只看见眼睛和牙齿。有点吓人，又让人心生疼惜。

坐在自行车后座上，平原上的风徐徐吹拂。宽敞的柏油路两侧是灌溉田地的水渠，水渠中长着高高的芦苇。整个原野上都是深浅不一的绿色，十分迷人。云子完全无法想象人们初到西大滩时的情景，是四处到来的移民把一片荒滩经营成了万顷良田。

不管是哪个叔父来接她，都先把她送到爷爷奶奶家，爷爷奶奶跟七叔住一个院子，也是爷爷家搬迁到西大滩时最初的落脚点。但房屋已不是当初二叔盖的土块房，而是一砖到底的大平房。七叔从干活的金属镁厂拉了地砖，把院子铺得平平整整，院子一角种了菜园，很有生气。奶奶的小脚在庭院里忙碌，烧炕、拔菜、扫院、喂鸡。

奶奶从来没有跟云子提过柴沟梁，好像她从来不曾在那里生活过一样。云子喜欢奶奶做的饭菜，简简单单，但非常可口。奶奶总会在屋里没有别人的时候揭起自己的大襟衫，从肚兜里翻出一个小布包，一层一层翻开，翻出里面包裹着的几个毛票子递给云子。奶奶说是她专门给云子攒的，并叮嘱她不要告诉别人。云子总配合着奶奶，悄悄收起来，按一按她的包包，说已经藏好了。

有时候，奶奶也会走出院门，带云子到周围的田地边，她的三寸金莲小心翼翼走在阡陌纵横中留出的细路上。告诉云子水稻怎么种，告诉云子玉米怎么点。伸手给云子摘树上的沙枣花，指给云子看水渠里的游鱼和青蛙。父亲说起奶奶的时候更多说的是奶奶如何如何严苛，父亲挨过奶奶的擀面杖，还挨过奶奶扔来的面刀。但奶奶留给云子最深刻的记忆是她伸手摘沙枣花的时候，穿着大襟衫的奶奶在落了霜一样的沙枣树下，风拂过她鬓边的一丝白发，仿佛奶奶吃过的苦都被那一缕微风抚平了。

奶奶也会带着云子到二叔、四叔和六叔家逛一圈儿。二叔家在村子的最北边，是结婚前二叔选的地方，房后面就是他家的田地，边上种着高高的白杨树。四叔家住在村子的最西边，出了门就能看见不远处的贺兰山，给人感觉有个一顿饭的工夫就能走到山脚下。六叔家离奶奶家最近，在奶奶家的房背后。云子听母亲跟父亲说过："这家里把老六两口子亏着了！"六叔六妈从爷爷奶奶家分出去的时候几乎啥都没分到。六叔和六妈家的啥都是他们自己靠劳动挣来的。父亲有点维护爷爷奶奶，但也是实话，说家里那会儿本就穷得啥都没，他们二老有啥办法呢。老七家的啥还不都是他在金属镁厂下苦挣来的。

对西大滩熟悉了之后，云子也常常自己去叔父们家里游荡。在四叔家，她常能见到门外一张破沙发，四爷爷大多数时候在外面给别人家放羊，在家的时候就躺在那张破沙发里，好像家里不要他一样。四爷爷看见她来，常念叨一句：人家的孙子来了。云子便会说：也是您的孙子。四爷爷常分不清云子和麦子，见了云子就问她还记不记得小时候背着她去看《白蛇传》的情形。每每问起，云子就知道是四爷爷把她跟麦子搞混了。四爷爷曾经背着才学说话的麦子到柴沟梁下的小阳仚看戏，看过一本《白蛇传》，麦子没听下，回家跟母亲说四爷爷带她看了背上转。不过，虽然四爷爷搞混了，但云子还是觉得很温暖，就好像她也曾被四爷爷背着去阳仚看过《白蛇传》一样。四爷爷见谁都会说他的冤情怨气，说当年在县上造纸厂当会计时几张粮票不见了，公家愣说是他偷了，把他从单位开除了。四爷爷到处扬言要告，死也要讨个清白。但没见他真正行动过，大约他也不知道上哪里去告，去告谁。倒是云子爸替他问过，但造纸厂根本就翻不到他的任何材料，好像从来都没有他那么个人存在过。

四妈非常能干，伺候常年卧病在床的四奶奶，照顾着还在上学的建华与玲子，还要喂猪、养鸡，还得抽空帮四叔看蔬菜大棚，还得关顾自己的庄稼。云子觉得四妈是最像她母亲的，说话办事得体又利索。不过，在几个婶娘中，云子最喜欢聊天的是二妈。二妈轻声细语，也不完全把云子当小孩子，能够跟云子说心里话。云子二叔经常出门打工不在家，有时候云子晚上会在二妈家住一晚。

二妈喜欢听云子说她在学校的生活，二妈也跟云子聊她的生活。云子永远记得二妈坐在炕边上，身上的白衬衫在灯光下被照得有些虚幻，二妈说起她的担忧，说她自己身体不方便，尽管她十分努力，但还是赶不上别人。锄地、掰玉米，总比别人慢，她也打不了工，插秧、种树，人家都不要她。她只能在家里干点家务活儿，地里的活儿她能干的也不多。云子看见二妈说着说着眼泪快要掉出来了，好像又觉得不好意思，低头把被子摸了摸，把眼泪忍了回去。云子诚心诚意安慰二妈，让她给孩子们把饭做好，看卫华和保华把书读好就是为家里作了大贡献，打工挣钱的事有二叔呢。

二妈说她们结婚迟，生下大儿子卫华时，二叔已年过四十，她总担心着孩子没有长大，她和二叔就老了。云子后来想起二妈当时说那话时大约心里有种不好的预感，但当时的云子年轻，想不到二妈的心境。只是真诚地安慰说时代在变，不像原来在柴沟梁上，干啥都凭一把力气。孩子们把书读好，将来的出路多的是。

云子心里是疼惜二妈的，她见过二妈在娘家时被宠爱的样子。嫁给二叔，二妈获得了平凡人生的幸福，但也尝到了生活的艰辛。上了点年纪，二妈已经不像当初那么白皙、饱满，凹陷的脸颊有些枯黄，有些憔悴，身子也看着比从前单薄了许多。的确，在凭力气挣钱的时候，二妈显然比别人少了许多优势。云子有心说她和姐姐妹妹以后也可以帮忙照顾两个弟弟，但话到嘴边又咽了回去，她不能确定自己有那样的能力。但也是那一犹豫，让她后悔莫及。她常想，当时二娘坐在炕边上跟她敞开心扉说出那些担忧的时候，一定已经是有些力不从心了。如果她当时不犹豫，哪怕是说了将来会照顾弟弟们的假话，也应该能够给二妈一份实实在在的安慰。但人生没有如果，她没有把那样的话说出来，在二妈还能够听到的时候。

云子在六妈家去得相对较少，六叔和六妈平常总是在外面打零工，很少在家。六叔常在工地上干活，听说是大工，活儿苦，但工价也高。六妈也常在村子周围找些插秧、种树、摘果子之类的活计。妮子在学校上学，很少看见她。

七妈明香和云子同龄，却是和云子话最少的。好像一样的年龄倒让两个人在其他方面的隔膜被放大了。既不能像其他几个婶娘那样以长辈那种过来人的口吻跟她说话，又没有同龄人共同的话题跟云子交谈，所以常常只是客客气气地寒暄几句。倒是从七妈的结婚照中，云子看出七妈是个乐观自信的人，也是个有想法的人。七妈的结婚照拍得很漂亮，白色的婚纱把她衬得很美。七妈是几个婶娘中唯一一个结婚时穿婚纱的，云子觉得是七妈把婶娘们那辈人拉进了新时代。

云子大四的国庆节没有去西大滩，和刚考到省城上大学的燕子一起回了趟家，突然间几个孩子都不在家，父母亲说家里空荡荡的。云子和燕子跟着母亲学蒸馒头的时候，电话铃响起来。云子接起电话，是四妈从西大滩打来的。四妈直接让云子叫她妈接电话。云子不知道什么事，但从四妈的语气中预感到发生了不好的事。云子喊了做馒头的母亲，母亲从厨房里出来，手上还沾着面。云子没有听见电话那头说的什么，看见母亲退了一步跌坐在电话旁的沙发里。

挂了电话，云子问怎么了。云子妈眼眶红红的，几乎是哭着说云子二妈没了。云子妈有点儿失魂落魄地走进厨房，看见灶头上冒着腾腾热气的蒸锅，那年云子二妈带着两个孩子回娘家时到家里来跟她一起蒸馒头的情景浮现出来，云子妈控制不住在厨房失声痛哭起来。云子一时间不敢相信，又有些早有预感的奇怪心理。云子走到阳台上，独自在卫生间待了一会儿。灯光下穿着白衬衫的二妈坐在炕边上说话的样子浮现在云子眼前，她后悔自己没有当着二妈的面告诉她会照顾两个弟弟。

中午，云子爸回来的时候脸上带着一层阴云。看样子，云子爸也接到了消息。云子妈赶忙从厨房走出来，云子和燕子也从各自的屋子里聚到客厅，迎上前去用目光探寻更具体的消息。云子爸没有正眼看她们娘仨，反倒生气地说都该干啥干啥去。云子妈又追问到底怎么回事。云子爸长年累月地抽烟，越到关键处他咳得越厉害。

云子爸说云子二叔打的电话。云子问有没有说咋回事，云子爸说掰玉米的时候倒在了玉米地里，拉到医院没救过来。一家人都吃不下饭，云子妈又打电话问云子四妈详细的经过。云子四妈说医院诊断是肺气肿加中暑。在四妈的描述中，云子眼前一个戴着草帽、背着背篓在玉米地里掰玉米的二妈的形象浮现出来。二妈戴着草帽背着背篓，在比她高出许多的玉米田里仰头掰玉米。西大滩的毒日头在头顶上端照着，二妈喘着粗气，用尽她的全部力气，直到倒在玉米行中……

　　翻年暑假，云子找好了工作，陪着母亲一起去西大滩看望年迈的爷爷奶奶。西大滩从 1983 年被设立为县上的移民吊庄，经过二十年的发展，变化很大，叔叔婶婶们的生活也发生了很大变化。到 2003 年、2004 年分别移交给了石嘴山市和大武口区管辖。家里人还是习惯把那片土地叫西大滩，二十年间，一滩人靠双手改造着他们脚下的土地，环境在变，生活在变，人在变。唯一没变的是西大滩的天气，酷热难当，对着那些绿色的田野望久了，会感觉田野上方舞蹈着青烟色的烈焰。从前西大滩人家大多还是土坯房，没有篱笆，也没有院墙，孤零零的房子站在那片望不见边际的原野上像是被风吹落的种子，也仿佛正要被风带去别的地方。二十年过去，几乎到处是一砖到顶的现代化小平房，也有了砖砌的围墙，透过那些半掩着的大铁门可以窥见院子里绿绿的菜园。

　　在四妈和六妈的陪同下，云子和母亲去了趟二叔家。二叔家房门紧锁，从铁门的缝隙中可以看见院子里面的情景。干枯的树枝围成半截篱笆偎在房子的右侧，一条通道无声地躺在荒芜的院落里。邻居说二叔出去干活了，孩子暑假也都出去打工了。母亲怅然地叹息了一声。

　　云子想起第一次看见二妈的情景。虽然不是十分标致的眉眼，但那白皙干净，那散发于眉宇间自卑自怜又通达冷傲的心性攫住了云子的心。二妈松松地梳了一个发辫从右肩斜搭过来，从正面几乎看不出她肩头凸出来的缺陷。想起来，二妈在娘家时是被包围在怜爱之中的，从她那白皙的面庞中看不出一丁点儿干农活的印记，她的大部分时间是读书，也许正是那一点，更让她跟周围的人不同。当然，那浓厚的怜爱中包裹着的是二妈生来就承受着的残缺以及那残缺在她生活中投下的阴影。完婚之后，二叔带着二妈去了西大滩。二叔和二妈在西大滩拍了照片寄回去，相片上的二妈满脸洋溢着欢愉的微笑，没有丝毫伤感。再见到二妈是几年后。二妈带着两个年幼的儿子回家乡探亲。二妈剪了短发，配上她不高但瘦削的身形显得十分精干。那个时候的二妈拥有着和别人一样的幸福，或者因为饱尝过残缺的痛苦，她在精心而贪婪地品味和珍惜着幸福。比起二妈出嫁前的生活，云子觉得实实在在是马家没有照顾好二妈，但她也只能把那种想法说给母亲听。

生活中总是苦乐参半，云子六妈从西大滩回柴沟浪娘家的时候到云子家浪了一圈儿，说妮子考到了一个中专学校的护理专业，将来是当护士的。云子妈也为云子六叔和云子六妈开心着，更为妮子感到欣慰。最让她觉得安慰的还是云子的工作找到了市上的大学，和麦子一个单位。市上离县城不远，一个多小时车程。孩子有了着落，她的心也便有了着落。

西大滩也传来云子四奶奶下场的消息，但好像并没有引起谁的大悲痛。北里和西大滩之间隔着千里路，更隔着些看不见的岁月。在那苍茫茫的岁月长河中，云子四奶奶快不行了的消息从西大滩往北里南里传了好多回，但后来都没有了下文。云子记忆中四奶奶常年卧病在床，早已被屋外的人事遗忘了一样。云子听父母亲说起挨饿年上四奶奶如何如何一口沫糊一把锅巴续了云子爸的命。云子爸唉声叹气说自己是亏着云子四奶奶了。云子妈宽心说，这么多年捎这捎那，病了药买着，身上压着了，海绵垫子也买着。要说疼痛，也只能她自己受着，替换不了么。说完，叹息一声，接着说人没了也好，罪孽也受尽了！云子爸赶往西大滩参加了云子四奶奶的葬礼，云子四奶奶被葬在黑刺沟，那里埋着在西大滩逝去的乡亲们。

十月一，送寒衣。云子爸和云子妈一起到街上买了剪寒衣的纸和香裱。云子看母亲用她瘦黑变形的双手折出印子，然后将纸抚平，然后——剪出给王家老太太的大襟滚边夹袄、给云子姥姥的大襟棉袄、给云子姥爷的印着寿字和金元宝的长衫、给云子四奶奶的深紫色印花大襟棉袄、给云子二妈的紫色修身马甲套洋红印花开襟衫……

云子妈跟云子说她记忆中云子姥姥的样子。云子姥姥皮肤白皙，穿着还留点旧社会的印迹，临死的那天还青肿着腿脚出门刨食。云子妈对自己的父亲没有多少清晰的记忆，只记得她的父亲给母亲的一根银簪子，那银簪子到后来也不知去向。云子妈有时候也跟云子说王家老太太的事，说王家老太太是大户人家出身，心态好，到啥时候都乐呵呵的。云子妈摸着一张玄色的油光纸说："给老太太剪个宽大的棉马甲，她时常说冷，给剪个暖和的。王家老太太没有儿子，没有孙子，大门上都没人泥个泼散的碗托儿……"说起云子四奶奶，云子妈总是叹一声："哎，可怜！"云子也觉得，四奶奶下场的时候连个响动都没有，好像大家都等着那一刻到来，没有多余的悲痛，也没有多余的哭声。母亲给四奶奶也剪了棉马甲，剪了棉裤，剪了鞋子。母亲又摸着一张紫红色的印花纸说："你二妈走得太早了，给你二妈剪个时兴的印花开襟衫，肯定很好看……"

云子看母亲一边剪，一边自言自语一样述说着那些已逝的亲人们活着时的艰辛，但没有眼泪。当母亲述说的时候，那些已逝的亲人活着时留下的生命脉络浮现出来，有些清晰，有些模糊。

剪完了，母亲揭起最上面的彩色印花纸面说那是面子，里面的两层白纸分别是棉花和里子。完了，母亲又给姥爷剪了旱烟袋、给姥姥她们一人剪了一方头巾，特意给二娘剪了条长围巾。母亲的情绪慢慢回转过来，感叹说："国家把这也当事了，你不知道，街上啥都有，颜色、花样都很时兴，有带着盘扣的大襟衫，有大衣、有呢子、有羊毛衫，连裙子都有。可是你姥姥她们都穿不惯，还是我给她们剪几件合身的、暖和的……"云子觉得母亲用的"国家"那个词很有年代感，但也不去纠正。送了寒衣，云子赶回市上，第二天要上班。夜车上灯光昏暗，大部分乘客头枕着椅背或者悬空着脑袋在并不踏实的睡眠中做着清晰或者模糊的浅梦。旁边那位十分占地方的乘客将头歪在走廊的一侧忽忽扯着呼噜，他那面包块的棉袄中不断响起一阵破铜锣似的手机铃声。打电话的人十分执着，每隔三五分钟便拨一次，一直耐心地等着那刮擦玻璃似的铃声重复五六遍才肯停下来。起先还能看见钴蓝色山峦与灰蓝色天空相间处沙红的尘埃衬托出的树冠，树冠上挂着几片尚未脱离而去的枯叶。窗外的夜色一层层晕染上来，不到一炷香的工夫，黑夜便完全覆盖了车窗外的一切。远处一弯玄月从西边的半天上慢慢沉落，仿佛一位气息奄奄的病人一样最终耗尽精力，消弭成一条血红的弧线消失在原野深处的村庄之上。跟着夜色浮升的是凌乱的一些生活片段。

　　人生仿佛就是这样，走着走着，会相信许多从前不相信的东西。换作从前，云子尽管不会去阻止，心里会觉得母亲在做一件十分愚昧的没有意义的事情，还会造成环境污染。但是一年一年的，云子用心看着母亲、用心听着母亲、用心感受着母亲。甚至想象着那些已逝的亲人们接到新装时的欣喜。对母亲而言，她那样述说着，也抚摸着那些曾和亲人们一道度过的欢乐时光、艰辛岁月。在述说中，便也把自己的所有不如意看淡了似的。父母那一代人以及他们往上多少代人，并不阅读，并不写作，也从来没有谁看过心理医生。"说"在他们的生命长河中起着讲和写的作用。说比讲显得更平等，更交心。他们也从没有因为说不像写那样能留下痕迹而抱憾。说过、活过，最终被岁月的尘埃掩埋，被时光的轻风拂拭，不留痕迹，自然而然。他们那些人，用这样那样看似落后愚昧的方式治愈着自己。

第十一章　四奶奶的老衣

春秋赓续，麦子留学回来，燕子也将大学毕业，在市上找工作。云子爸妈担忧着，却也帮不上什么忙。也是燕子运气好，云子爸单位上内部解决职工子女工作的政策下来，燕子正好赶上了。政审、体检、考试、分配，顺顺当当进了市里的供电局。云子爸妈算是把心里的大石头放下了。

云子四奶奶的三年纸转眼即止，云子妈不分昼夜地飞针走线。云子妈说一定要赶在云子爸动身前将云子奶奶的老衣置办出来，去一趟西大滩不容易。云子妈说云子奶奶老了，说走就走，云子奶奶的儿媳妇一大堆，不能临了连身像样的老衣也穿不上。

云子觉得母亲的话是有道理的。西大滩是个十分遥远的地方，如果没有重大事情，父亲每年冬闲的时候才去那么一次。每次去之前要做很长时间的准备。父亲要特意去五叔家问问捎不捎东西。父亲动身之前要榨清油、酿老醋、捆粉条、装洋芋。母亲要连着赶好几期集给爷爷奶奶选礼物。母亲还要做许多好吃的，腌鸡蛋、炸烧鸡、煎油饼。

但是不管带多少东西，每次云子爸回来都会带着遗憾回来。说什么什么拿少了，给谁谁谁没分上或者分少了。云子妈便不停地安慰，路这么远，让大家都见点儿就是了，多少算个够呢？看见云子爸不说话，云子妈便又添加一句，下次多带点就是了。

其实，西大滩的遥远不是用公里可以丈量的。许多年后，云子天南海北去过许多地方，却没有哪个地方能远过西大滩。西大滩的远是再也回不来的远。

爷爷奶奶搬迁去西大滩的时候是 1984 年秋天。那一天的阳光将柴沟梁上的日子照得金黄金黄，通往村口的那条红土路也显得格外明艳。四岁的云子穿着红底小黄花的夹袄望着黑压压的人群水一般涌出村口。奶奶背着背篓，背篓里装着被捆了双腿的几只老母鸡，鸡们因为互相挤压咕咕轰叫着。奶奶手上牵着小白狗，小白狗迈着碎步奔向未知的远方。

人们怎么连头都不回啊，难道他们一点儿也不留恋柴沟梁上金灿灿笑盈盈暖洋洋的阳光吗？云子觉得那些熟悉的面孔正在走出阳光，走出时光，去向一个回不来的远方。

当那些离去的背影渐渐变淡时，村口寂寞起来。云子觉得有些无聊，便转身向家里走去。就在一转身，云子看见村子单薄起来，空虚起来，陌生起来。墙根下没有了晒太阳的人，只有蔫头耷脑的阳光沾在褪坏的墙壁上，墙头上站满了奔向枯萎的荒草。门口没有了小白狗的吠叫，屋檐间没有了燕子的争吵，院子空得能摇起风。云子后悔起来，真不该那么轻易就转过身。

如果不转身会怎么样呢？至少不会一下子就丢掉洒在村口那暖洋洋的阳光，也绝不会一下子就掉进荒芜蔓延的村庄。

云子常常翻箱倒柜在记忆里搜寻那黑压压的人群中属于四奶奶的面孔，却怎么也想不起来。当时真该上前拉住四奶奶，看一看她尚且年轻的容颜。传说四奶奶年轻时长得十分俊俏。云子遗憾自己年纪太小没赶上。

云子印象中第一次见到四奶奶的时候是在西大滩。云子看见四奶奶的第一眼就感叹：真老啊！那打满褶皱的面孔跟任何一个没落的女人毫无二致。

"真老啊！你怎么那么老？"

云子站在炕头边用她细小的手指摩挲着席篾问四奶奶。

四奶奶自顾自靠在一团污漆油黑的被卷上，一边贪婪地啃着云子爸带上来的鸡爪子，一边急切地絮叨着云子听不明白的话。

"真瘦啊！你怎么那么瘦？"

四奶奶依旧自顾自边吃边说，对云子的问题置若罔闻。

云子觉得不该让自己那两个相当重要的问题被轻视，便哧溜爬上炕，拽起四奶奶的耳朵大喊起来："你的耳朵聋了吗？"

四奶奶冲着云子笑了笑。

那个瘦弱的笑被缠绕在四奶奶一团乱麻似的皱纹里难以挣脱。云子想伸手去解救，那团皱纹竖起来挡住了去路。四奶奶将鸡爪子送进没牙的嘴巴吮吸的时候，云子发现四奶奶的手正像一只被啃干了的鸡爪子。云子见四奶奶没命地吮吸着不理会自己，便一把从四奶奶手上夺下被她啃得筋筋串串的鸡爪子，扔进放在窗台上的洋瓷碗里。

四奶奶拉起缝在大襟上那绺污漆油黑的白洋布手巾擦着嘴，斜乜着昏暗的眼睛问云子："你是哪一个？"

"云子，是云子！"

"没听过。"

"我跟我爸从柴沟来。"

"你妈呢？"

"我妈在家呢？"

"你妈是谁？"

"我妈就是云子妈。"

"云子妈啊！云子妈的针线好啊！"

"是我妈！"

"你妈就是云子妈。我的老衣就是云子妈做的！"四奶奶边说边用她那瘦死连筋的手在衣襟上摸了摸。

云子发现四奶奶的大襟果然是红色的，只是太脏了，房子太黑了，几乎看不出那原来的红了，袖口和襟摆磨损得开了边。云子抬头看看屋子。屋顶上的横梁和檩条被烟熏得漆黑漆黑。靠炕边的横梁上包包蛋蛋挂了好几个脏乱不堪的小包裹，还有几串干透的萝卜干和几绺红蒜辫子，褪坏的泥墙上满是拖幕尘。地上堆放着装满粮食的麻袋和一些破旧的老家具。只有炕上的窗子里透着亮光。窗子是从老家运去的老式木格窗，旧年褪色的窗花还死皮赖脸地粘在窗纸上。最下边中间的窗纸捅开着。从那格开着的窗格子里能看见屋外鎏金的阳光。云子将小脑袋瓜贴在窗格里向外望了望，屋外的阳光看上去仿佛在哪里见过似的，旧旧地，远远地，栖落在坑坑洼洼铺满塘土的院子里。在哪里见过呢？

云子指着屋外的阳光让四奶奶看。四奶奶不知什么时候爬到了炕边上，手里拿着半把白药片正往嘴里塞。

云子惊奇地盯着四奶奶："我妈说一顿只能吃一片！"

"你妈不知道我的疼痛。"

"吃多了会闹死人的。"

"死了好啊!"

"死了好吗?"

"死了好!"

云子蹲在炕角上等着四奶奶死。四奶奶的两片嘴唇像正在磨豆腐的石磨不停地蠕动着,云子感觉四奶奶嚼得十分香甜。

"香吗?"

四奶奶含混不清地说:"苦,我吃啥都是苦味道,苦从我的胃里我的心里往上涌。"

"吃肉的时候也苦?"

"啥到了我嘴里都像我掉了的那些牙,我囫囵半块就咽下去了,但是苦是细细的、匀匀的、狠狠的。"

云子觉得正有许多坚硬的牙齿从自己的喉咙里争先恐后涌向肚子里。房门吱呀一声被推开了,四妈走了进来。四妈盯着云子问给四奶奶吃了什么。云子据实相告。四妈扑过去用她粗壮的手指从四奶奶嘴里将药片一个个掏了出来。

云子吓得从暗幽幽的房子里跑出去,跑进洒满阳光的院子里。怎么那么近?一步就跨进了阳光里。回头望了一眼那个捅开的窗格子,云子怔住了。怎么会这么近,刚刚从那个窗格子里看阳光还十分遥远呢。云子正想进屋再看看,四妈从屋子里跑出来大声在院子里嚷起来。

"这个老不死的,瘫在炕上也不让人安生。"

云子吓得缩起来。

云子四爷爷在一旁说吃都吃了,掏出来干啥,死了干净。说完,看着云子,感叹了一句:"都是别人的孙子。"云子又强调了一遍,说自己是云子。四爷爷说他只记得麦子，他曾经背着麦子去山下阳仚看戏，麦子给人说她看的背上转。四爷爷说想起柴沟梁上的生活，就感觉自己活得太长了。说活着不能给自己翻案，就白活了。云子不知道四爷爷的话是什么意思，只觉得四爷爷有点不正常，看着也怪怪的，挺吓人。西大滩的阳光太毒了，云子在奶奶跟前嚷着说热，奶奶就拿出一把老剪刀将她额前的齐刘海往上剪一点。云子奇怪四奶奶怎么就不觉得热呢，身上裹了好多层。

在后来的许多年里，云子无数次想起四妈的那句"老不死的"。云子觉得四奶奶都该长出白花花的胡须了，再活几年准得成精了。不然，一个人还可以老成什么样子。可四奶奶就是赖在那里不动弹，仿佛铁定了要跟时间赛跑。每当西大滩捎话说四奶奶快不行了要见见云子妈的时候，云子就本能地感叹："四奶奶还活着啊！"云子妈年富力强的时候去趟西大滩不成问题，可云子妈也有老的时候，也会百病缠身，那么远的路怎么吃得消。

"妈，四奶奶怎么活得那么长？"

"是她老人家的罪孽！"

一个人哪来那么大的罪孽呢？有时候云子会悲悯起来，觉得有些对不住可怜的四奶奶。云子也曾想过要耐心听听四奶奶的倾诉。可是坐在四奶奶的炕头上时，云子发现自己的耐心仅仅是一个小口杯，完全无法承载四奶奶倾倒出的汪洋大海。

四奶奶有说不完的话，打她能走动的时候便不停地述说，没完没了。听说没有人倾听的时候，四奶奶经常对着院子里的鸡啊狗啊说个不停。只要从她家进去个人，她便前前后后一拧一拐地追着说，不管别人爱听不爱听，一直说到人家走，说到她两个口角泛起白沫，说到所有的词语在她的舌尖上生出颠沛流离的景象，说到所有希望都变得十分稀薄。四奶奶常常走东家串西家去倾诉，但常常会吃闭门羹，没有人经得起她那漫无边际的倾诉，那漫长会让人心生怔惺。

西大滩的村落中横七竖八交织着大大小小的水渠。那些水渠边上有高大的白杨，也有枝丫横生的沙枣树，水渠里生长着茂盛的伪竹子、芦苇，在那些植物的根系之间穿梭着游鱼、暗藏着丑陋的青蛙。云子每次到西大滩，爷爷或者奶奶总会陪她到那些渠畔转悠转悠。

搬迁到西大滩的第三年，有一天晴天大白日，云子四奶奶在跨越门前那条小水渠时不小心栽了进去。一声清脆的断裂声从四奶奶的身体里传出来，像蓝莹莹的高天从中折断了一般，堆积在天边的白云被震荡得翻涌起来。云子四奶奶想看看那断裂声究竟从何而来却怎么也翻不起身。云子四奶奶在自家门前的小水渠里摔折了腰。旷野上的风都幸灾乐祸："哦，这下看你再走东家串西家！"

云子四奶奶爬也爬不动了，成天躺在炕上忍受着疼痛的折磨。但没有什么疼痛能阻止她诉说。家里人能逃的都逃出去。云子四爷爷去给别人家放羊。云子四叔和四妈大部分时间在外打临工。孩子们能上学的时候成天待在学校里。当有人问起的时候，家里人便说四奶奶大概得了魔怔，成天对着墙壁、对着房梁絮絮叨叨。

算起来，四奶奶那一躺便在炕上躺了二十多个春秋。二十多年里，世上的人一茬一茬地来过，一茬一茬地离去。别说活着的人了，云子觉得连季节都早已被四奶奶拖垮在那低矮昏暗的屋子里了。如果不是四奶奶闹着要见见这个看看那个，屋外的人们早已遗忘了她的死活。许多年里四奶奶快不行了的消息从西大滩捎了无数回，却总听不见下文，云子觉得早已没有人会对四奶奶的死抱有信心。听说家人曾经用过许多办法帮助四奶奶早点脱离苦海，却不曾见四奶奶有任何动静，四奶奶依旧留恋着这个鄙薄吝啬的人世。但一个人的离去也许会像掉根头发一样悄然却不由分说。

那个秋天的早晨格外寂静，当云子四叔从被窝里爬起来的时候瞪大眼睛惊奇地看着云子四妈。他们惊异地走出屋子，院子里寂静异常。那突然的寂静让云子四妈感到透不过气来。云子四叔觉得自己就要从院子里飘起来，飘上秋天清晨那辽远的天空。接着，两个孩子也睁着平日里怎么也揉搓不开的睡眼走到院子里。一缕晨风将院子里的阳线抖了抖。云子四叔连忙推开云子四奶奶的房门。房子空旷得能盛下整个西大滩的广袤无垠。云子四奶奶的嘴唇微张着，像是还有什么话要说似的。

确定云子四奶奶魂归西天的时候，云子四妈踮着脚尖，站在炕头上取下挂在房梁上的一个包裹。云子四妈拎着包裹在院子里抖了抖，包裹上的尘土腾升起来，呛得太阳直眯眼。尘土的影子慢慢淡去，云子四妈将包裹打开来。站在院子里的人们顿时愣起来，眼前红红的，一团云，是云子四奶奶的老衣。当云子四妈将老衣提起来时，大家傻了眼。那团红云上缀满星星般的光眼。

"老天爷啊，老鼠怎么进去的。"云子四妈在院子里大放悲声。

院子里的人一齐吵嚷起来，像开了锅。

"穿着那样的衣服下葬，死者不会安息，生者不会安生……"

云子四爷爷背搭手，快步走到云子奶奶家，三嫂长三嫂短要借云子奶奶的老衣。云子奶奶的老衣是早年云子爷爷生病的时候云子妈一起置办的。云子爷爷病愈后，两套老衣便安静地躺在箱子底等待着命定的那一天的到来。

当时云子奶奶正在菜园子里翻地，一声不吭。云子四爷爷把一辈子的好话、乞求的话都倒在了菜园子里。可云子奶奶头也不抬。云子四爷爷说："老嫂子，我给你跪下了。"云子奶奶扔下铁锹一屁股坐在地畔上开始哀号："老天爷啊，我前一世欠下老四什么了，让我这辈子把儿子搭上把孙子搭上，临了临了还要把老衣也搭上……老四你口口声声说要借，你借走了怎么还？"

云子四爷爷无计可施只好黯然离去。

不到一根烟的时间，云子四叔走进院子里扑通一声跪倒在菜园边。跪倒在地的云子四叔倒映在躬身翻地的云子奶奶眼睛里。云子奶奶愣了愣神站起来。云子奶奶站起来的时候正遇见秋天的天空，辽远空旷。云子奶奶拍了拍衣襟上的土，走出菜园、穿过院子、揭起竹帘、打开箱子，翻出自己的老衣背着身子递给了云子四叔。

云子四奶奶烧一年纸的时候，云子爸和云子妈在梁峁上的地里收洋芋，村里杨支书跑来说西大滩来电话了。电话是云子奶奶从西大滩打来的，云子奶奶在电话里声泪俱下，要云子妈再为她做身老衣，云子奶奶说她要活着的时候就穿在身上。云子爸忙不迭地安慰说云子妈已经在做了。

按照云子奶奶的要求，云子妈最先做的是鞋子。

云子妈常对着云子爸说要不是我，你家这门人还不知道光着脚跑到什么时候呢。

当然，老衣鞋和平日里的鞋子有着很大的差别。老衣鞋的底子薄薄的，只用白线绳子象征性地走几圈。最讲究的是鞋面。前后各绣一团云，寓意着登云西去。两侧绣的牡丹花，寓意着富贵多福。云子妈用的是绣线，从浅到深渐变过去，无论是云团，还是牡丹，都活生生地飘浮摇摆在白底青缎面的鞋子上。云子惊奇地观望着，感觉那鞋子不再是一双鞋子，而是一个美好的去处或者归宿。

云子妈用红洋布将鞋子包起来放在立柜上，云子出出进进的时候总忍不住要望一眼那被包裹起来的美丽。猜想着云团在那方红布下飘飞的样子，牡丹静静绽放的姿态。云子妈开始着手做老衣。云子妈说男穿单女穿双，女人的老衣要做成双数，两套衬衣，两套棉袄，两套甲衣，两套罩衣，两套罗裙。云子妈说这些衣服等奶奶睡床的时候都要穿起来。

在云子的记忆里，母亲永远是缝缝补补的样子。回想起来，在那些远去的日子里，是母亲用双手缝补着家里那千疮百孔的日子。背着云子爸，云子妈总是长吁短叹的。云子妈也曾想过再为云子四奶奶做身老衣，可是怕云子奶奶不高兴，又碍着云子四妈的面子，便拉倒了。云子奶奶一辈子最硌硬的就是云子四奶奶，云子奶奶总觉得云子四奶奶是她命里的讨债鬼，云子奶奶总想摆脱，可云子四奶奶却总是如影随形跟着奶奶，一直跋山涉水到了西大滩，一直行年追月到了生命的尽头。

云子妈感叹起来的时候就会说云子四奶奶的命苦得像黄连。云子四奶奶原本是云子二爷爷的女人。云子二爷爷牺牲后，云子二奶奶一直守寡，膝下无子。她腿脚不灵便，又无依无靠。云子四爷爷搬到柴沟后因为读过书、会算账，被推荐到县城造纸厂当会计，有收入。云子太爷爷逼着云子四爷爷娶了云子二奶奶，云子二奶奶就成了云子四奶奶。云子四奶奶比云子四爷爷大四岁，云子四爷爷一百个不情愿，但拗不过老太爷只好屈从了。云子四爷爷和四奶奶便开始了漫长的相对无言的婚姻生活。云子奶奶生下第四个儿子的时候，云子大爷爷那时候正好在柴沟梁上闲浪，站在院子的阳光里，让云子爷爷将第四个儿子过继给没有子嗣的云子四爷爷。虽然云子奶奶生的孩子多，可哪一个都是她身上掉下的肉，云子奶奶从那个时候开始怨恨起云子四奶奶来，对着云子四奶奶总没好话。

云子妈说完的时候长长地叹了口气："这回你四奶奶死了都欠着你奶奶的了！"

云子也叹口气，不知说什么好。

云子妈低头咬断了手里的线，将老衣在炕上一抖说："好了。"云子抬头看时正遇上母亲双鬓的斑白。云子的双眸潮湿起来，云子妈问怎么了，云子说缝得真好看。

云子爸和云子妈拾掇了好几天备齐了走西大滩的行李。云子爸想让云子一起去趟西大滩，一来为着云子四奶奶的三年纸，二来看望一下云子爷爷奶奶，给他们拍张老衣照，云子便向单位请假，陪着父母亲一起上了回西大滩。

说是给四奶奶烧三年纸，可到了西大滩才知道四奶奶连个坟冢都没留下。四奶奶原本被埋在黑刺沟，那里长眠着村里逝去的人们。后来那里被规划成了工业园区，新新旧旧的坟冢都被迁往远处的贺兰山脚下。站在村口望过去，贺兰山像个剪影贴在遥远的天边边上。云子四爷爷说都几年了，人早都化得不成样子了，还是火化的好。云子四奶奶的骨灰被撒在西大滩那广袤的旷野上。三年纸的时候，家人穿着孝衫在西大滩的荒漠上拜了拜便草草了事。

云子爷爷靠着被卷躺在上房炕上，云子奶奶盘腿坐在上房台子上。云子的几个叔父将孝衫搭在阳线上围坐在花园边，云子的婶娘们挤在厨房里做长面。

云子爷爷苍老的声音从上房窗子里传出来："你们都图省事，给你四娘连个坟堆堆都没留下，你四爹老百年之后怎么埋？也火化不成？"

云子的一堆叔父们都低头不语。

沉默了良久，云子爷爷拿了主意。云子第一次听说还有招魂这回事。云子爷爷说，等云子四爷爷老百年的时候，给云子四奶奶也买片坟地，再请个阴阳给云子四奶奶招魂。云子爷爷说到底还是一家人，不能让坟院里少了一口人。云子爷爷说后代子孙的将来是出在坟上的。

云子奶奶盘腿坐在上房台子上悠悠弯弯地哭起来："我死了可不去贺兰山，就把我埋在村子里，不然我看不见我儿我孙子……"云子几个叔父赶忙围上去宽慰起来。云子奶奶上年纪之后，变得像个小孩子一样爱撒娇。

好不容易逗得云子奶奶高兴了，云子爸说让云子奶奶将老衣穿起来照张相，云子奶奶的嘴巴又噘起来。浑浊的眼泪从她微红的脸庞上漫流下来。云子奶奶说她不拍照。云子爷爷坐在上房炕上说："娃娃让照就穿上照一张。"云子奶奶才阴沉着脸不情愿地走进屋子换衣服。

云子妈边给云子奶奶穿衣服，边给云子的几个婶娘讲穿法。云子妈说她离得远，万一哪天老人家有个闪失，得云子的几个婶娘给穿一下。云子奶奶像个被摆布的木偶，终于忍不住啜泣起来。云子奶奶说穿着那么好看的衣服到那一世给谁看，云子奶奶说死了埋在地底下连个长气都出不了，云子奶奶说双眼一合看不见儿子和孙子了……

云子爷爷叭叭狠吸了两口烟，在窗台上磕着烟锅嘴子说："哪儿来那么多的话！"云子奶奶便噘着嘴巴停止了哭泣。

云子奶奶穿好老衣从上房走出来，喧闹的阳光即刻安静下来。云子奶奶踩着云鞋，穿着滚满锦边的大红衣衫站在台子上，像一朵突然之间绽放的花朵。风从院外走进来，轻轻经过云子奶奶的发际，云子奶奶额前的几根银发迎着轻风在黑色的缠头上飞舞起来。云子奶奶伸手擦了一下从她微红的面庞上漫流下来的泪花。院子里的阳光像一群白鸽飞起来旋即又落回原位安静下来，静成 1984 年秋天时洒在村口的样子。黑压压的人群水一般从村口走出去。云子清晰地看见奶奶、四奶奶、母亲、二妈、三妈、四妈……一个个穿着花一般的衣服像出阁的新嫁娘一样从村子里走出去，消失在村口的阳光里。村子单薄起来、空虚起来、陌生起来。

第十二章　一打空酒瓶

　　留学回来的麦子已经算得上是大龄剩女了，云子爸妈为她的婚事焦心得睡不着。云子妈说啥时候在街上看见杨成龙，人家屁股后面娃娃跟了一串串，麦子还在那里打光棍。云子五妈笑着说幸亏人家没娶麦子，不然，生那一串串的就得是麦子了。云子爸得知当年是麦子自己找杨成龙退的婚，气得在沙发里睡了好几天。麦子说，要么是父亲在沙发里蜷缩几天，要么是她在柴沟梁上蜷缩一辈子，说完摔门而去。云子爸不明白自己的麦子小时候那么听话，不知啥时候开始就变成鼻孔朝天的那副样子。云子妈不敢说什么，在心里庆幸麦子没有嫁回柴沟梁上去。

　　让云子爸感到无比欣慰的是云子找的对象，说来说去是他老同学乔玉明的儿子，和云子是同事，体育系的老师。云子爸妈一直感念着那位老同学，当年借那两百元给云子三叔盖房子娶媳妇的时候，两百元很值钱，等他两口子攒够了钱还的时候，两百元已不是原来的两百元。云子爸还钱时提了一大堆礼情去，算是补偿。乔玉明两口子也十分有情义，云子爸去的时候两手提得满满的，云子爸回的时候两手也提得满满的。乔有余是乔玉明的小儿子，比云子大四岁，人长得周正，很会说话。云子爸和云子妈从头顶满意到脚底洼。

云子爸请了单位上一个同事，姓李的，也是个半搭子阴阳，给云子和乔有余合了生辰八字，说属龙的和属猴的很般配。很快便择了良辰吉日，云子爸妈只是象征性地要了一点彩礼，但也都以陪嫁的名义给了云子小两口。云子小两口住在学校分配的平房宿舍里，云子爸妈觉得很是美满了。燕子也找了个供电局的同事，工资高，跟燕子的脾气合得来。云子爸妈也十分满意。

二女儿、三女儿都陆续出嫁，先后有了自己的孩子，大女儿麦子才慢腾腾找了个二婚的老公，也是个画画的，说是个丁克。云子爸和云子妈不知道啥是个丁克，但只要麦子有了着落，他们就放心了。

孩子们都出嫁了，云子爸和云子妈的生活主题变成了等待，等女儿们的电话，等女儿们浪娘家，等女儿们带着孩子过节。原本云子三叔家的振华、云子二叔家的卫华先后寄住在家里读高中，振华学习成绩一直不太好，考了个煤炭学校，上了没几天，云子爸单位招工，云子爸坚持让振华报名当了农电工。卫华复读了一年，考到省城上了大学。振华、卫华一走，家里空空荡荡的。有时候，云子爸和云子妈也到市里去看望女儿们。决定看望女儿们的时候，老两口也会忙忙碌碌拾掇两三天，炸油饼、买洋芋、买粉条之类的。麦子家里雇了保姆，两口子很凉薄，尤其是麦子的二婚老公，像是麦子的家人亲戚跟他没有半毛钱关系，云子爸妈很少去。云子爸妈最常去的是云子家，那乔有余长得俊，会说话，却是个不老老实实过日子的，狐朋狗友一大堆，一周七天有五天醉着。乔白是他们的大外孙，老两口爱到心尖尖上了，常为着看孩子去一趟云子家。每次去，只要云子心情不好，他们就知道小两口又吵架了。让他们最放心的是燕子，燕子本身脾气好，两口子事事有商有量，日子过得也红火。

要说最冷清的时候，是过年的时候。人家都团团圆圆，只有他们老两口，冷冷清清。云子姐妹们都说要轮流回家过年，但云子爸妈坚决不让，说不合礼法。大年三十儿人家都是鞭炮、烟花放得噼里啪啦，只有他们老两口哑然地看着电视上的春节联欢晚会。最多就是给西大滩打个拜年的电话，给兰州打个拜年的电话，接接女儿们、外孙们拜年的电话。

不过，张罗还是得张罗，核桃、花生、瓜子、糖、茶、酒、肉一应俱全。年夜饭也是做一大桌，摆得花花绿绿的。孤清也就年三十儿孤清，熬过年三十儿，年初一，就陆陆续续开始有拜年的、走亲戚的，迎来送往，忙忙碌碌一正月。

云子爸笑着说年关难过还得过，老两口和别人家一样忙着准备。云子妈清点完年货，从储藏室拿出两个萝卜，萝卜顶上生着几片嫩黄的叶芽，周身泛着淡紫色的红晕。无论滚菜菜还是包饺子，云子妈觉得还是旱萝卜好吃，有嚼劲。云子妈利落地刮去萝卜上的浮霜泥土，削掉叶芽根须，细致地清洗了一番，然后精细地切成小萝卜片。看着白花花的萝卜片在开水锅里翻滚，白色的雾气在灶台上方升腾，云子妈觉得年的味道浓烈了许多。

揭开盆盖，盆里的面已经起得开了花，云子妈心里一阵暗喜。要煎好油饼首先得将面起得恰到好处，其次要揉好面。云子妈一面揉着发好的面团，一面计算着女儿们回家的日子。大女儿两口子去南方旅游，过年回不来。二女儿说正月初三带着孩子回来，云子妈在电话里说天寒地冻的，娃娃路上冷，不让回来，这样说着话的时候云子妈就开始担心女儿会因为忙或者别的原因真就不回来，她想女儿想外孙子想得眼睛都绿了。三女儿婆家亲戚多，一般初九以后才回来，云子妈觉得初九以后是遥遥无期，只能说服自己耐心地等待……

　　一阵彩铃声把云子妈从纷乱的思绪中拽了出来。云子妈碎步跑过去推开书房门，云子爸听着电话瞪大眼睛示意云子妈脚底下。云子妈低头一看地上放着几绺对联，听老头子说话的口气不是女儿打来的，云子妈退出书房拉了门继续忙自己的活计。前些年三个女儿每人要写一副对子，谁的好用谁的。女儿们都出嫁了，那种盛况不再。云子妈早早去街上买回来一副，可云子爸不中意，云子爸说金粉写的不是对子，对子就要用墨汁写。云子妈只得听云子爸的，可迟迟不见云子爸动笔，催着催着云子妈也就忘了这事。

　　云子妈喜欢把油饼炸得红红的，看着一个个喜庆的油饼出了锅，云子妈心里觉得很安慰。想起从前在柴沟梁的时候过年特别热闹，三十儿晚上上庙请神，大年初一小辈们来拜年，完了迎喜神，大年初三送神完了办社火……一个年安排得停停当当紧紧张张喜喜庆庆。那时候家离大庄远，女儿们说大庄里的秋千好，玩闹着要去。云子妈便和云子爸借着大门外的电线杆子和大柳树给女儿们搭了个小秋千。云子妈在家里忙着家务，三个女儿成天围着秋千荡来荡去，那咯咯的笑声飞过院墙穿过院子飘进厨房，云子妈心里痒痒地，也觉得年踏踏实实的。

　　云子爸推开厨房门说到贴对子的时间了。云子妈知道贴了对子就正式开始过年了，贴了对子就不能随便在人家走动了。云子爸把对子结结实实地贴在防盗门上，然后在楼门口响了一串鞭炮。鞭炮声干脆响亮，回声在楼筒子里旋响，云子妈听见城里的鞭炮声此起彼伏，久久延宕。年年贴完对子吃长面，云子妈说，啥都可以省略，长面不能省略。其实他们老两口能吃踏实的也就只有长面，其他的鸡鸭鱼肉也摆满了桌子，他们却都只是尝一尝，都是给孩子们准备的。

冷清的时候十分冷清，热闹的时候也热闹，云子和燕子竟然凑到一起来。云子带着乔白，燕子带着小凯。乔白已经过了四岁，长相跟了他爸乔有余，俊俊的，说话也是，很讨人爱。但也很闹腾，一会会儿就能把云子妈规整了多少天的家翻腾得乱七八糟。云子爸妈也不恼，放开了让翻腾。云子爸说娃娃不常来，能翻腾到哪里去。燕子家的小凯却是个悄无声息干大事的，才学会走路，溜进阳台，把云子爸经营了几年的花花草草拔了一地。云子爸也爱得不行，不打也不骂，只顾着给外孙子洗手擦脸。

"饭熟了，快吃饭！"云子妈和在柴沟梁上时一样，做好了饭，围着围裙站在灶房门口召唤云子爸和女儿们。不同的是，现在女儿们还带着自己的孩子。

人往高处走水往低处流，云子爸这辈子悠悠弯弯走过了许多山山水水，但是不知道自己到底是走到高处了，还是低处了。好在云子爸从不为这些烦恼，高和低都是飘忽渺茫的事。

孩子们上学的时候云子爸也没有什么个人爱好，没钱没时间。老婆那个时候在乡下种地，云子爸一个人带着女儿在县城上学。在老家里，云子妈是庄农活、家务活一个人干，在县城里，云子爸是一面上班一面带孩子，既当爹又当娘。想要有个爱好也没条件。三个女儿都嫁出去之后，老两口你瞅我我瞅你，百无聊赖。云子爸开始学钓鱼，云子妈开始学习织毛衣。云子爸迷上钓鱼就成天待在鱼塘边。感觉鱼塘边不过瘾的时候，就到处找野水塘，看见个小水湖也下竿。有个天阴下雨的日子，云子妈等不见云子爸回来，边织毛衣边胡思乱想。想来想去终于坐不住了，就披上雨衣、穿上雨鞋、打着雨伞，去找云子爸。云子爸早晨出门的时候交代说他今天在老峰湾的坝面上钓鱼。云子妈从县城出来，走过北河桥跨过一条不知名的小河，一路泥泞翻过老峰山去找云子爸说的那个坝面。烟雨蒙蒙，云子妈不知道那个坝面的确切位置，四下里也看不见个人影，只能顺着河流往上找。天上下着雨，云子妈的心里着急得能起火。终于看见云子爸的时候，云子妈破口大骂。云子爸一只手抡圆了示意老婆别出声。云子妈见了人常说，不怕你笑话，云子爸兴趣上来了在鱼缸里钓鱼呢。但是云子爸从不干涉云子妈织毛衣。云子妈是跟着城里的女人学习织毛衣的。云子妈也是个心灵手巧的女人，一学就会，还变着针法织出许多新花样来。楼上那些城里女人见了，就请云子妈帮她们织，给她们的孩子织。云子爸常帮云子妈分线缠线。

提起从前，云子妈会失落地叹息一声。云子妈说从前的云子爸多好多好，云子爸上了年纪脾气也大了，嫌她这也不好那也不好，弄得她不知如何是好。大女儿在电话里试着开导母亲，起初母女俩都是心平气和，说到最后云子妈大发雷霆，有你这么安慰人的吗，什么叫我管得多了，我不管你老爸谁管呢？二女儿不像大女儿那么迂回。用云子妈的话说，二女子一进门就一阵乒乒乓乓，骂了个鬼吹火，到头来好像全是她的不对。还是三女儿最称云子妈的心，三女儿会批评教育云子爸。

三女儿坐在云子爸身边说老爸少抽烟，你不为自己的健康着想还要为别人着想，周围吸二手烟的人才是最大的受害者。老爸多跟老妈聊聊天，你对着电脑敲打个没完没了，老妈一个人多寂寞。老爸去理发馆理一下头发，勤刷牙勤洗澡衣服穿整齐，不要出了门让别人以为这个老头儿没人管。三女儿的课上得相当长，云子爸嗯嗯嗯说了十七八遍。起身出门时开玩笑说："唉，在女儿手里要洗心革面重新做人呢！"

钓鱼作为个人爱好也无可厚非，何况云子爸单位的老局长也是个钓鱼迷，还是钓鱼协会的理事。葱韭都是一茬一茬的，老局长退了来了个新局长。自从新局长调来之后，单位里大大小小的领导职工都放弃了钓鱼的爱好，还前前后后来给云子爸做思想工作，连不能玩物丧志的话都说过了。终于云子爸那个偏强的人还是被改变了，不再山山水水去钓鱼了。有一阵子云子妈逢人就说新局长有多好，让云子爸改过自新了。

可是好景不长，新局长爱好文艺，单位里几个文学小青年像是被春风抚慰过的杨柳一样亮绿起来。单位里办了个小报，新局长要求每个职工都要出作品，新局长说这样才叫活跃文化生活。云子爸从箱子底把自己年轻时写过的一些打油诗拿出来重新抄写了一遍交给局报编辑。局报编辑看过之后对云子爸大加赞扬。云子爸也是个拎不住的人，被编辑那么一赞扬，写东西的兴致就上来了。一连好多天，云子爸坐在那里苦思冥想。云子妈怕打扰了云子爸的思绪，轻手轻脚，可云子爸的笔记本上始终没落下一个字。

云子妈终于忍不住了，问云子爸怎么啥也没写。云子爸说人是回不到年轻的时候了，心境思绪怎么也跟那个时候接续不上了。有一天，云子妈做饭的时候唱起了山花，云子爸豁然开朗。云子爸到地下室打开云子妈陪嫁的那个红木箱，从里面拿出自己早年的一沓笔记本，里面有他抄的小说、诗词、对联、卦象、手相、清宫图之类的，也有他在田间地头记下的那些山花词。翻来翻去，云子爸决定将那些山花词整理一下，再搜集一部分，做个集子。云子爸把想法告诉局报编辑，局报编辑予以充分肯定。临走的时候，局报编辑但是了一下。局报编辑说如果云子爸能够把那些歌词输进电脑就好了。

云子爸回家后立马就买了台电脑。云子爸上学的时候没学过汉语拼音，认下的字也都读的是方言的音。云子爸唯一学过的外语是一句俄语："举起手来。"恰巧女儿们都回娘家来了，云子爸发扬了不耻下问的精神。大女儿二女儿被云子爸没完没了的问题问烦了，先后逃出娘家。三女儿拖着个怀孕的重身子逃不了，只好坐下来耐心地给父亲讲解，教他学拼音。云子爸长年累月地抽纸烟，一遇到关键时刻总是咳个不停。云子爸咳完了跟着女儿念一声"啊——"，再咳一阵念个"喔——"三女儿临走的时候给父亲用汉字注出了所有声母和韵母的读音。云子爸遇到问题就给女儿们打电话。学会了打字，云子爸又走东家串西家讨要山花词。云子爸提着录音机，南里北里录了好些老头老太太的唱词。回家后，云子爸把歌词一一整理出来。两个冬天过去之后，云子爸的《山花集》终于问世了。

书出来后云子爸闲下来了。可云子爸偏偏是个闲不住的人。云子爸思前想后开始整理家谱。

从前的平民百姓家很少有家谱的。云子妈在王老太太家长大，见她家有厚厚的几卷家谱，但云子妈没有翻过。云子爸有了修家谱的打算之后，带着云子妈专程拜访了一回南里陈家庙湾王老太太的大女儿，云子妈管她叫大姑，很长寿，无病无灾，管家谱的是她的一个堂侄孙子，很好说话的一个小伙子，殷勤地满足了云子爸的愿望。

从陈家庙湾回来后，云子爸着手修家谱。云子爸的家谱在学习借鉴的基础上有所更新，他要在电脑上做。云子爸在家谱中加进了每个人的照片，云子太爷爷活着时没照片，云子妈对着女儿们说你们的太爷爷生得十分魁伟，一看就是老古时人，那么高大的人恐怕相片里放不下。云子爸将老婆瞪了一眼。除了云子太爷爷、云子二爷爷，其余大大小小老老少少的人都有张相片收在家谱里。

云子爸能用电脑是件很不容易的事情，云子爸善于学习又十分专注，所谓功夫不负有心人，云子爸最终学会了用电脑。打字、聊天、写空间，甚至学会了用 Photoshop 软件作图，还出了一本书。亲戚朋友们无不惊讶诧异的。

即使家里来了客人，云子妈也是神神道道地对着客人朝书房一指说，云子爸在修家谱。客人们也被云子妈搞得神神道道的，以为云子爸在干什么神秘的事，说话时也是尽力控制着音量。

其实家族里的人也算不上太多，但云子爸总想尽善尽美。云子妈骂起来的时候嫌云子爸熬得不像个样子，却也希望云子爸做个像样的家谱出来。云子妈说光看相片谁知道那个人活着的时候是什么样子，要把那个人的生平写出来，云子爸便想给每个亲人做个小传。云子爸早起晚睡不分昼夜地为家谱忙碌着。云子妈怕云子爸累坏了，好说歹说云子爸不听劝。有一次，云子妈将书房的门锁了，让云子爸陪她去爬山。云子爸怎么也不去，云子妈说你不去我去。随着家谱一辈一辈往下写，云子妈心情复杂起来。不管生活境况如何，云子爸的亲堂弟兄家家有个掌门立户的后人，只有云子爸这一支后继无人。云子妈心烦意乱，转身去爬山了，云子爸的脸急成了酱紫色。最后，云子爸砸了天窗上的玻璃打开门继续修他的家谱了。云子妈自叹弗如，从此也不再干涉了。但心底说不出的苦楚却一天天深沉起来。

"快来吃饭，就等你一个了！"云子妈招呼着。女儿们都围坐在餐桌旁了，云子爸对云子妈的召唤置若罔闻，头也没回一声不吭地在键盘上敲打着。

"姥爷，饭，饭！"三女儿的小凯话还说不真切，跟云子爸很亲。云子爸转过身，顺势将小凯抱起来在他白嫩的小脸蛋上亲了亲。云子爸大概是在电脑前坐久了，抱起孩子的时候好一个趔趄，把饭桌上的母女们吓得忽一下站起来。看见云子爸站稳了，她们娘儿们才先后把屁股放在椅子上，把惊皱的心慢慢抚平。

　　小凯才学着说话，叽里咕噜的，换个外人，根本不知道他在捣鼓啥。最懂小凯的还是云子爸妈。小凯拍着防盗门"的的"说了一长串，云子爸从餐桌上端起自己的碗走过去靠着防盗门蹲下去给小凯喂了口饭。小凯也学着姥爷的样子蹲下去，引得餐桌上的母女们好一阵笑。

　　云子爸最不愿意别人安排自己，不管是在单位，还是在家里。云子妈是个爱干净要面子的人，可云子爸就是不给她争那个面子。每次出门的时候，云子妈总希望云子爸能整整齐齐干干净净地出去。可是，云子爸怕换衣服，怕洗洗涮涮。每次都是云子妈摆好了毛巾凑上去给云子爸擦擦脸。云子爸左手夹着烟，脑袋带着身子左甩一下右甩一下逃避着老婆的进犯。云子妈比云子爸矮一头，云子爸躲避的时候，云子妈得垫着脚后跟追捕云子爸的脸。有时候是云子爸得逞，有时候是云子妈得逞。

　　走到街上的时候，云子爸和云子妈并不并肩走，云子爸在前云子妈在后。但买东西的时候老两口也是有商有量。云子妈说扯二尺花洋布给小凯缝个棉坎肩。云子爸说行。老两口在柳绿花红的布店里挑来拣去。云子妈说扯个蓝底白花的，小凯脸白。云子爸说扯那个黑底子黄麻钱图案的，适合男娃娃。布店老板娘的嘴像个水鸟："冬天说到就到，坎肩要做，棉裤棉袄棉鞋外套都得做……"从布店出来的时候，老两口也是柳绿花红地提了一大包。

　　县城的街道上大都是些小摊小贩，云子爸是个眼馋的人，见了啥都想买。买了凉皮，买了煮玉米，看见红薯还想买。云子妈连忙阻止说买那么多谁吃呢？云子爸看了看那些摆放在炉台上冒着热气的红薯，转过身背搭手，慢慢悠悠地往前走去。三个女儿小的时候家里日子紧，带他们上一次县城，上街买个红薯也得是小个儿的。三个女儿并排走在云子爸身旁你一口她一口，轮到云子爸的时候云子爸总说自己不爱吃。有时候看着红薯，云子爸仿佛还听得见三女儿舔着嘴角的红薯渣，用她那小小甜甜的声音问两个姐姐："红薯什么味？"云子爸不是个有钱人，同情心却很重，买了东西后，看见小贩们翻里翻外要找钱的时候，云子爸总是说算了算了，也不在那几个钱上。云子妈一路抱怨。一块两块也是个钱，自己平时一毛两毛地省着，给别人时出手也太大方了。不在那几个钱上，在啥上呢？云子爸感觉老婆像在播种，那些撒在路上的唠叨正在飞速地开花结果。

云子爸三两口就吃完了饭，云子爸的饭量一直不怎么样。用云子妈的话说，云子爸的吃饭像是在应付她一样。云子爸吃完放下碗筷接着在键盘上敲打起来。

女儿们回娘家来的时候，拿起父亲修的家谱就跟看稀奇一样，边看边笑。呵呵，老太太的名字叫李引儿。云子妈忙在一旁解释说庄里人叫她引儿子。云子妈说老太太活着的时候没少挨你们太爷爷的打，照相的时候都一脸受气相。于是云子妈叹息起来，说做女人的命苦。云子爸在一旁听不下去了，说，你在家里跟武则天一样，谁也没敢给你气受啊，你还感叹什么。云子妈又叹息了一声说，她受的气只有她知道、天知道、命知道。云子爸一句开玩笑的话，竟引得云子妈伤心起来。

麦子翻着家谱感慨说，这么一大家子几代人来来回回没有谁走个不一样的路出来，有啥可写的？云子一边哄乔白睡觉，一边说要个家谱干什么，老实巴交的平头百姓留个家谱又有什么用。三女儿夺过家谱说，要不是老爸整理，连这么个家谱都没有，谁还能知道世上有过个老太太叫李引儿。云子爸咳了几声说，就是给后代留个念想，让他们知道咱这门人的根。几个女儿没再吱声，云子妈暗自在心底叹了口气。

"哦，快看，四妹的照片！"云子翻到四妹的照片时激动地叫起来。连云子妈都像没见过似的凑了过去。

四女儿的相片是三岁多的时候照下的，四女儿穿着花棉袄，手上拿着只小口琴。相片有点暗，显得四女儿的一对眸子水灵活现的。云子妈禁不住就掉起眼泪来。云子妈让女儿们念一下相片底下写的什么。女儿们一看只写了短短一句话："排行老四，冰雪聪明，寄养在外，五岁夭折。"三女儿读的时候没把最后几个字读出来。云子妈听完说，就写了这么点吗？女儿们点了点头。麦子说四妹最爱照镜子了。云子和燕子也应和说四妹生得可爱，性格也好。云子妈叹息了一声说，收了吧，别看了。

云子爸敲打得正起劲的时候，乔白要在电脑上看动画片。云子爸不让，乔白嘟着嘴，一把将电源插头从插线板上拔了下来。云子爸气得不知道说什么，将两只眼睛鼓圆了从老花镜上方瞪过来。可那孩子头一歪，到一边玩去了。云子爸也没了脾气，抱起小凯说，还是姚马氏家的娃娃乖，余马氏家的那个小坏蛋太不成器了。孩子们看动画片的时候家里反倒清净起来，三姐妹又开始翻父亲那些大大小小的笔记本。那些笔记本上记的歌词、名言警句、手相之类的她们也曾经看过，但也有新发现，云子看到父亲抄了一幅清宫图，看上去应该是清朝时宫廷用来预测胎儿性别的表格。麦子冷冷地说，国人在这上面从来都很用心。

恰好云子妈洗完碗说，去老北京布鞋店买双布鞋，提议大家一块儿出去逛一逛。云子爸本不想去，可云子妈说难得跟娃娃一起过个周末，云子爸才决定也出去逛逛。要跟孩子一块出去，云子爸自觉地将衣服整理了一下。可是出了门，云子妈没逛成鞋店，三个女儿也没逛成衣服店，乔白闹腾着要去公园玩充气城堡。到了公园里，两个孩子一人五块钱去充气城堡里面跳腾了。其余的人蹲在城堡外面等待着，直等到两个孩子玩累了，才各自蔫头耷脑地回家了。

第十三章　遗落的鞋子

　　云子在大学期间就见过乔有余，乔有余是体育系的，比云子高两级。大二遇上"非典"，学校停课。学生老师每天都忧心忡忡，同时又享受着不上课的闲散时光。用功学习的同学还继续上图书馆，不用功的窝在宿舍里睡懒觉。睡起来胡乱洗漱一下，在餐厅买点吃食，然后在校园里乱逛。云子常去篮球场看师生即兴组队打比赛，平时只能看到老师们站在讲台上讲课，非常时期，看到了老师们的另一面。云子也和舍友们去看体育系学生的比赛，更专业，满场帅哥。看完比赛吃过晚餐，又到图书馆前看露天电影。后来，"非典"疫情形势愈演愈烈。云子偷偷翻出校园围墙准备回家的时候，遇上另一个翻墙的同学，两人互相吓了一跳。镇定之后发现，都是偷偷回家的同学，三言两语知道是同一个乡的，叫乔有余，于是结伴回家。云子大学毕业参加工作后，看见乔有余也在同一个学校工作时非常惊奇，又有种旧相识的亲切。

但人与人的相遇是缘是劫不一定。云子跟乔有余婚后不久就开始吵架，两人都有种瞎了眼的后悔劲儿。云子怕父母担心，总千方百计掩饰着。云子爸不喝酒，云子的叔父们也都不喝酒，除非在喜宴上。云子从小唯一见过醉酒的人是六叔结婚的时候招待庄家，六叔和邻居豆成都喝醉了。云子记得六叔身上还让舅家给挂红，喝醉了，坚持要送邻居豆成回去。走到当院时，大家就看见两个人都醉得栽跟打头，好像是因为没有见过人喝醉酒的样子，吃席的人都追出大门去看。到了大门口，两人身子都软下去，站都站不稳，嘴上却都不服软，一个说自己还能喝八两，一个说自己还能喝一斤。说着说着都倒在大门口地上睡着了，看热闹的人分别把他们抬了回去。那之后，云子几乎再没有见过喝醉酒耍酒疯的。乔有余算是让云子开了眼界。

乔有余是个教体育的，但比起体育他好像更喜欢唱歌，乔有余三天两头跟他的狐朋狗友们一起在 KTV 里面喝酒唱歌。刚结婚的时候，乔有余会向云子请假，也能早早回家。好景不长，乔有余回家越来越晚，而且总是醉醺醺的。云子本在家里等得着急，越等越生气，等乔有余进了门，云子看见他那个跌跌撞撞的样子，尤其是闻到他浑身的酒气，就气不打一处来。巴掌大的宿舍，也没有别的地方可去，云子怕影响第二天上课，便在沙发里凑合一宿。

云子和乔有余十天半个月回一次乔有余的老家乔家洼，每回去一次，乔玉明总教训儿子一顿，乔有余也能乖上一两天。但回到市上很快便露出原形。云子感觉乔有余是被酒精控制了，劝他去医院检查。乔有余却觉得是云子想多了，乔有余说男人喝酒很正常，说男人就得广交朋友。乔有余清醒着的时候很会讨人欢心，总让云子觉得他是可以改过自新的。

和云子一起住学校宿舍的同事先后都在外面买了单元楼，但他们两口子总也攒不下多余的钱，一直住在学校宿舍里。学校是一所专科学校，为了升本，学校要扩建校舍。扩建的规划中也有教职工住宅楼。起先，两口子也开心，终于可以搬离宿舍住到单元楼里去。但住宅楼的价位出来后比市场价还高，乔有余觉得学校的地皮盖的房子比市场价还高根本不合理。于是，赌气在他一个朋友的朋友的开发商朋友那里交了首付，买了商品房。

市区并不大，云子上下班常常能看见他们购买的商品房。云子一面积攒房款，一面盼着房子交工住进去。似乎云子和乔有余在一起总是走背运，房子还没封顶，他们买的商品房开发商卷了钱款跑路了。钱没了，房也住不上，尾款还得还，两口子互相怄气，云子和乔有余之间的矛盾一天比一天深。云子对乔有余一肚子气，渐渐不只是吵架，也互相动手打起来。两人闹起仗来，谁也不饶谁。乔白成了他们互相置气时的出气筒，吓得乔白一个劲儿直哆嗦。

在乔白的记忆里，父母亲好像什么也不为，只要看见彼此，脸色、情绪就变了，屋里屋外的空气就凝重了，乔白就莫名地紧张，大气不敢出一口。可是屋子那么小，把两个冤家紧紧圈在一处，几乎每一寸移动，对他们来说都是冤家路窄，都要有战事发生。

云子心里无数次动过离婚的念头，但她也知道家里没人支持她，而且她也不知道如何面对满校园的同事和学生。有几次，她跟母亲说起，母亲都是一个论调，为了孩子也不能离。母亲跟云子说，男人年轻时就爱玩，过几年省事了就好了。云子不知道怎么在母亲那里乔有余的问题就成了爱喝酒，像一个平常的兴趣爱好一样。

　　云子把乔有余喝醉酒的种种荒唐事讲给母亲听。云子说，一次乔有余喝醉了在马路牙子上撒尿，完了用腰带把自己和巷子里的一棵柳树系在一起。半夜给她打电话说有人绑架他，要她去救他。乔有余电话里根本讲不清他在什么地方，云子只好报警。警察把乔有余送了回来，乔有余跟猪一样睡着了。

　　有一次，乔有余喝醉了，去开同一排周老师的门。周老师是重庆人，说话带点重庆口音。那周老师本就跟云子有些过节，见是云子的老公喝醉了，说要告到学校去。好在保安也基本都是乔有余的朋友，劝说了一番。说来说去乔老师是喝醉了，不是故意的。周老师才消了气。但无论云子说什么，云子妈都说根本不是什么事儿，不影响过日子。

　　云子也求助过婆婆，让婆婆劝说乔有余戒酒。婆婆也确实训导过乔有余。乔有余天生一张能说会道的嘴。指天发誓，说要如何如何痛改前非。但前脚安抚下老人，后脚就去了酒场。时间一长，婆婆也没办法了，反过来劝云子。婆婆说乔有余小时候尿床，有人说了个偏方，喝白酒可以治疗。所以乔有余喝酒的爱好是从小就栽下的根子，很难改。

　　有一阵子，云子也想着乔有余要喝就让他喝，她在套间挤了张长条沙发，把套间门关上，乔有余爱咋折腾咋折腾。好像真的眼不见心不烦，过了一段安稳日子。乔有余说想办个武术学校，云子架不住乔有余软磨硬泡，把攒下的一点钱全给了他，可他转手拿去跟他的朋友买了股票。云子也不知道乔有余是赔了还是赚了，乔有余说得放长线才能钓大鱼。但看乔有余的情绪，云子猜测乔有余是赔了。有一天，乔有余出去跟朋友喝酒，云子为了不生是非，一早就在套间的沙发上睡了。半夜听见乔有余跌跌撞撞回来，碰得家具哐哐乱响。云子想着他折腾不动自然也就睡了。没想到乔有余拿了把菜刀朝着门框乱砍，嘴里说着些要杀了青龙还是什么的。云子觉得乔有余眼前应该是出现了什么幻象，她也不敢开套间的门，又怕吓着乔白，便打电话报了警。但那么大的动静，乔白早被吵醒了，蒙着头躲在被子里不敢出声。也许是酒劲过了，警察来了，被吵醒的同事们也围进来，乔有余却蔫下去，逐渐酒醒的他搞清楚是他拿着菜刀闹的事，家具上尽是他剁的刀印子。片区那么小，几乎每次都是那两个警察，他们基本都是乔有余的朋友，批评了乔有余几句就离开了。倒是学校给了乔有余一个三级教学事故的处分，因为那一排都住的学校教职工，云子也是学校教职工，乔有余醉酒滋事扰乱了正常教学秩序，影响恶劣。

云子因为乔有余醉酒，闹了一晚上，早晨起床的时候两个眼睛肿得像灯泡。偏偏接到母亲的电话，说她马上要到市内了，还捎了一袋子土豆，要云子去车站接她。云子想到猎猎寒风里一个百病缠身的老妇人扛着一袋子土豆在城市的街头往前挪，那个老妇人不是别人而是她的母亲。泪花开始打转转，心里难过了好一阵子。

乔有余睡得死人一样，云子知道指不上。赶忙给乔白穿大衣换鞋子，乔白怎么也不配合。她越想越伤心，越想越生气……母亲越老越笨拙，从县城到市内一个来回三十元车费，最要紧的是年迈的母亲得艰难地扛上扛下。县城的土豆难道是金子铸成的吗？市内满大街都是卖土豆的。等过段时间，院子里的贼风就会让那些被她年迈的母亲从郊区扛过来的土豆变成浅绿色，那些中了浅绿色的毒的土豆吃起来涩麻涩麻。云子仿佛看见自己每天做饭时挑挑拣拣，最后把那些发绿变麻的土豆连袋子扔掉的情景。

云子急着去接母亲，可是乔白不好好穿衣服，她只得用最简捷最奏效的方式在他碗大的屁股上抽了几巴掌。乔白果然任云子摆布了，豆大的泪珠从他的眼睛里滚落出来，云子带着哭腔说："我妈来了，我得去接，拜托了！"乔白依旧迷惘地哇哇哭着，云子一把把他从门缝里拉出来，乔白像抓一根救命的稻草一样顺手摸了个玩具带出了门。云子骑自行车带乔白出来，他坐在后面的儿童座上。自行车太小，乔白的脚和云子的脚不时地打架。云子本想抚慰抚慰两行泪痕的乔白，可文化巷里的人苍蝇一样乱窜，云子怕撞着那些忙忙碌碌的人们，便转过头命令乔白把脚收起来。

出了学校大门，壅塞在文化巷两旁的是大大小小的地摊，地摊前总有那么一些人蹲着或者站着听那些地摊老板吹嘘自己的宝藏。一些人已经将手摸进口袋揣捏那些按捺不住的钞票，一些人还半信半疑犹豫着。文化巷里大多数都是菜贩，他们把新鲜水嫩的蔬菜半遮半掩在棉被下吸引顾客。那些买菜的眼里只放着新鲜，从来不管骑车人的心情。他们会突然调转身子去对面的菜摊，因为菜永远都是对面的更新鲜。他们也会骂骂咧咧地去别人的秤盘上将已称好的菜再掂量掂量，因为他们只相信怀疑。

云子听见乔白在问："妈妈，那个阿姨吃的啥"？云子回头看见儿子指着一个嚼着口香糖的女人，便回答说那个阿姨在吹泡泡糖。乔白还追问了啥是泡泡糖一类的问题。云子没顾上解释，一心向前赶。

到车站门外时，一个凶神恶煞的门卫冷冷地说自行车不让进，他生硬的腔调几乎能撞倒一堵墙。云子没来得及理论，连忙给母亲打电话，让她进了城就下车打出租车直接到家门口。于是，云子慌慌忙忙又载了乔白往回走。天空中开始飘起零星的雪星子，像是想起来才洒落一片似的。云子感觉有些什么东西开始稀疏起来，稀疏成凄凉的模样。走过一行水果摊以后，乔白在后面喊："妈妈，鞋！"云子连忙刹车，回头看时，乔白的一只鞋子不见了。等她返回去却怎么也找不着了。一个卖橘子的大姐说扫街的扫垃圾车上了。当时云子又气又伤心，泪花不由分说地从眼眶里滴落出来。平时巷子脏得没人管，像是单等着乔白掉鞋子一样。

　　文化巷确实是个典型的脏乱差的巷子，那巷子就像夏天里的半个烂西瓜，爬满了嗡嗡乱飞的苍蝇。一想到乔白的鞋子掉在那样的巷子里，云子就心疼，更何况乔白的鞋子被当成垃圾扫走了。云子内心的不平简直可以将文化巷两侧的房屋压成齑粉。她尽力往前赶，有一种感觉像雾一样在飘散，她拼命追赶。母亲早已在门口等着了。母亲穿了件暗绿色的短呢子大衣，没型了的烫发被冷风吹得乱乱的。

　　云子走近时，看见母亲比她想象得还要衰老，仿佛一条荒败的小径站在远处向更遥远处延伸。一种年迈的母亲马上要跟她挥手告别的感觉向她空荡荡毫无防备之力的内心袭去，她想伸手去暖暖母亲，挽住母亲。她希望阳光也能够探出头来，暖暖母亲。母亲却先她一步把乔白从车子上抱了下来，紧接着一场冰雹劈头盖脸地洒落下来。母亲说娃娃的手放在外面冻得冰冰的，这么冷还拿着个水枪，一只鞋子也不见了……云子连忙帮母亲把土豆放回套间，让母亲看着乔白，她去找鞋子。临出门，云子郑重地跟母亲说她要跟乔有余离婚。母亲怔怔地站在原地，还没反应过来，云子便出了门。

　　找到鞋子远没有想象得那么困难。乔白的鞋子就站在卸载的垃圾车旁等着云子，看上去有些孤零零的，可那鞋子就像乔白一样显眼地站在人群中。

　　云子捡了乔白的鞋子推着自行车在街上漫无目的地走了一会儿，心里灰灰的，不知往哪里去。她也不知道自己怎么就突然跟母亲说出她要离婚的决定。话虽说了出去，但对于怎么离、离了会怎样，她完全不知道。

　　走了一会儿，她想到了麦子。虽然麦子不知从什么时候开始变得十分冰冷，很不好接近，但毕竟是自己的姐姐。敲开麦子家的门，姐夫上楼去画画了。麦子看到云子并没有喜悦的神色，说她根本看不懂云子在干什么。说云子好歹也上过大学，好歹也在大学里教书，但思想认识上跟个未开化的人没有什么两样。麦子说云子小的时候还替她出头打过黄家堡子姓魏的女同学。她觉得云子是个勇敢的人，也是个有担当的人。但她不明白云子为什么要过那样的人生，为什么要浪费她的生命在一个垃圾一样的人身上。云子虽然讨厌乔有余酗酒，但听到麦子把他说得跟垃圾一样，心里也不高兴。麦子接着说，不要考虑那么多，要问自己，自己到底想要跟什么样的人共度一生，自己到底想要什么样的人生。

云子说她过的根本不是她想要的人生，但是父母希望她跟乔有余好好过，最重要的是乔白，她不知道她离了婚，对乔白会产生什么样的影响。麦子问云子为什么要考虑那些。麦子说父母亲生养了孩子，但孩子不是父母亲的财产。麦子说父母亲是最自私的，只是他们不自知，父母亲把女儿们的婚姻当作感恩的祭献而已。麦子又说也不怪父母，他们一直是浸泡在旧有的认识中生活的。像她小时候看过的《白蛇传》，都说是段奇幻的爱情，终究不过是个报恩的故事而已。麦子说父母亲还有很多很落后的观念，她十分恼恨，麦子欲言又止，把话锋一转。说云子不一样，云子也应该不一样，云子该对自己的人生负责。至于乔白，麦子说她不知道云子顾虑什么，她不知道一个孩子不跟一个长期酗酒、不负责任、没有任何信誉可言的父亲一起生活会失去什么。云子觉得说那些话的麦子有些陌生，但好像麦子说得也有些道理。

云子出门的时候，麦子说她在学校对面的小区为父母亲购置的楼房已经装好了，让云子和燕子有空时也去看看。快过年了，大家约个时间帮父母亲搬到市上，麦子说父母亲上了年纪，住到市上来好照顾。

云子心里乱糟糟的，应了一声便出了门。又在心里自责，麦子无论如何冷漠，都为父母解决了实实在在的问题，自己过了而立之年，却连自己的住处都没有能力解决。

乔有余见了丈母娘，一个劲儿说好话，哄得丈母娘一个劲儿骂云子不懂事，骂云子任性。云子不知道大家都说乔有余没问题，都说乔有余好，但为什么她过得那么糟心。云子也检讨自己，觉得自己也有做得不好的地方。但无论如何，那样一个乔有余她不能忍受一辈子。

结婚不只是两个人的事，离婚也不只是两个人的事。不光云子妈反对，云子爸更反对，连远在兰州的舅舅也在电话里训导云子。说乔有余就是爱喝酒，没别的问题。一时间，云子觉得所有人都站在了自己的对立面上。乔有余更是坚决不同意离，而且理由也十分充分，他乔有余只是喜欢喝个小酒，一没出轨，二没家暴，没有理由离婚。乔有余说随便，便摔门而去。

云子没想到平日里乔有余总承认自己错了，总说着要改。云子也以为乔有余是自己控制不了自己，改不了。到关键时刻，他是一点儿也不觉得自己有错，反而怪云子事多。云子才知道乔有余不是改不了，而是压根儿不觉得自己有错。

父母亲决定搬家的时候，乔有余跑得比谁都勤快。但云子明显感到母亲的整个精气神都不对，燕子也说母亲看上去有心事。云子问母亲怎么了，母亲说没有啥，在县城已经住习惯了，要搬了多少有些不舍。才说着，眼泪就掉下来。云子说到了市上慢慢也就习惯了，不过是换个地方。云子嘴上说着，心里却也犯嘀咕，按道理，掉眼泪也该是高兴得掉眼泪，但母亲看上去就是有心事。

平时不在意，搬起来才知道家里塞了多少东西。就像婚姻，平时面子看上去也光滑整齐，一旦把里子翻出来，全是烂汤破水。光是云子姐妹的衣物就好几摞。母亲把它们洗得干干净净，放得整整齐齐。有母亲缝的棉袄马甲，有母亲织的毛衣毛裤，有她们第一次穿的裙子、羽绒服，每一件上面都有记忆。燕子感叹母亲太用心，但留下来往哪儿放呢。母亲说，都是她的娃儿们穿过的，她不舍得扔。麦子说都扔了，都扔了，一件都别往新房拿，拿去了都是垃圾。可是父母亲啥都舍不得扔，说都拉到市上去，放在地下室。麦子说地下室不到十平方米，怎么放得下，新房里的啥物品都替他们买齐了，直接拎包入住就行。但父母亲说拔根葱还带一撮泥呢，何况人，还是把能带的都打包让搬家公司搬进了新房。

云子姐妹花了两天工夫替父母亲整理，旧物品塞满了新柜子，旧家具都堆放在了地下室。母亲把她结婚时从老庄上带的红漆木箱子放在了卧室衣柜里，里面装着王家老太太给她的一件绲边大襟衫，那是王老太太给她的念想，里面也有她给每个孩子出生时缝过的小圆帽，还有小时候她去孙家湾看望坐月子的母亲时母亲递给她的针插。三姐妹一一翻过，像看稀奇一样。

除了母亲的物品，里面放着的都是父亲的笔记本。燕子感叹父亲只读了初中可惜了。父亲抄的歌词、诗词、小说，父亲自己写的诗歌、花儿，还有父亲誊抄的《麻衣神相》一类的，有看手相的，有看面相的。燕子翻出其中一本，有几页抄了一份清宫图，燕子才念了个标题，麦子就让她把笔记合上。燕子见大姐脸色不对，又看了两眼才合上。燕子悄悄问云子那是啥，云子也不知道，说啥神秘兮兮的，偏要翻开看。

仔细瞧了瞧，云子明白过来，父亲誊抄的是一份生男生女清宫图。云子问麦子，有啥不能念的。麦子关上门，说她前些天才跟母亲提起这个，戳到了母亲的痛点。再提这个就是给母亲伤口上撒盐。麦子越说云子和燕子越好奇，追着问到底怎么回事。

　　麦子说她从前也翻到过，早就知道那是一份生男生女清宫图，但一直都觉得只是父亲把他抄写了下来而已。上大学的时候去舅舅家，从舅妈那里听说母亲生了四个女儿却坐过九个月子。母亲一直都是听父亲的，对照那幅生男生女清宫图推算胎儿的性别，若是女孩儿便到县城的医院去做引产，做人流。

　　云子和燕子都被麦子说的话惊到了，她们不敢相信自己的父母竟做过那样的事情。云子退坐在衣柜旁的椅子里，她不敢相信自己的耳朵。燕子问麦子是不是听错了，是不是做梦了。麦子说没有听错，事实就是那样。

　　麦子接着说，她一直都不想要孩子，就是她心里不能接受。云子找她说要离婚的事后，她回去劝父母亲不要用他们那些旧枷锁禁锢云子。母亲反而说麦子过的不是正常人的生活，不要把云子也往悬崖上推。麦子想也没想就回怼母亲，说母亲糊里糊涂当了半辈子生育机器，竟然相信一份没啥科学依据的清宫图，说不准她打掉的孩子中就有一个是儿子。

　　麦子也没想到自己会说出那么伤人的话。她看到母亲愣在原地，她知道自己过分了，但说出的话就是泼出去的水，已经说出口，也收不回。她想安慰母亲，母亲悄无声息地坐倒在地。她被母亲如披冰霜的样子吓着了，想把母亲扶起来，却怎么也扶不起来。过了好久，母亲才慢慢站起来，说她没事儿，让麦子回去。麦子不放心，跟父亲说了经过。父亲一脸阴沉，让麦子回去，家里有他在。

　　云子爸把一切的错都承揽了，云子妈在床上躺了好几天，说都是她的命。好像只要说是命，人就把啥都接受了。

　　云子怎么也不敢相信麦子说的话，她不知道怎么样的心理才会让父母亲去相信那么一张图表。父亲怎么说都是国家工作人员，是村里仅有的上过初中的人。她想起麦子跟自己说过的话，她好歹上过大学，好歹是大学教师。大约在麦子的眼里，自己跟父母亲一样愚昧。同时，云子心底里又疼惜自己的父母亲，他们得怎样才能平复自己。云子瞪了一眼麦子，怨麦子心狠。麦子被云子说中了，但转念一想，为啥要包庇和哄骗呢，大家难道都不该醒一醒？

如果单用脑子想问题，云子也明白麦子说的话很有道理。但人除了脑子还有一颗心，云子不敢想象母亲听到麦子的话会有多崩溃。云子打开房门，母亲已经在厨房里忙着准备晚饭了。看过去，母亲的头发花白，脊背有些佝偻，好像母亲的动作也比从前迟缓。云子走过去从脊背后面抱住了母亲。云子妈没有听见云子进屋，被吓着了。回头看是云子，脸色才慢慢缓和过来。她不知道云子突然怎么了，还以为是云子因为闹离婚心里不好受。摸着云子的头发说不是个啥事情，说乔有余除了爱喝点酒，没啥大问题。云子一边嗯嗯应承着，一边强忍着不让眼泪掉出来。

晚饭母女四人都像在吃糠，云子爸懒得问，吃了两口进屋睡了，云子妈也说吃不下，到另一个屋子摸黑睡了。姐妹三人悄无声息洗了碗筷各自回家。冬天的晚风并不和善，云子木木地往家里走。放了寒假的校园静悄悄的，没有一个人。路灯的光芒也被寒冷凝固了一样，照不到更远的地方。

第十四章　雪地上的作业本

云子和乔有余闹得不可开交，云子爸看着云子妈跟自己置气心里也烦乱，让云子陪他回趟柴沟梁。

云子家虽然早早就卖了房子院子，但村里没有集体搬迁之前云子三叔家在柴沟梁上，乡亲们在柴沟梁上，云子爸也偶尔去柴沟梁上走一走，散散心。2013年，柴沟村的全体村民在吊庄移民、劳务搬迁、生态移民等移民工程中先后搬迁到了大武口、永宁、红寺堡等地。只留下了五保户年子、没有户口的苏莉香家和老虎沟不愿劳务搬迁的岁虎家。1984年，村里人搬迁的时候是走半家、留半家，好歹感觉有个退路。但2013年是集体搬迁，而且是劳务搬迁，也就是说他们都是作为劳动力搬迁的，大武口那边并没有土地分配给他们。对于祖祖辈辈依靠土地生存的乡亲们来说，不容易接受。另一方面，一家一套单元楼房、一笔政府发放的搬迁补贴，诱惑力也大，他们也都想脱离面朝黄土背朝天的生存方式。有成说，命运那种事情玄乎得很，个人说不清，听政府的准没错。一庄人，搬迁起来呼啦啦很快就留下个空荡荡的村落。

云子爸说等最后的那几家都搬走，村子就空了，柴沟人生活过的痕迹也就渐渐被荒草淹没了。将来地图上怕就没有柴沟梁了，要给柴沟梁写个传记，要给后辈留下个线索，让他们知道自己是从哪里来的。云子觉得父亲找个事情做也好，不至于闲出心病来。

赶上正月，云子五叔两口子也想在乡亲们全部搬走之前回村里看看。正好云子想做民间故事搜集整理，本要采访苏莉香，想录她小时候讲过的一则古今，苏莉香在电话里说她忘光了，不会讲。云子想当面提一提，苏莉香说古今的时候连说带唱，在讲述方式上很有价值，便一起回了趟柴沟梁。

云子五叔将车停靠在马路边，悬挂着"小阳凸"的公交车停靠牌后面有两个门市部，一个红字白门帘，一个碎布拼制的花门帘。云子五叔说花门帘的那一个是聪儿家开的。云子便掀了那花门帘走进去。云子一眼便认出穿着翠绿色呢子的老板娘应该就是聪儿。她稀疏的头发以及略微泛黄的眼睫毛，还有略显低矮的个头，隐约间泛出一丝昔日在乡镇中学上学时的模样。那时，聪儿和荷花姐姐一起上下学，云子想起她们俩都留着长辫子，辫子梢垂过了腰际，走起路来一起一伏。

"二十八！"

"好像别处二十四。"

"东西不一样！一分钱一分货。"

"拿两盒吧！"

　　云子认出了聪儿，聪儿却不认识眼前的云子，云子也没有揭破。看着聪儿很娴熟地做着她的买卖。她踩了小凳从货架上又取下一盒用毛巾擦了擦上面落下的土。

　　掀了那花门帘出来时，窗外墙根下的棋摊上正在为一步棋争执着，边上站着两个扯闲的年轻人，一个抽着烟，另一个磕着葵花籽。

　　虽然车辆在乡间的公路上早已不是什么新鲜事，但还是有些村民围了上来。乡间的人们永远期待着一种新奇，永远拥有一种期待的心情。待车子开走后，他们会一一散去。若有下一辆肯在那里稍作驻足，他们也会再走近。也许是谁家的亲戚，也许是某个游子归来。即便不认识，围上去看一看，也会获得一种实实在在的安慰，也是一种世面，也是一种人情。

　　小阳凸一队的马路边有几间低矮的瓦房，云子五叔说开着门的那一间是王永强亲戚家的。王永强从前是乡镇中心小学的校长，跟云子五叔共事过，也是云子小学六年级的数学老师。小个子、一只脚有点跛，但数学课讲得十分精彩，每次下课时都让学生娃娃们激动不已，只是娃娃们那时候不知道可以鼓掌，只能把那种兴奋的心情压制在心底，等它慢慢散去。

　　云子五叔敲了门，出来一位约略五十岁的乡村妇女，正用高粱笤帚拍打着身上的灰尘。

　　"停这儿吧，没人动。锁上就行。"

　　云子五叔又检查了一遍，果然后车门没锁上。

　　"锁好，不锁好老叫唤。但动是没人动的。"

　　停好车，云子和家人们一起从田埂边的小路上拐下去。还未完全解冻的河水半是浮冰。

　　跨过那弯小河，便是柴沟的地界了。

在柴沟生活了近二十年，云子还是第一次从那样一条道路上通向她，好像也是第一次站在下沟端望她厚实温情的背脊。

小路谁用扫帚扫过，潮润的红土与道路两边尚未融化的白雪相互映衬得十分明快，扫帚的印痕在两者之间交错、弥合，像是对她们说过许多悄悄话似的。小路上方的田埂上伸展出长短不一的狗尾草。抬头看上去，土黄色的狗尾巴草正把它毛茸茸的小尾巴画在蓝幽幽的高天上。

云子五妈停了下来感叹："看好吗！"

云子五妈两手提着礼盒，大红包装的，使得整个山野濡染了喜庆的气氛。走在前面的云子五叔和云子爸回忆着当年在下沟玩耍、打坝的那些情形。

冬日下午四点的阳光投射到山脚的下沟时，已带着几分夕阳的慵倦之意。一位妇女带着一个小女孩从山体的褶皱中冒出来，逆着沉醉的阳光，只看得见两个折射着光束的黑色人影。

"是柴沟人吗？"她们走近时云子爸问道。

"嗯。"那妇女三十五六的样子。

"是谢家吗？"

"嗯。"

"赶集还是走亲戚？"

"回娘家。"

"家里还有人吗？"

"旺生在。"

"我们准备去你家吃饭呢！"云子爸开着玩笑。那是村里人与人才会开的玩笑。不会觉得被冒犯。

"走啊，好得很！"那谢家的媳妇子当了真。

　　云子和云子五妈再三说是去苏莉香家问点事,让她去走她的亲戚。云子爸拿出他的笔记本向那谢家的媳妇子问了些什么问题,那媳妇子带着娃娃不一会儿就消失在了河川里。

　　拐过那面山体褶皱,便是榆柳依稀的农舍。当云子一行走近时,发现路面下的院落已然废弃。屋顶、门窗都是被拆卸过的,只留着墙垣和黑森森的门框、窗框。是才建的新院吧,云子爸也说不出是谁家的,但那“新”还没有经历自然变旧的历程便因为搬迁而拆得七零八落了。

　　再往里走一点便是云子爸记忆中旧有的下沟。当看门狗汪汪叫起来时,往昔的村庄也被叫醒了似的。从苏家奶奶的大门中走出一个穿粉红色毛线衣的女孩子。

　　“快拴狗,亲戚来了。”云子爸上了年纪之后,随和中更多了些开朗。

　　那女子却倏地转身跑进院子。

　　云子五叔说那应该是莉香的孩子。因为狗的吠叫,上面人家的照壁后探出个脑袋瓜来。

　　“你们往进走,狗都拴着。”

　　“是旺生吗?咋还没搬?”云子爸问。旺生说娃娃马上要中考了,怕转到西大滩适应不了,等娃中考结束就搬。

　　“到家来浪!”旺生寒暄了一句。

　　“一转儿就来。”云子爸边说边向莉香家走去。

　　柴沟人在农田改造后普遍使用了被叫作“奔奔”的三轮车。大门以及门廊也跟着改建得相当宽敞。向西的房檐上拖拖沓沓滴着积雪融化成的房檐水,房檐下挂着几把未启用的高粱笤帚。

　　背阴的上房屋子里光线十分暗淡,炕上的花被下睡着个戴棉帽的男孩子。那先前跑进屋子的女子正打扫着上房地面上扔着的瓜子皮，看到几个不认识的客人提着礼情进来，连忙放下笤帚招呼人坐下。

熏黑的房梁上"黄道吉日"的字样需要凭着经验才能判断，墙壁上贴着的报纸被尘埃和炉烟层层封锁，连同脱落得斑斑驳驳的红漆木沙发，都仿佛在合力碾压着屋子里的光阴向古旧流逝。八仙桌上面放着的绢花像是这一切将要走进光阴背面时一个惨淡的笑容一样，竭力流露出一丝光明与温暖。

"我妈刚出去了，一转儿就回来。"那粉红毛线衣的女孩子端了果盘给客人们，然后拍打着睡在炕上的男孩子将他叫了起来。那男孩子坐起来靠在炕墙上木然地看着陌生人，花被像裙摆一样从他的脖颈底下散开铺展到炕上。

云子五叔磕着葵花籽儿说："这年过得挺丰富！"是一个纸质的方形包装盒，葵花籽、糖、枣子、花生掺匀了放在里面。

正说着的时候，莉香挑了门帘进来。

"莉香！"云子激动地站起来。

莉香一面伸手抓着站在炕边上的云子，一面向坐在沙发里的云子爸打招呼："马家姐夫年过得好啊！"

莉香和云子三妈是同辈，云子三妈是莉香的堂姐。所以莉香喊云子爸叫马家姐夫。

"你电话里问的那些我早都忘光了。"莉香再转过身来时对着云子叫了声"狗儿"。那是柴沟方圆长辈对小辈十分亲昵的一种称呼。"你姨夫说娃问着总是有用处呢。可是我真忘光了！"莉香女婿是招亲，云子并没有见过，莉香口中说出的姨夫似乎早已相熟似的。

虽然莉香只比云子大三岁，但莉香是三娘的堂妹，按辈分云子是该叫莉香一声姨的。若从村里上学时算起，云子已有二十五六年的光阴没有见过莉香了。莉香掀了门帘走进屋子的那一刹那，云子恍惚觉得回到了从前的某个时刻。是她折下杏枝的时刻吗？是莉香接过杏枝的时刻吗？是微风从田边走过来掠过莉香额发的时刻吗？是莉香要给云子讲古今的时刻吗？

是杏花开放的时刻吧！

莉香坐下来时，云子爸拿出他的笔记本又是问又是记，完全没有云子插话的机会。

莉香淡紫色的毛线衣让陈旧的屋子里散发出活力，也流曳出淡淡的忧伤与羞涩。莉香指着那粉红毛线衣的女孩子说是她的二女子，初中上完就辍学了，能找到个可靠人就让跟着出去打工，现下读书的只有炕上的那个男孩子。两个更大点的跟着娃娃姥姥去了亲戚家没回来。

村里搬迁时莉香家因为户口有问题，没有被纳入第一批劳务搬迁的计划。第二批搬迁的计划还没有下达，莉香对于自己被计划与乡亲们分散开来十分忧虑。云子爸和云子五叔说了些宽心的话，说开春耕种前应该就有眉目了。

临走时莉香拉了拉云子的手，但也没有别的话说。二十五六年的时光是怎样走过的？仿佛十分遥远，又仿佛只在一眨眼间。云子上学那会，柴沟小学是所不完全小学，一位老师，一间教师休息室，两个年级，一间教室。私下里，学生娃娃们都喊杨老师的小名：大娃。

大娃站在讲台上说一年级上自习，二年级上语文。一年级的学生趴在土块搭建的桌面上开始自习，二年级的学生拿出语文书开始上课。云子想，杨老师大概也点过莉香的名让她回答过问题吧，但那些云子已没有印象。像是记忆的胶片丢失了一部分，能够在脑海里放映出的只有她们午时一起摘杏子的那一段。

莉香盘坐在云子家门前的第三棵杏树下，她少女的臀部画出一道滚圆的弧线。云子把一支带着杏子的树枝递给她，她露出雪白的排牙。那杏枝仿佛是从她初现丰满的肉体上生长出来的，结满诱人的胡杏。她把杏枝放下来，放在一片田野的边缘上，放在一棵丰盈的杏树之下，放在云子日渐变瘦的记忆中。像在那道弧线旁又画了一弯。村庄不说话，也听不见虫子翻动土壤的声音，有一缕温和的微风从田野那边走过来，掠起莉香鬓角的发丝。那些桃心形状的杏子姐妹一样排列在褐色的树枝上，倒显得还挂在枝头的杏子停止了生长似的。

云子被感动了。

莉香被感动了。

莉香说："我给你说个古今！"

不过，与故事的内容相比，云子更多记住的是当时莉香说古今时在杏树下生成的氛围。遗憾也不遗憾，莉香把那些都忘得干干净净。

从莉香家出来。云子爸说到前咀上看看再去上沟看年子。

一路上，尽是曾经在柴沟梁上生活的熟悉情景。在柴沟梁上生活时，那些能走架子车的路被称作大路，但再次踏上那些路径的时候，云子觉得太窄细了些。尽管老院早就卖出去了，乡亲们整体搬迁后也被铲成了平地，但门前的三棵杏树还在。小的时候过家家，云子姐妹一人一棵。云子也记得在那条上山的路上，她们姐妹每天背石头回家，母亲把它们打成一粒粒小石子，为翻修房子做地基。因为一家人在一砖一瓦上付出过，要把那院落卖出去的时候，云子一家格外不舍。云子妈说卖多卖少是其次，最主要是要卖给一个会经营的人家！站在咀头上往山下看，通往山下的道路已被荒草淹没。但牟家奶奶趴在咀头上向远处张望的身影，云子姐妹在咀头上盼望父亲下班归来的情景在云子眼前像放电影一样展开。云子记得冬天的时候，学生娃打着火把从山梁上走下去，夏天遇上大雨天，大家把布鞋装进书包，挽起裤管从山脚下的红泥路上往上爬。大约因为年少，大约因为跟大家在一起，当时都不觉得辛苦。在上上下下的路上，还留下了不可复制的欢乐。云子记得庞吉利不知从哪里得来个黑色的手提皮包，下大雪时突发奇想，与其冰倒雪滑走下山，不如坐了皮包滑下去。他滑到半山腰的时候，包里的馒头、煮洋芋连同他自己一起从山坡上滚了下去。冻硬的馒头和煮洋芋比他滚得欢实一些，蹦得老高老高。

路过邻居家的大场时，云子看见带不走的麦草垛在时光中低矮下去，像个被遗弃的老人，黯然失色。云子不禁感叹，纵是稀世珍宝，纵有千般不舍，无力担负的时候，也只能撒手的。在柴沟梁上时，云子觉得乡亲们连一根麦草都珍视过。家家户户都在碾完场之后把麦秸秆堆成麦草垛。麦草经过阳光的暴晒，经过碌碡的碾压，发出明黄的光泽。乡亲们用心把它们堆成草垛，冬天用铡刀铡成麦草节，可以用作牲口的草料，偶尔也奢侈一下，用来烧锅煮饭。但那些东西搬迁的时候谁都没能带走，都留在了大场上，等待光阴的剥蚀。

在上沟，云子再一次看到了村里的小学校。村小的校舍、村小的操场，它最具标志性的构成是一个木质的篮球架，在风雨剥蚀中，总是一副沧桑的模样，却像个定海神针一样矗立着。同时，也是它，从外观上集中传达了它所在的地方是一所学校的庄严感与神圣感。小的时候，云子总是走捷径，从杨老师家的地畔俯冲下去，就到了学校大门口——两面土墙留出的一个豁口。不过，那时候从来没有轻视过它。也正是因为有它，村里上过学的孩子便都获得过生命中另一种出入。说小，是一道关于命途之门，说大，是一道关于如何存在的大门。再次走进它，距离云子在村小读书已过去了近三十年。还是那条进村的主路，站在上面向下看，村小小得不能再小，校舍早已坍塌，篮球架还在，却也好像因为被遗忘完全失去了曾经的庄严肃穆，显得邋遢、老态龙钟。沿着许久没有人迹的村道绕了几绕才到达学校门口，看到操场上一片尚未融化的积雪时，云子抑制不住情绪，奔跑了过去，脚下是她曾经的操场，也是她曾经的作业本，云子激动地喊出来："我的作业本！"五叔为云子拍了在雪地上奔跑的照片。

云子也拍了许多在她看来十分有价值的移民村落的照片。她把那些照片拿到课堂上播放给学生看，学生们惊叹于废墟上留下了一个村庄的生活史，云子也惊叹于那些曾经活生生的生活现场在一瞬间竟变成了废墟。在一家院落里，一个被遗弃的红漆木箱子里放着一个枕头和其他一些杂物，像是兵荒马乱中留下来的。云子认得那枕头顶上的竹子和梅花鹿是她母亲绣上去的，她甚至还记得那家亲戚向她母亲讨要那些绣品的情形。在另一家的院子里，云子看到了一块黑砖茶，它打开的样子好像等待着主人来沏它，但满是锈迹的茶罐躺在十几步开外的地方。也不知是谁家的墙面上糊着 20 世纪 90 年代的报纸，有一张上写有"蒋雯丽、顾长卫，琴瑟和谐"的文章，报纸上面还贴着朱茵的泳装图。但那时的村里，没有人知道他们是谁。在村民们那里，所有印在纸上的人事都是另一个高于乡土的世界。

云子记得那之前也有很多人家会积攒香烟盒来糊墙，墙面上十分规整地贴满黄金叶、金丝猴之类的烟盒纸。细细想来，云子觉得从前的人们实在太有心了，一个个积攒，最终用它们拼凑出一幅幸福生活的图景。与无常的世事相比，从前的人们好像更笃信信念的力量。村里的庙门敞开着，象征着威严与神圣的石狮子雕塑倒在门外坡地上，门内墙面上贴着建庙时村民的捐款单，云子在其中看到了父亲的名字，那是她与父亲相遇的另一种方式。还有一间屋子里，阳光照进房舍，阴影与光照的地方形成鲜明的对照，在阳光依着门的形状拉长照亮的部分，两双破旧的皮鞋扔在地上，积满灰尘，也可能不成双，但一副急切得要走的模样……

云子感叹，个人的生命有限，但大时代的转折在每一个个体身上都留下清晰的印痕。那个带着体温的农耕文明的大时代远去了，以义为纽带的熟人社会转变为以利为纽带的陌生人的社会，原有的社交方式、语言方式、思维模式等都在发生改变。一代人曾经费尽半生掌握的很多东西都可能因为时代的变化而全部废弃，似看不见的另一座废墟。但对于个人而言，那些却都是生命存在过的痕迹。再一次站在她的作业本之上，它上面已积攒了三十年的风霜，踩上去，发出吱呀吱呀的声响。上面不只写下过歪歪扭扭的文字，还写了生命的历程与人生的里程。那个过程中，也烙印着一个个熟悉的身影。作为一个老师，云子觉得杨老师给了她许多宝贵的财富，尽管他可能并不曾意识到当他在参与学生们知识结构建构的时候，也参与了学生们生命结构的缔造；尽管他可能知识有限，尽管他可能能力有限，但他全身心投入，在荒寂的柴沟梁上为孩子们撑开过一片天地。

云子也想起了那个叫熊熊的女孩，小的时候，云子曾有意无意欺负过她。后来在一个饭桌上听人说熊熊跟着家人搬去了西大滩，大学毕业后出国留学，后来定居到了奥克兰，脸上的那个肉团子也做了整形手术。云子不知道在异国他乡，熊熊是否会想起柴沟梁，是否会想起自己在柴沟梁上受过的嘲讽与排挤。那样的柴沟梁在熊熊的回忆里又会是什么样的，好在她已经完全从那样的柴沟梁上走了出去。

年子看见云子爸很激动，拉着云子爸的手说了好多话。说得最多的是对养老院生活的惧怕。年子不知道养老院的生活是个什么样子，云子爸说他有个同事的傻弟弟就在县城的养老院生活，他跟着同事一起看望过一次。看着挺好，吃喝都有人照管，住在养老院里的人也不存在谁嫌弃谁的问题。但年子觉得还是跟家人、跟乡亲们一起搬迁是最好的选择。虽然早跟哥嫂家隔开门另搭锅过日子，但毕竟是他在世上的亲人，跟家人们在一起，跟乡亲们在一起，才在同一个人世上。对于年子的处境，云子爸也没有任何办法，只能给年子说些宽心的话，让年子安心等支书的消息。

年子把云子爸几个送出了上沟，站在路口看着云子爸他们从陡屲上走下去，过了黄家堡子河湾，穿过川道，消失在乡镇外面的一片树林深处。

集体搬迁的政策下来后，五保户庞年子的户口上只他一个人，户口上不满两人的不给安置搬迁房，年子被安置去县城的养老院。年子不愿去，一直拖着，央求支书给他想办法。支书也很热心，说那是他最后能为乡亲们做的事，他一定努力办成。年子忧心忡忡等待着结果，经常各山头转一转、看一看，柴沟梁上的一草一木他都舍不得。

年子觉得时间像变野了一样，一大把一大把，可人老了睡个懒觉都睡不住。有时候天麻麻亮，年子便揣着棉袖筒出门了。衰草把原本白光光的道路覆盖得没一点音信，庄稼地里到处是长满药味的艾蒿。年子爬上梁顶四处望了望，觉得柴沟梁变得好大，远处的地界被浓霜淹没，看上去没边没沿。年子本想上梁顶吹吹风，可浓霜的清晨连风都跟着一起搬迁了似的。

几十年的屠宰生涯早让他厌倦了，可是每到年下，还是有人来请。年子心里不乐意，但都爽快地承接了。好在很多人家都把家畜赶去上缴给屠宰场换了大把的票子，一年一年下来，活计越来越少。年子上六十的时候，村里照顾他将他确定为五保户。说起来，柴沟高高架在梁顶上，连个像样的路也没有，不搬迁也没个出路。搬去千里之外的平原怎么说也可以变个活法了。可政策是政策，政策上说的户口不满两人的不在劳务搬迁的范围内，落实的时候就是年子不在搬迁范围内。

年子心有不甘，却也知道没办法。起先，年子觉得没什么，总算可以不再干屠宰的营生。村里搬得空空荡荡只剩下断壁残垣的时候，年子感觉时日变得又慢又长。白天，他漫山遍野瞎转悠，夜晚到来的时候只看得见下沟的苏老五家、因孩子在乡镇上学暂时没有搬迁的兴旺家亮着灯火。要说，从前也是一个人的光阴，可从前一个人的光阴只限在他的院落里，亲戚邻居都搬走了，一个人的光阴变得没边没沿，没个期限。

　　乡亲们陆陆续续往出搬。每有一家搬走，政府的铲车就会把那些断壁残垣推倒，铲平，听说要统一种树。没有了人，荒草蔓延得最快，田鼠也泛滥起来，撒下的粮食种子被拉得东一坨西一坨。一开始年子会去苏家走动走动，每次去，苏老五总是不停地抱怨担忧。听烦了，也好像听怕了，年子便不再去了。一个人的日子没有兴旺和红火的盼头，像烧过的炭火在等着熄灭成灰。年子也变懒了，懒得做饭。四哥家搬走时留下一头小猪崽给他养，被他养得皮包骨。年前，年子路过猪圈的时候突然想自己一个人把猪宰掉，免得天天挨饿。年子费尽浑身力气一个人把猪捆绑起来扛出猪圈，按流程在大场上忙活了一整天。腊月的天气短，等他把一切收拾停当，白惨惨的太阳已经落到远处桃山梁梁皮上。年子收了刀，像当年师傅那样，慢慢把缠在刀柄上的红布一圈一圈解下来。红布的边沿处黑黑的，压在里面的部分还鲜红鲜红。但年子的刀没有人接手，他把它挂在场房里面的泥坯墙上。晚上的天光透过窗户，在刀面上反射出一道微弱的寒光。

　　年子把猪肉分成四份，给老虎沟岁虎家送了一份，给自己留了一份，给下沟苏家和谢家各送了一份。送了猪肉从苏家出来时，年子沿着前咀的山梁爬上去，走到半山上，空中开始飘起雪花，想起来才掉落一片似的。半山上当年老马家借住过苏家羊圈中两口塌陷过的古窑还张着残存的窑口，黑洞洞的。

爬上梁顶，远远看下去，浓霜中云子家门口的那棵杏树像开了一树白花。年子伸手揩了揩清鼻涕，从梁顶上走下去。年子想起那年清晨杜家院生双肩挂着红，磁盘里端着瓷酒盅去请安的情景来。杜家院生娶了下沟最俏的女子俊珍，也该他春风得意满面红光。年子还记得那年麦子抽穗的时候，他戴着草帽在田里拔大麦，刚订婚的杜家院生背搭手从地埂下经过。杜家院生打招呼时也露出了他那颗包银的门牙，银牙在午后的阳光里熠熠发光，像一颗金的。年子攥着一把大麦到地埂上坐了坐。杜家院生的身影绕过梁峁沉了下去。

年子并不嫉妒，可心里不是滋味。年子早年也娶过女人，也是下沟人。看见杜家院生，年子便想起那叫翠荷的女人来。太多年，年子已经想不起那女人的容貌，只记得她叫翠荷。年轻的时候不更事，因为茶饭不顺口，年子伸手打了翠荷一巴掌。年子是留着情的，没实心打。可是翠荷的那只耳朵就听不见了，翠荷的娘家来人将翠荷接走了。年子追了一路，翠荷的父亲和翠荷大哥二哥背搭手走在前面，翠荷背了个包袱跟在后面。翠荷走过云子家门前的那棵杏树时回头望了一眼。那时正是杏花满枝头的时节。

年子从梁顶上下来抵达那棵杏树时，雪花已经覆盖了地面。杏树下那条大路变窄了，被雨水冲刷得沟沟壑壑。云子家的场院也是被推土机推过的，几乎看不出从前的模样，只有从前的柴窑裸露着黑洞洞的窑门，像一道巨大的刀痕。年子在废墟上走了一圈，背搭手往家里走去。他回头看了一眼，发现身后云子家被推平的场院像个巨大的刀口。

第十五章　云子的决定

　　小时候，坐在书桌前书写那些似乎永远没完没了的作业时，乔白总是心不在焉。有时候偷偷画画，有时候想想游戏，有时候啥都没干啥都没想时间也会悄悄过去。云子会攥着拳头捶打乔白的小脑袋，咬牙切齿地问乔白是不是脑子坏了。乔白心想，即使他的脑子坏了，也一定是被她打坏的，但他不敢说。有客人在时，乔白会不由自主地偷听云子跟客人的谈话，但也有可能是她们的谈话入侵了乔白的耳朵，房子太小了，她们的声音无处不在，除非乔白长着一对聋子的耳朵。云子会毫不吝惜地把她那些苦情倒给客人。乔白得高度警惕，要在云子冷不丁把目光投向他时，做出正在安安分分写作业的样子。有些时候，乔白因为忘了自己还在云子的眼皮子底下而承受了她的雷霆之怒。

她会一个箭步窜过来，一把将乔白的书、本子抓起来重重摔在乔白面前，然后声嘶力竭地质问他到底在干什么。云子的嗓门会越吊越高，然后捞起身边任何能捞起的东西砸向乔白，可能是笤帚，可能是鞋，可能是擀面杖……打骂一番后，她便开始跟他讲人生的大道理，讲着讲着还会哭起来。不能说她在演戏，她掉下的眼泪是真实的，她几近崩溃的情绪十分饱满。在她连骂带打的暴风雨结束之后，乔白颤抖的身体才开始感受到四处钻心的疼痛。

你要把仅此一次的人生当琴弹，还是当柴烧？

也许有一天，云子也会在岁月的面前败下阵来。她会像一枚蜷缩的枯叶一样沉睡，她走起路来会颤颤巍巍，她松弛的双唇会说不清一个词语，也不再有力气发火、咒骂、毒打。但是，即使有那么一天，乔白依旧会清晰地记得母亲云子无数次质问他的那个问题。

乔白知道，母亲一心想把日子当琴来弹，可她终究只不过是生活那堆熊熊烈火中的一把柴火！

从柴沟回来，云子郑重其事地让乔有余和乔白坐下来，说只要乔有余当着乔白的面保证不再沾酒，就不再提离婚的事，就把日子安安稳稳过下去。乔有余当着乔白的面指天发誓，说从今往后滴酒不沾。乔白觉得两个人都在演戏，只有他一个人是观众。

不过，乔有余确实消停了一阵子，乘着寒假的末梢一家三口一起去了趟海南，乔白跟海浪一玩就是一整天。

乔白觉得日子照那样过下去就是童话里的美好结局。但开学后，乔有余还是架不住他那些酒友的招呼，跟云子说有朋友拉他一起炒股，他得去，把之前的指天发誓当成了被风吹走的流云。偏偏云子对乔有余的指天发誓记得牢，看着醉倒的乔有余，觉得乔有余违背了承诺，默默地掉眼泪。第二天，云子照旧送了乔白去上学，然后她去上课。乔有余醒来后原本有点懊悔自己又沾了酒，又醉了酒，但看见枕头旁的离婚协议书，瞬间觉得啥懊悔都没有了，反而有种被下了挑战书的亢奋与愤怒，接着蒙了被子又睡了。

中午云子一进门，乔有余从床上翻起来指着协议书问云子啥意思。云子轻轻地说没别的意思，就是协议书上的意思。乔有余食指剁着协议书说："要玩你自己玩，老子没工夫！"云子毫不示弱地说她会起诉。

乔有余原本以为是云子的气话，没想到真收到了法院的传票。乔有余被云子激怒了，跑回乔家洼说要跟云子离婚。生病的乔玉明已经没有高声训斥的力气，指着乔有余让他滚出去。说乔有余如果离了婚，就不要再进乔家洼的门。

乔有余把一切错误都怪罪在云子身上，说都是云子不知足，逼着他买房，逼着他戒酒。他乔有余如果有钱早就买了，酒他从小就喝了，不是他不想戒，他压根儿就戒不了。

乔有余的母亲安抚着乔玉明，说气大伤身，年轻人的事让年轻人处理。转头跟乔有余说把他们小两口的事先放放，早点带他父亲去医院检查检查，总是咳，冻梨炖花椒水喝了有一阵子了总不见好。乔有余兄弟姐妹一堆，从小什么事儿都是靠哥哥姐姐们解决。听母亲让他带父亲去看病，也一推六二五，让哪个哥哥姐姐带去看。母亲一听也生气了，盯着乔有余骂他真是个废物。

乔有余心烦意乱，怼母亲说云子告到法院了，是他想放就放的事吗？母亲一听儿媳妇告到法院去了，也动了气。说平时看不出来，那么乖顺的儿媳妇怎么那么狠心，一点儿情面也不讲。她的乔有余除了爱喝点小酒，有啥大不了的毛病。说着说着，说起云子爸从前借钱的时候，说乔有余爸慷慨大方，一下子就借出去二百元，放在那时候就是他乔家全部的家底儿。马家如果要为乔有余喝两口小酒把啥情分都不计了，她第一个不答应。

乔有余听母亲多少有些胡搅蛮缠，不耐烦母亲扯那些陈芝麻烂谷子的事情，让母亲别跟着瞎掺和。说着出了门。出门便给大姐打电话，让她带父亲去看病。大姐最疼乔有余，让乔有余好好哄哄云子，让他一心忙自己的事，家里的事有她。

听说云子起诉了乔有余，云子爸妈也慌了。虽说是个法治社会，但云子爸妈总觉得只要是打官司的事，就不是个好事。

云子妈给云子打电话说云子五叔从县上来看新房，让云子买点水果也去一趟。云子听说五叔来市上，也高兴，便买了点水果开车往父母的小区走。一进门，她就看到客厅沙发正中间坐了客人。她礼貌地打了个招呼。然后问坐在一侧的五叔家里可好，五妈可好。不一会儿，乔有余敲门进来，和云子父母打了招呼，坐在阳台的茶桌旁。云子那时才反应过来，父母是叫了五叔来劝说她和乔有余的。尤其在弄清了沙发正中间坐着的那个人是干什么的之后，云子感觉噎得人口水都咽不下去。

云子看清楚坐在沙发正中间的那人长着两道浓浓的眉毛，是她从前和母亲一起去老庄上接妮子时在姜家湾村口的田埂旁见过的，父亲舅舅的儿子，按辈分，云子应叫他姜家舅舅。后来，那位舅舅做了阴阳，靠给人家看个红白喜事赚点额外的收入。云子爷爷奶奶在西大滩的墓地也是请他看的。云子订婚和结婚的时候也请过阴阳，是父亲单位的一位同事，但云子觉得只是风俗习惯，走走形式。云子没想到在自己离婚的事上，父母亲还要找个阴阳来掐来算。云子心里一下子反感极了，觉得自己不仅要跟乔有余离了，还要跟自己旧有的家庭，跟过往几十年的人生统统划清界限。

云子说身体不舒服，要出门透气，说着便出了门。云子出了门，眼泪抑制不住地流了出来，隐得看不清楼梯的台阶。云子摸着扶手下了楼梯。出了单元门，院子里刮着风，把一个空易拉罐吹得铛唧唧地滚来滚去。云子想起小的时候第一次见易拉罐是大爷爷到柴沟梁上从裆裤里掏出了一个，送给了姐姐。那时候老家柴沟梁上的人们多么稀罕新鲜的玩意儿，他们都不知道外面还有另外一种世界，另外一种人生。开车出了小区门的时候，云子下定了决心，要跟过去一刀两断。

在云子的坚持下，乔有余最终同意了协议离婚，条件是乔白得跟着他。

听说乔白给了乔有余，云子妈哭天抹泪，说孩子是女人用命换来的，云子怎么舍得，乔有余怎么忍心，云子怎么忍心！云子妈说云子是不想让她老两口安生，说不知道当初搬到市上是追啥呢撵啥呢，还不如到西大滩买个院子躲得远远地，落个清净。

乔白那些长相几乎没什么差别的婶婶姑姑们含着眼泪抚摸着乔白卷曲的头发一声叠一声地叹息。起初，她们惨淡的粉脸上涂抹的泪痕与原本空洞的目光里饱含的怜悯，让乔白以为天要塌了。后来，乔白搞清楚不是天要塌了，而是他的父母亲离了婚。当她们带着臭韭菜还是什么难闻的气息靠近乔白时，乔白不得不叫喊起来：我要死了！婶婶姑姑们瞪大了惊惧的双眼连忙伸出她们肉嚷嚷的手来捂乔白的嘴。乔白连忙后退或者慌不择路地跑开。

真是滑稽！乔白觉得那也许是云子和乔有余一生做过的最英明的决定。两张离婚证书换来了三条人命。

乔有余和云子每次在他们打架之后会抱着乔白赌咒发誓地说爱他，说乔白是这个世界上他们最爱的人。乔白恐惧的泪水滴在他们的手背上，他不停地点头。擦干乔白的眼泪，歹徒一样的父亲摔门而出，震得挂在门上的毛巾、刷子、笤帚晃个不停。乔白偷偷瞧一眼云子，她独自躺在单人沙发里捶胸顿足地一边咒骂，一边哭泣。然后，乔白才放心地裹在套间的被子里颤抖，那是世界上最可怕的战争，开战的双方是他的父母。

起初，乔白跟一台壁挂电视机一起分给了乔有余。因为云子觉得乔有余跟那台电视机最亲。乔有余在家的短暂时光除了和云子争吵打斗，总是躺在沙发里盯着电视机度过的。乔白跟在抱着电视机的乔有余身后，电视机的电源线和乔有余裤兜里带出来的衬布一起在风中晃来抖去。乔白还没来得及回头看一眼靠着门框送行的云子，便到了乔有余的宿舍门口。学校教职工单面宿舍一共八间，每间带个小套间。是一家人时，乔白跟着他的父母亲一起住在最北头。他们离了婚，学校将最南边的宿舍分给了乔有余。乔有余拿着一把铜钥匙打开锈迹斑斑的大铁锁一脚踹开了房门。房间里落满了灰尘，灰尘中间涤荡着发霉的气味。乔有余走到水泥地中央时突然转过身来对着乔白吼道：滚回去！乔白和电视机一起被寄存到了云子的宿舍里。

不是家了，是云子的宿舍。不是回家，是寄存。乔白比以前沉默多了。云子说乔白长大了，听话了。云子说吃饭乔白便吃饭，云子说写作业乔白便写作业，云子说练琴乔白便练琴，云子说画画乔白便画画。

云子好像越来越像个母亲了，脸上有了笑容。但乔白觉得自己越来越不像个儿子了。乔白用云子的红笔将课本上的乔白抹成两个红坨坨，然后用纯蓝的钢笔在边上写了"寄存品"三个字。

云子一把将书合起来半弯着腰神情严肃地对乔白说："我们都是寄存品。在这世上，每个人都是寄存品。"

乔白的语文老师拿着乔白的课本批评说课本怎么能是寄存品。换在乔白的父母亲离婚以前，乔白非一把将课本夺过来不可，可是乔白的父母亲离婚了，在和别人的争斗中乔白像被放了气的皮球。校园里的所有老师都怜悯地看着乔白，鄙薄地看着他的母亲云子。

那样的目光让乔白终生难忘。让他以为离婚是世界上最不幸的事情。

那时候，乔有余的父亲还活着。听到跪在上房地上的乔有余说领了离婚证，父亲的父亲用尽他最后一把力气将八仙桌上插着鸡毛掸子的青花瓷瓶摔在擦得明油油的水泥地上，在乔家上房摆了上百年的青花瓷瓶像白色的鸽群惊起又落下。那之后不久，乔有余年迈体弱的父亲离开了人世。

乔家的家族十分庞大，乔白那些堂的、亲的姑姑叔父加在一起有十多个，他们又各自拥有一两个儿女，多得乔白数也数不清。死者穿着孝服的后人们白花花跪了一院子，哭喊声汇成一片汪洋，激荡在乔家洼的上空。那一片洪水般的哭声中没有云子的，云子已不再是乔家家族中的人，云子是乔家的仇人。乔白作为仇人的儿子和死者的孙子惶惶而孤独地跪在院子里。那时候，乔白觉得哭号是比死亡更可怕的事情。婶婶姑姑们的脸挡在头上扎着的一片白洋布后面，她们用变形的哭声此起彼伏地比赛着表达对死者的孝心，有几个姑姑当场晕厥。但是父亲的父亲在上房里的一片麦草上睡得十分沉稳，一动不动。

那时候乔白十分想念母亲。

云子不止一次跟乔白说死亡不是可怕的事情。她说是人都会死，她也会死，乔白也会死。她说人的生命只有一次，用完了便没了。她还说人生是一条曲折的河流，但不可以重复，不可以更改。每次说完她那一大篇理论之后，她的结论都落在一点上，乔白必须好好学习才能不辜负上苍赐予他短暂的一生。她说只有学得多懂得多见得多才能将短暂的人生过得丰富些宽阔些。当她说完将作业本或者图画本或者汤普森练习教程一把推到乔白面前时，他心里只怨恨人生的漫长，写不完的作业，背不完的古诗文，画不完的画，没有尽头的练习曲……人生真是没有尽头的漫长。

不过，有些时候乔白真担心人生太短暂。

当他在小河里摸鱼时，当他在操场上挖辣辣时，当他在菜园子里偷西红柿时，当他在山坡上扑蝴蝶时，当他穿着雨鞋在雨后的白杨树下寻找天牛时……乔白真担心会不小心失去他短暂的人生。

好像哭了好多天，直到雪一样的纸钱一路将父亲的父亲送进坟茔的时候，那洪水一般哗啦啦的哭声才渐渐在耳边安息下去。

云子的话开始一一被验证，祖父再也没有出现在他们的生活中，乔白也很少再回到乔家洼。乔有余也仿佛忘记了他还有财产寄存在云子的宿舍里。有一天，他挽着周老师把一张大红的请柬放在云子摆着汤汤菜菜的写字桌上。乔白觉得周老师比平常漂亮了许多，脸上挂着笑容，没有了以往的刻薄。乔有余把墨镜推到额头上，露出得意而轻蔑的笑意。云子微倾着身子站起身，云淡风轻地说："这么快！以后再结不用来汇报了！"周老师大约没有听懂云子说了什么，也有可能是故意忽略，从头至尾沉浸在幸福之中。乔有余骂了声"毒妇"便要离开。云子叫住了乔有余，说有件事要让乔有余知道。乔有余说没必要，以后跟云子相关的一切他一个标点符号都不想听。云子让乔有余别后悔，乔有余说一切都如了云子的愿，轮不到他后悔，说着，挽着周老师向宿舍的另一头走去。

但云子要说的那件事不仅跟云子有关，也跟乔有余有关。云子发现自己有了身孕，她不知道该怎么办，犹豫着不知道该不该告诉乔有余，看见乔有余那么快就找了新欢，而且是周老师，云子觉得不可思议，那两个人怎么会在一起，但他们已领了离婚证，找谁是乔有余的自由。

云子本想告诉母亲，敲门没人开。打电话问时，母亲说去了西大滩，想在那儿看一进院落。云子心里多少有点埋怨，感觉自己离了婚，母亲没有站在自己的战线上，反而被母亲抛弃了一样。从母亲家小区往出走时，心里有些失落，有些怅惘。不过，看到小区里迎春花一簇一簇开得很是喜人，云子把就要掉出来的眼泪忍了回去。

云子回到宿舍告诉乔白，乔白很快会有个弟弟或者妹妹了。乔白迷惘地看着云子，云子问乔白想要个弟弟还是妹妹。乔白没吱声，他不敢贸然回答云子的选择题。

乔白很庆幸父母亲离了婚，但当父亲要和别人再婚的时候，他还是感觉好像在失去什么，他和乔有余之间已经不再只是谁怕谁和谁恨谁那么简单了，好像从那一刻起，乔有余对乔白而言完全成了一个别人。

云子爸妈在西大滩买了院落，打视频的时候，云子赌气让乔白替她接。乔白看到姥爷家买的院子里有葡萄架，嚷着说暑假要去姥爷家。云子爸妈没有生下儿子，原本打算靠着女儿女婿养老送终的。但女儿离了婚，终究是靠不住。想到云子爷爷奶奶的墓地买到了贺兰山下，终究有一天他们也要到那里落脚，到时候办事得有个地方。趁着他们自己都还能动弹，早早把那些身后事都为自己预备着，省得到时候难为女儿们。但云子想不了那么远，云子觉得父母亲考虑的那些都不是什么事。

云子妈从燕子口中得知云子怀了身孕，在电话里又是骂又是哭。老两口商量来商量去也没有别的办法，乔有余又娶了老婆，也不能把人家拆散了。

算到云子快生产的日子，云子妈从西大滩赶回来说云子得个人照顾。

但乔白总觉得姥姥像是给云子添了个堵。本就十分狭窄的房子被塞得密密实实的，好像有一个人行走，其余两个人都得坐着，不然就水泄不通。预产期过了好几天，云子妈时不时瞅瞅云子的肚子，有时候怯生生地问一句："疼了吗？"云子回答过几次之后就再没应过声，到后来甚至会狠狠地瞪母亲一眼。乔白胆小怯懦的姥姥就赶快把脸背过去看着别处。

好像是那个深秋里最冷的一天，乔白和姥姥午觉醒来就发现云子不在屋子里了。姥姥让乔白给云子打电话，可听到的回音总是："对不起，您所拨打的电话无人接听！"姥姥急得团团转，乔白倒是觉得屋子宽敞了好多。尽管姥姥不认识校园里其他的住户，但壮着胆子把邻居们的门一一敲过问了个遍。新分到学校的一位老师住在第四间，她贴心地安慰老人，让她别太着急。云子妈甚至跑到乔有余的房子前敲了门。幸亏人不在屋里，不然，云子知道了会气疯。云子妈回到屋子忐忑地坐着，大约是为排遣心里的不安，自顾自说起来："哎，你妈从前不这样！"过了一会儿又说："哎，我这一辈子活得像古今。哎，我这个古今没人听。"乔白三心二意地写着作业，偶尔听进去一两句。但姥姥完全是在自言自语，完全不管乔白有没有应声。

深秋以后，天色暗得早，那点暮色从前排小二层楼顶上降落下来的时候，云子来电话了。告诉母亲她办了住院手续，准备引产。云子妈开始手忙脚乱地做饭，边做饭边埋怨，边埋怨边掉眼泪，说云子咋想的就要引产，说那不是生孩子，那是把她自己送往鬼门关。不一会儿，云子开着她的小奥拓停在了门口。云子挺着个大肚子从小奥拓上下来，人和车的比例显得有些好笑，云子妈眼泪涟涟地埋怨："也不知道说一声，把人急死了……"云子冷冷地说："还不是你催的，收拾东西上医院！"

云子登的是家庭病房，里外共两间，等一切收拾停当，已经很晚了。临睡前，云子跟母亲说，她大约吃坏了肚子。乔白睡得稀里糊涂的时候，隐隐听见云子在里屋满地呻唤。乔白被母亲的样子吓着了，茫然无措地站着，她竟乞求帮助一样看了乔白一眼，然后命令乔白赶快睡。乔白回到床上迷迷糊糊又睡着了。

云子曾经让乔白猜她怀的是男孩还是女孩，乔白没敢应声。云子的选择题对乔白来说就是送命题。乔白也不知道为什么那么怕云子，说到底她是他的母亲，她又不会真把他怎么样。可乔白就是怕，云子喘气重一点乔白都会打战。

当妇产科的大夫从产房里宣布"男孩儿，六斤六两"的时候，云子妈一颗悬着的心才落了地。好像是父女连心，也是那时候，云子爸打电话问生了没。云子妈说生了，男孩儿，六斤六两。大夫把宝宝从一个小窗口递出来，云子妈推着宝宝回了病房，乔白留在手术室外等待。天没有亮，医院的楼道很瘆人，好像等了很久，医生才把云子送出来。看到只有乔白一个人在等，一位护士说："家里再没人了吗？"乔白不知道她在感叹，还是在提问，也不知道该怎么回答。倒是病床上的云子，对着那护士说："再没人了！"也许，那护士起了同情心，也许只是责任心，她帮乔白一起将云子推进了病房，云子在虚弱的时候看上去是温和的，让人暂时觉得是可亲的。

乔白问宝宝叫什么名字，云子说还没想好，暂时叫二孩儿。第三天夜里，云子包裹得严严实实，自己开车载着母亲、乔白和二孩儿回到学校教职工宿舍。透过后视镜，乔白看到母亲在流泪。但乔白和姥姥都不敢安慰，不敢劝说。

乔白看见姥姥给二孩儿缝了顶湖蓝色的小帽子，头顶留出圆形的一片，二孩儿的头发从上面冒出来，很是好看。乔白第一次见那么小的人儿，眼睛一睁一闭，两只小手在胸前不停地抓来抓去，两只小腿儿也不停地伸展，总向上一蹬一蹬地，十分可爱。

姥姥每天都做几顿饭，有粥，有肉汤。乔白也在那段时间学会了买菜。母亲把菜名和数量写在纸上，然后乔白带着钱拉着手推车到学校超市去买。姥姥夸乔白懂事，连云子也夸乔白，说乔白已是男子汉了。

二孩儿长得很快，没满月就脱尽了胎气，完全出脱成一个白白胖胖的小小子。云子也被母亲喂得白白胖胖的，也一天比一天开朗。二孩儿过满月的时候，只通知了家人。燕子问给孩子起个什么名，云子说还没想好。麦子说关键看跟谁姓，不管跟谁姓都可以叫小白。大家都没吱声，云子说随她姓。云子给乔有余发了短信，通知他她生了二孩儿，随了她的姓，乔有余没有回音。二孩儿有了大名，但大家还是觉得小名好听，叫他二孩儿。

云子在校园里住到二孩儿快三岁的时候，因为学校规划修建教学楼，那排教职工宿舍要拆，便匆匆搬离了学校。那期间，乔有余有几次从宿舍前走过，乔白本想跟他打招呼，但他总装作没看见乔白，或许他也没想过装，只是单纯地不想看见。有时候，周老师会开着宿舍门拉小提琴，拉到很晚，乔白看见夕阳的余晖从她们宿舍门框上方的玻璃上慢慢降落下去，慢慢漫过周老师，像是周老师一点点沉潜进了夜色的深海里。后来，他们搬走了，乔白再没有听到过他们的消息。乔有余好像也忘记了他还有个寄存品放在云子宿舍里。好在，云子好像过上了她想要的生活。在努力工作之余，有时候弹琴唱歌，有时候一大早起来就开始朗诵诗歌，在紧紧巴巴攒钱交房贷的同时，还能节省余钱出来，寒暑假带着乔白和二孩儿一起去大城市旅游。

云子按揭贷款买了乔白姥爷家小区里一套二手房，简单装修了一番，休闲的风格。乔白在意的是，他终于有了一间属于自己的房子，感觉他才开始拥有了可以大口呼吸的空间。乔白记得搬进单元楼的第二天，云子吃早饭时跟他说，她终于做完了她经常做的那个梦。云子说她总梦到有一个人在夜里追赶她，她吓得没魂儿地跑，每次她爬上一段楼梯要转身的时候，那个追赶她的人就被楼拐角挡住看不见了。说到那里，云子喝了一口泡了麦片的牛奶，牛奶在她的嘴唇上方留了一圈白印子，她说她终于看清了追赶她的那个人，是她没有来到人世的女儿。乔白不十分明白她的意思，只是牢牢记住了牛奶留在母亲嘴唇上方的那个白印子。

　　二孩儿上幼儿园之前，一直是姥姥在照看二孩儿。好像云子只负责把他生下来，用姥姥的话说，把二孩儿一把屎一尿拉扯大的人是她。照顾一个孩子长大大约很累人，姥姥老得很快。在她照顾二孩儿的那些日子里，姥姥没少跟乔白说她苦辛的一生。回想起姥姥，乔白就会想起姥姥说过的那些话。姥姥说她一辈子活得像个古今，只是她那个古今没人听。

第十六章　西大滩的院落

云子爸妈在西大滩的院落是云子四妈帮着看下的。

云子四妈说人遇人要靠缘分，人遇一片落脚地也是靠缘分。怎么就那么巧，大哥大嫂刚说了给他们看个院落，村里李金宝家就在微信群里打出了出售院落的信息。

云子四妈没有梦想到大哥大嫂会在西大滩买院落。从她嫁到西大滩，三十年光阴的沟壑填埋的都是不停地劳作。那一片荒滩起先叫潮湖，后来又叫隆湖，起先是固原市隆德县的吊庄，过了十年，成了隆德县的经济开发区，后来归属石嘴山市大武口区星海镇管辖，她所在的村子起先叫南线村，后来叫富民村。在那些钉钉铆铆说得清的变化中，说不清的是一滩人吃过的苦，流过的汗。但无论如何苦辛，似乎西大滩几个弟兄的光阴总不及大哥大嫂。大哥是拿工资的人，弟兄们谁家有难处都会向大哥大嫂张口。大哥大嫂也从来没有拒绝过任何一个有难处的人。不光是兄弟们尊敬大哥大嫂，小辈的娃娃们对这个大爹大妈大爷爷大奶奶也都是敬爱有加。大哥大嫂这辈子唯一的缺憾就是没有生下个顶门立户的后人。但时代变了，大哥大嫂把三个女儿都供养成人，也都拿工资吃国家饭了，大哥大嫂应该是在城里安然养老的。大嫂打电话说想在西大滩买一院地方，云子四妈既有些意外，也感到惊喜。

三十多年间，多少人家来来去去，西大滩用它的广袤胸怀接纳着人们的到来，也祝福每一个从它的怀抱远走高飞的人。最早迁移到西大滩的时候，人们努力在那里扎根。在一年年的更替中适应水土，熟悉土地，掌握耕作方式。也在四季轮换中通过种地、上煤矿、进工厂、摆摊子等方式寻求生机。等大家扎下了根，有本事的、有能力的人家又往周边的平罗县城、大武口市区、贺兰城区甚至银川市区等地买房，搬离西大滩。村里空置的院落渐渐多起来，那李金宝两口子起先在隆湖一站摆小摊，后来，到隆湖六站开了个婴幼儿用品店，后来直接加盟了个连锁店，把店面开到了大武口市区。两口子感觉无暇顾及留在村里的院子，也急于资金周转，便商量着把院落出手。

云子四妈通知了看地方，云子爸妈也没来得及通知女儿们，他们没想到能那么快。到了地方出出进进看了李金宝家的院子，云子妈一百个满意。价钱谈妥给了定金，请了装修公司把房子里面重新装修了一番。房子里面宽敞明亮，客厅、卧室、洗手间、厨房都连着，跟单元楼的格局差不多，适合老年人居住。开了客厅门，外面的台子宽展向阳，台子下面是院子，院子里左右两个园子，种了西梅、李子、杏子、苹果和核桃树，树下空地上种菜。园子边缘的围栏用瓷砖装饰过，过道铺的红砖，平平整整。院子的位置也好，在云子二叔家前一排，过了西侧的马路，再往前走一排，右手便是云子四叔家。顺着马路再往前走三排，向东走到村东头便是云子六叔和云子七叔家。云子爷爷奶奶随云子七叔生活，等一切安定下来，云子爷爷奶奶也可以到云子爸妈家溜达溜达。

　　别说云子四妈，云子爸妈也没有想过有一天会在西大滩买个院落。老两口住下就不愿回麦子买的房子了。倒不是麦子买的房子不好，房子女儿花了钱，装修得也好。主要是搬到里面太寂寞了。原来在县城的时候，整栋楼上都住着云子爸的同事。楼下住的杨师，对门住的冯师，楼上住的李师……一个单元一个门牌逐个数过去，都是认识的人。云子妈也跟那些单职工的老婆们处成了朋友，都是从农村跟着男人到了县上，做家务带孩子。即使云子爸的女同事，云子妈也能和她们聊得来。但是搬到市上去，小区里的人一个都不认识。小区里的人不像县上人那么随和。起初，云子爸跟出进同一个单元楼门的人热情地打招呼，人家看他的眼神像他是搞传销的，冷冷地看一眼远远地走开了。乔白和小凯上了学，只有周末偶尔去姥姥家点火一样坐一会儿，他们的爸爸妈妈就带他们回去写作业了。他们的爸爸妈妈一个比一个忙。别的倒不说了，说是忙得没时间做饭，云子爸有心问他们忙就是为了吃饭，忙得没时间做饭是为啥奔忙呢？但他也明白孩子们的不容易，单位已经不像他上班那会了。他上班的那会儿，单位能看到职工是个人，也能看到他们是一个家庭的成员，单位就是职工的靠山。但到了女儿女婿那里，单位就好像只是一个用时间换取生活费的地方。即使女儿女婿放了假能够回家陪他们，吃也吃不到一起，说也说不到一起，玩也玩不到一起。社会的急剧变化拉大了一代人与一代人之间的距离。

　　西大滩不一样，村里大部分人家都是从前柴沟搬上去的，串门子有地方去，拉家常有人陪。弟兄几个谁家做了好吃的在群里一招呼，热热闹闹有说有笑。云子爷爷奶奶都将近九十的人，能在跟前陪一天是一天。云子爸云子妈两个人你一言我一语，越说越觉得早早就应该计划着搬到西大滩。

村里人白天都忙，但到了晚上有很多娱乐活动。隆湖一站有各类餐馆，有歌厅，有舞厅。有些精力充沛的年轻人干完活，换身衣服还去唱歌跳舞。村里有打麻将的，有玩牌的，有喝酒划拳的。尤其是2013年乡亲们集体劳务搬迁到隆湖六站之后，村里各类聚餐也多了起来。谁家女子出嫁了，谁家娃娃过满月、过百天，谁家老人过寿，谁家孩子升学，来来往往，村子又冒着从前的热气。云子爸妈把一切收拾停当，安安然然住了下来。

五一劳动节，赶上妮子订婚，云子爸妈一大早就开始收拾起来。云子妈感叹光阴过得太快，好像她带着三岁多一点的妮子从南里姜家湾出来只是昨天的事。一晃，妮子就到了订婚的时候。云子爸磨磨蹭蹭一直把注意力放在手机上，想起来附和一声。云子妈早点烧的鸡蛋汤，喊了几遍，云子爸才从卧室挪到餐厅。云子妈拌了一碟苦苦菜，苦苦菜是云子六妈在渠畔铲的。云子爸夹了一筷子嚼了嚼，尝到是苦苦菜，才惊讶地朝碟子里看了看，问哪里来的苦苦菜。云子妈说她六妈昨天晚上专门提过来，她们先后俩坐在台子上一起拣来着。云子爸说没注意。

吃完早餐，云子妈收拾碗筷的时候，又感叹人一辈子太短暂，不经意间就老了。云子爸附和了一声，说妮子都成人了，他们能不老吗，不老占地方。说着又挪到客厅玩手机去了。

云子妈洗锅的时候，脑海里浮现出当年她和云子一起去接妮子的情景，觉得人真是被人催老的。云子妈想起他和云子爸一起到西大滩给云子爷爷过七十岁寿辰的那一年，过了寿宴，大家该干农活的上地里去干农活，该打工的上工地打工去了。妮子悄悄摸进来问她的身世，妮子的声音好像还在耳畔，每一句话都清晰可辨。

妮子问："大妈，人家说的是真的吗？"

云子妈问："啥是真的吗？"

妮子说："人家都说我是您捡来的。"

云子妈说："人家都是谁，别听他们胡说。"

妮子说："大妈，您就告诉我个真相。从小人家就说，我确信这里的不是我亲生父母。现在只想让您告诉我是从哪儿捡来的。"

云子妈反问："人家说你就信啊？"

妮子说："大妈，我都已经长大了，有权利知道这个真相了。"

云子妈说："哦，长大了啊？时间过得真快。"当年带着云子去南里接妮子的情景在她脑海里浮现出来。

妮子接着说："嗯。我问过我爸爸，我爸爸说不是捡来的，是抱来的。"

云子妈也不觉得意外，问妮子："你爸还说啥了？"

妮子说："我爸爸说我亲妈已经没了。"

云子妈心里咯噔了一下，问妮子："你爸啥时候说的？"

妮子说："有几年了。前两年我想我这辈子死也不去见我亲爸亲妈。这两年我想去见见我亲爸。我要问他那么多的孩子为什么偏偏把我送人了。"说着，开始淌眼泪。

云子妈也觉得有些难过，倒不是因为妮子掉眼泪。而是因为妮子太懂事了，超出了她的年龄该有的。云子妈安慰妮子说："妮子啊，你别哭，这事不能怪你亲爸，你亲爸也是迫不得已。"

妮子说："大妈，你就告诉我是怎么回事。我亲爸亲妈是什么样的人。"

云子妈说："你爸不是告诉你了吗？"

　　妮子说："没，我爸只说我是抱来的，其他什么也没说。"

　　云子妈问："你在这儿生活得不好吗？"

　　妮子说："大妈，不是那样的。我爸我妈都对我好，我爷爷奶奶也对我好，我二叔二妈、我四叔四妈、我七叔都对我好，一庄人都对我好。但这不是谁对我好不好的问题。我就是想知道我的身世。"

　　云子妈说："你爸你妈就你这么一个孩子，你要知道你爸你妈累死累活就为了你。"

　　妮子说："我知道。这我知道。您千里迢迢将我抱给我爸我妈不就是为了让我给我爸我妈养老送终吗？"

　　云子妈说："也不是这么回事。有个孩子才是热热活活的一家人。"

　　妮子有些急了，说："为了这家人就把那一家拆散吗？"

　　云子妈说："娃娃啊，话不能这么说。你知道你亲妈家是什么样的一家人吗？"

　　妮子说："我这不是问您呢吗？您就告诉我吧。我想去看看我亲爸。如果知道得早，说不定我还能见见我亲妈。可我再也见不到了。"

　　云子妈说："别哭了娃娃，你哭得我心里难过。"

　　妮子说："大妈，我在相片里看见过我亲妈。我长得像我亲妈。我梦见过我亲妈。"

　　云子妈说："嗯，你要是再胖点就活脱脱是你亲妈年轻时的样子了。"

　　妮子说："大妈，我要留长头发，我亲妈是长头发。"

　　云子妈说："你妈知道吗？"

　　妮子说："我这里的妈吗？我没敢告诉她，我妈对我那么好。她如果知道我想我亲妈，会伤心的。"

　　云子妈说："嗯。娃娃啊，人家说血浓于水。你想你亲妈那是无可厚非的事。但是别说出来，你妈真会伤心的。别看你妈是个刀子嘴，你妈对你那是没的说。"

妮子说："我知道。我妈就是没文化。但是我妈对我的好我知道。"

云子妈说："好是好换来的。将来你也要对你爸你妈好。"

妮子说："我知道。大妈，但我还是想去看看我亲爸，我要他亲口告诉我为什么当年把我送人了？"

云子妈问："现在吗？"

妮子答应道："嗯。"

云子妈说："现在不行。你亲爸出去打工了。只有你后妈在家里，你去了她未必肯认你，即就是认了，也没啥可说的。你就安心读书，等你长大了，学业有个眉目了再说吧。"

妮子说："嗯。我摘枸杞挣了二百元。我的数学跟不上，您跟我爸我妈说说，我假期想找个老师补课呢，我也要像我姐姐们一样上大学。"

云子妈说："你自己跟他们说吧，想学习是好事，他们会同意的。"

妮子问："大妈，我亲妈是怎么没了的？"

云子妈说："难产！"顿了顿，感叹说："人不能跟命犟，一个接一个地生，把女儿接二连三送了人，临了还把自己搭上……"

妮子说："不光是把我送了人？"

云子妈说："当年你亲爸亲妈也是没办法，一家子人等着你妈养个传宗接代的。可你妈生一个是女儿，生一个是女儿。你还有好几个姐姐妹妹。听说他们把三个送了人。"

妮子说："大妈，你说，传宗接代那么重要吗？女儿不能传宗接代吗？也不知道我的那些姐姐妹妹现在都干啥呢？"

云子妈说："能打工的都在外打工呢。给了人的就不知道了。"

妮子说："啥时候我要见见她们。"

云子妈说："嗯。看缘分吧，将来回去能见着谁就见谁。"

妮子有点惊诧："哦？"

云子妈接着说："孩子啊，千万别怪你亲爸亲妈。他们是不得已啊。那么多的孩子，怎么养活。"

妮子生气地问："不会少生几个吗？"

云子妈说："一家人都盼着要个男孩子。在农村没个顶门立户的男孩子不行啊！"

妮子说："大妈，我不怪她们，我知道我亲妈吃了许多苦。有时候我生气，是为她怎么那么想不开，生不了就不生，干吗把自己也搭上！"

云子妈说："嗯。孩子啊，做女人的都苦。"

妮子看见大妈在抹眼泪，问道："大妈，你怎么哭了呢？"

云子妈说："没啥。千万别怪你亲爸你亲妈。他们是不得已。但也要记得对你爸你妈好，他们累死累活就为了你。你现在好好念书，等你长大了再说别的。"

妮子点了点头，保证说："我一定会好好念书，将来要像我姐姐们那样上大学！"

妮子没有考大学，中考的时候考了职业学校，上了卫生护理还是什么专业，说毕业了能当护士。但妮子毕业之后到哪儿人家都嫌她学历低，只好在大武口市区一家药店做收银员。云子六叔六妈也高兴，好歹妮子不用再像他们一样在土地上营生了。

云子妈记得自己回家后跟云子感叹说："唉，人常说谷要自种、儿要自养，这话说得一点儿也没错。"

云子问母亲怎么突然就发那样的感叹。云子妈说在西大滩见到妮子了。把她和妮子的谈话跟云子一五一十说了一遍。

云子说妮子长大了，应该知道了。云子说六叔做得对。

云子妈知道，妮子抱来的时候三岁多了，有些模糊的记忆。云子六叔大概是怕将来落埋怨，所以把身世告诉了妮子。

云子妈一直记得妮子问她的那句话，要当面问她亲妈为啥把她送了人。云子妈有时候觉得妮子是替四女儿质问她的。

四女儿才过满月，宗安就打发女儿和儿子一起来把她抱去兰州抚养了。虽然当年说的只是寄养，但娃娃养到三岁，她舅妈也舍不下，说兰州的教育条件啥都好。云子妈也是为了能生个儿子，狠心答应了孩子舅妈。没承想，孩子生了说不清的病。宗安给她打电话的时候，她只当是生了病去医院看望，走的时候跟三个女儿说一定会把她们的四妹带回去。

云子爸妈赶去兰州医院的时候，四女儿浑身红斑，身上烧得跟一团火似的。娃娃眼皮都抬不起来，昏迷中吃了两口他们带去的点心，也不知道最后有没有认出他们来，睡着再没醒过来，就那么没了。

在医院的时候，娃娃舅舅舅妈哭得比他们还伤心，安抚下娃娃舅舅舅妈，云子妈和云子爸搭了班车往回走，云子爸一路没说话，云子妈捂着围巾偷偷哭了一路。

云子妈记得自己和云子爸回到山下黄家堡子的河湾时，云子爸说想喝口水。她打开提包，看见里面四女儿吃剩的一口点心还装在里面。她的心都碎在那河滩上了。她和云子爸在山底下坐了一下午。

后来给几个女儿说起的时候，她都会说："唉，过了那条河。我和你爸就明白了，即就是几个女孩子，只要健健康康长大就是万福。也不再寄望生儿子了。"

想到那里，云子妈悄悄在厨房擦了眼泪，收拾停当，喊了云子爸早早到云子六叔家去帮忙。云子的叔父们忙着商量事、应承人，云子妈和云子四妈、云子六妈、云子七妈一起滚了萝卜菜。吃过萝卜菜，商量事的人在上房商量事，云子妈又和云子的婶娘们一起做了时兴的订婚宴。该行的规程行过，亲戚客人在院子里吃过宴席，云子妈和云子的婶娘们一起里里外外规整停当才坐下来拉家常。

云子四妈说儿子建华在新疆开了拉面馆怎么叫都不回来，女儿玲子比妮子年龄大，大学毕业后在平罗县当英语老师，怎么催都不找对象；云子六妈说虽然妮子订了婚，但她总不满意妮子找了个做生意的；云子七妈说女儿儿子一双不好好念书，一有空就翻手机。女人们一起聊的都是娃娃，说些生活中的不如意，但好像说着说着，那些不如意都就变轻了一样。云子妈叹息当妈的一辈子没个心闲的时候，娃娃小的时候操心他们的学习，长大了操心他们的工作，成家了操心他们的生活。可是心操碎了，娃娃大了，啥话都不听。云子妈不知道麦子不要娃娃老了怎么办，云子一个人怎么把儿子抓养成人。云子几个婶娘安慰她，时代不一样了，娃娃们的想法也跟从前不一样了。云子妈也没再说什么，但心里还是惆怅，不管时代咋变，人总会老，人总会病，人总会孤单，女儿们到底是没经过磨难，不知道生活的难怅。

先后几个人坐在炕上你一言我一语说得兴浓的时候，云子七叔家的庆华从前院跑进来说，爷爷肚子疼得直打滚。

拉到医院医生问老爷子吃了啥，云子七妈回想了一下说，跟平常一样，就是多吃了几口苦苦菜。医生推断是肠梗阻，随后的检查结果也是肠梗阻。云子爸和云子妈留在医院照顾，其他人看着老爷子在医院安顿好都回家打零工去了。

躺在病床上，云子爷爷说挨饿年上都吃的苦苦菜，才把个瘦命拉住，怎么这会儿油盐拌上吃成病了！云子爸说大概是吃得有点急，耐心地安慰着。平时不注意，云子爷爷住了院，云子爸给洗脚剪指甲的时候才看到云子爷爷腿上瘦得没有一点儿肉。云子爸心里有点自责，有点愧疚。嘴上调侃云子爷爷说国家一个月给爹娘发放的养老金快赶上他的工资了，咋舍不得花。云子爷爷说没地方花，家里吃的有吃的，穿的有穿的。成天坐在大门过道里乘阴凉，没啥需要的。病情好转了一点，云子爷爷跟云子爸妈开玩笑说，从前能吃能喝的时候没啥吃没啥喝，现在啥都有了，自己吃不下去喝不下去，看着啥都不想吃不想喝。见老七女人端了一碟子苦苦菜进来，他馋得多吃了几口。云子妈对自己生父的印象十分模糊，她把云子爷爷当自己的父亲一样孝敬着。云子妈很会照顾病人，也很勤快，病房里的人都竖着大拇指夸她。云子爷爷恢复得也快，出院的时候面色红润起来。看着老父亲又能在大门过道乘阴凉，云子爸才放下心。

暑假里，燕子请了年休假带着小凯，到西大滩去看父母亲买的院落。小凯十分喜欢，说整个暑假都要在那儿度过。燕子看着父母亲在院落里住得很安然，也十分欣慰。有小凯陪着母亲，燕子陪着父亲到红寺堡、闽宁镇、隆湖六站转了一大圈儿。父亲说要看看乡亲们迁出来后都过得怎么样。燕子是三个女儿中脾气最好的一个，很体贴。燕子开车到处看了看，感叹说乡亲们从柴沟梁上迁出来真是找着了出路。

燕子和父亲吃了早点先去的红寺堡，杜家院生兄弟搬到了红寺堡，平展展的一方土地，住的是政府统一修建的新农村。钢筋混凝土结构的屋子十分宽敞，屋子里瓷砖一贴到底，院生媳妇收拾得十分干净整洁。杜家院生说唯一的缺点是缺水，要到远处拉水吃，一庄人盼着实施政府改造自来水工程。云子爸问院生娘想不想回柴沟梁上去。院生娘说提都不想提，她让柴沟梁上的苦吃够了。

从红寺堡出来，父女俩赶往闽宁镇。岁虎和苏莉香家都最终搬到了闽宁镇，苏莉香去纺织厂上班不在家，云子和父亲在岁虎家吃了晚饭。他们属于生态搬迁，在闽宁镇分到了几分地，都租给附近的葡萄酒厂，年终有分红。附近的女性不管老少都能到葡萄园去锄草摘秧打零工，上过学的孩子不分男女都可以到附近的葡萄酒厂去上班，岁虎的儿媳妇便在葡萄酒厂做销售。岁虎和儿子都在外面打工，家里的光景看着十分殷实。

返回西大滩的时候已经是晚上，母亲做好了酸汤面等他们。云子爸说天亮了再去趟隆湖六站，劳务搬迁的乡亲们都被安置在六站移民搬迁点的沐恩新居，大家平时都管它叫移民小区。

晚上，云子妈在家庭群里发起了群聊，麦子去了河南的什么书院做讲座，说了几句就挂了。乔白在视频里和姥姥聊了几句，看见小凯在姥姥家，也嚷着要去西大滩。云子说要写论文，没时间。

看到母亲有些失落，燕子说云子怀孕了不方便。云子妈原本因为云子离婚的事心上一直有气，听见燕子说，云子妈先是吃惊不敢置信，之后开始埋怨自己。说云子无依无靠的时候，自己却躲到了千里之外的地方享清闲。燕子安慰母亲说她在也干不了啥，等云子生产前回去就行。说着，母亲又抽泣起来，说乔有余撇下乔白不管，云子一个人带着，这下又要添一个，云子这一辈子的苦楚才开头。燕子找话给母亲宽心，说又不是从前在柴沟梁上要干体力活，云子的收入养两个孩子也不是什么事。云子妈说拉扯一个孩子哪里就是那么简单的事，一口水一口饭，一把屎一把尿，都得个人把时间搭进去。说着说着又恨得骂起云子来，骂云子不听劝，骂云子没脑子。

云子爸说到哪一步说哪一步的话，娃娃走到了那一步，想办法多帮衬就是了。云子妈长吁短叹地一晚上没睡着，思前想后也没有更好的办法。等燕子带着小凯回去后，云子爸妈到一站扯了布，开始给将要到来的孩子缝衣物，缝被子。看着宝宝的帽子、缠腰、罩衫一件件摆在炕上，之前的那些担忧变成了令人欣喜的期待。

第十七章　午后来客

　　天气越来越热，天空的蓝越来越深，村子寂静得像一个鼓胀的气球。麦成娘从上房的窗格子里面望了望窗外的阳光，麦成娘没牙的嘴巴像两扇正在磨豆腐的磨，麦成娘说午后会有人来。麦成娘说得坚决，仿佛她已经看见了午后的情景。

　　白狗散乱地躺在大门过道里，进出的微风将它脊背上的几根长毛戏弄得不知所措。院角盘放着的瓦堆旁独独长出一根细长的灰菜。蚂蚁借着菜根的长势翻壅出一簇虚土。

　　粉粉蹲在大门外专心地制作土钢圆。粉粉已经做得十分熟练。她蠕动着嘴唇积攒好唾液然后轻轻吐在院子里的浮土上。唾液在浮土上结成一个椭圆的水泡。粉粉用她细黑的手指抓起浮土轻轻撒在那个水泡上，等浮土完全浸进水泡时，粉粉伸开五指从里向外用掌心研磨起来。很快地，又一个钢圆诞生在粉粉的手心里。圆圆的、明明的，像真的一样。粉粉被自己的杰作深深迷醉。

做到第十五个的时候，粉粉满足地喘了口气，顺势坐在自己的作品旁。粉粉妈说粉粉的两条腿细得像麻秆。粉粉拍了拍自己的两条腿。因为细，那两条腿看上去出奇地长。

一缕漫无目的的热风经过粉粉的额头，粉粉伸手掠起额上乱跑的发梢时，看见两个人向着大门走来。粉粉撩起她那两根麻秆腿跑进大门喊起来："太姥姥，太姥姥，真的有人来了！"麦成娘锈钝的耳朵还没有滤清粉粉的飞信，粉粉早已被那两根麻秆腿带到了大门外。

来人问粉粉："是牟家吗？"

粉粉说："就是。"

来人又问："大人在家吗？"

粉粉说："太姥姥在。"

来人说着进了大门。粉粉追进去看来的人是谁。来人像进了自己家，挑了门帘进了上房。

麦成娘看见有人进来，从炕上翻起来。

"姨娘身体好着吗？"来人问，把塑料袋里的西瓜放在了桌子上。

麦成娘说："好着呢。你是……"麦成娘定睛看时，认出来人是云子爸。高兴得一把拉住云子爸的手说："这娃娃从哪里来？"

云子爸说从家里面来。燕子也连忙喊了牟家奶奶，问了好。

麦成娘说早就听说云子爸在富民村买了院子，但她腿脚不便，后人媳妇子都忙，没人带她去看。

云子爸说应该他和云子妈早点来看望麦成娘的。

寒暄了几句，麦成娘拉着燕子的手问是不是云子。燕子说不是云子，是燕子。燕子说咋到哪儿大家都把她认成云子。去隆湖六站见了庞四奶奶问她是不是云子，她说了不是云子，是燕子。庞四奶奶还是一口一个云子，认定了她就是云子。

麦成娘笑着说云子大，云子匪。说着三人笑起来。

云子爸问麦成娘在西大滩习惯了没有。麦成娘说不习惯。麦成娘笑着说人家都说西大滩平坦，但她哪里都去不了，天天困在院子里，即就是挪出大门，也哪里都看不到。豆成买的院子在村子最东头，被环村的马路和水渠隔在村边上。不像柴沟梁，她拄着拐杖挪到咀头上，看天有天，看山有山，看川有川，看河有河。燕子说想起来牟家奶奶趴在咀头上向远方张望的样子，说她和云子还讨论过牟家奶奶趴在咀头上到底在看啥，一趴就是一整天。麦成娘笑着说柴沟梁上看啥有啥。

云子爸跟麦成娘开玩笑说，让后人媳妇子带着她到周围多走走看看。麦成娘说在柴沟梁上的时候，人把大部分时间放在了务农上，好歹有个农闲的时候，搬到西大滩，人都是抽空种地，除了耕种、放水、收割回来，其余时间基本都奔波在外打工。说着说着麦成娘抱怨起来。不知道挣了多少钱，不见人的面。麦成是最早搬到西大滩的，也当了爷爷，在家看孙子。有成、豆成劳务搬迁的时候搬到西大滩，政府给的房子在隆湖六站。房子小，有成和豆成都把房子留给了后人媳妇子。有成两口子在隆湖中学看大门做饭，一年四季吃住都在学校里。豆成两口子把所有家底拿出来在富民村买了个旧院子，麦成给倒了二亩地种着。虽说院子都在富民村，但她腿脚不方便，过个桥都难。只有女儿玉凤抽空来看她，给她送吃喝。麦成娘指着粉粉说粉粉是玉凤的外孙女，暑假放在家里没人看，来给她做伴。

燕子感叹玉凤有那么大的孙女了。燕子说她小的时候跟着姐姐和玉凤姨一起放牲口，玉凤姨那时候还是个女子没出嫁，站在山坡上模仿杭天琪唱《黄土高坡》。她那时候还小，觉得玉凤姨很欢乐。

牟家奶奶说都老了，玉凤在柴沟梁上的时候还是个娃娃，结了婚跟着女婿落脚到了西大滩。儿女也都已长大成人。说着，麦成娘感叹起来，说娃娃一茬一茬地长大成人，让她感觉自己活得太久了。但她死不成，也活不好。西大滩那地方是年轻人的地盘，老年人挣钱没人要，干农活没力气，想浪哪里都去不了。

麦成娘说还是柴沟梁上好，没有多余的人，两家人天长日久地在咀头上过光阴。麦成娘说起云子妈的手艺好，给她绣这绣那，给她端吃端喝。天阴下雨，她带着孙子孙女找云子妈坐在炕上拉家常。说着说着，麦成娘抹起眼泪。说时间长不见云子妈，怪想的。

云子爸说院子买到了西大滩，等他学会开电动三轮车来接麦成娘去家里浪。麦成娘像是已经看到云子爸开着三轮车来接他的情景，开心起来，拉了别在胸前的手帕擦了擦眼睛。

云子爸和燕子出门的时候，麦成娘拄着拐杖把他们送到了大门口。云子爸和燕子朝着村子里面走进去，绕过了王长有家在村口开的门市部。麦成娘在大门上站了很久。村里大部分人都是从柴沟搬来的，但还是不一样，云子家和自己曾经住在一个咀头上，看见云子爸跟见了亲人一样欣喜。

云子爸和燕子出了牟家往云子七叔家走去。村口门市部底下的阴凉处靠着几个没事儿干的老汉，云子爸向几个认识的打了招呼。有人问后面跟着的是老几，云子爸说是老三，燕子。燕子笑了笑，算是打了招呼，阴凉底下坐着的老汉她一个也不认得。

云子七叔依着临马路的院墙盖了一层平房，临马路开了门，办了个门市部，一面卖零食和百货，一面蒸馒头卖馍。村里的劳力白天都出去打工挣钱，在工地上凑合，再年轻一点的，买个面包机烤箱啥的学着做面包、烤蛋挞之类的。想吃馒头饼子的，都跑到马老七门市部去买，顺便还买点麻辣片或者榨菜一类的，随便对付一顿，花的钱还不到一天打工的零头，关键是省时省力。

进了屋子，云子七叔和云子七妈去一站进货了，云子爷爷去渠畔逛悠，门市部由庆华看着。上房屋里只有云子奶奶一个人，正坐在炕上拆了裹脚布刮她脚上陈年的茧子。燕子第一次真真切切看到了书上写的"三寸金莲"。燕子问疼不疼，奶奶说茧子吗，茧子不疼。奶奶说脚疼，白天走多了晚上烧疼烧疼，西大滩那么平坦的大滩，小脚缰绳一样把她拴在院子里哪都去不了。

奶奶搬去西大滩的时候，燕子还小，没有留下任何记忆。直到上大学才跟着云子在西大滩见到奶奶。燕子关于奶奶的记忆基本都是从家人们那里听来的。父母亲说奶奶脾气不好，父亲小时候奶奶用擀面杖打过他，还朝着他扔过面刀，腿上留下了一道疤痕。大姐口中的奶奶有许多古今，常拿古今哄她睡觉。大姐说奶奶说古今的时候不说很久很久以前如何如何，奶奶说古今的时候有很多讲究，常以"人常说""年老人常说"之类的话开头。麦子说奶奶最常用的开头方式是"东古今，西古今，讲个……的古今给我狗儿听……"

燕子看到的奶奶十分平和，馍馍饭做得好吃。燕子问奶奶还记不记得她以前说过的古今。奶奶说忘光了，西大滩没人听古今，当时的事都忙得没人听，哪儿还有人听上往年的事。人都出门挣钱去了，回来都看的手机，没人听古今。

云子奶奶听说云子爸和燕子去了红寺堡，去了闽宁镇，还去了隆湖六站，问了些乡亲们的近况。云子爸不厌其烦，一一讲给云子奶奶。云子爸说在世的老人家大多数都在家待着，闲了在大门口拉家常。杜家院生娘，苏家老汉，谢家老汉都在家待着。庞老四在电石原料厂看大门，庞年子在沙湖附近看鱼塘，柳家老大在沐恩新居当保安，有成两口子在隆湖中学看大门。云子奶奶说就想知道些她熟悉的老人都啥情况，那些年轻娃娃她都不认识了。云子爸说云子奶奶知道的那些年轻人都已经不年轻了，也都当了爷爷奶奶。有成家的大女子盈盈也已经当妈了。云子爸说那些小娃娃都出息，有些在附近的活性炭厂、碳素厂、铁合金厂当工人，有些开广告部、开洗车行、开超市、包工程，有些当老师、当兵，都比老一辈强。燕子说社会转型，柴沟人不仅实现了地理迁移，也实现了城镇化，生存模式完全不一样了。还是受过教育，有想法的人过得更好，大部分人还是底层劳动者。云子爸说无论如何，离开柴沟梁拔了穷根，是事实。燕子说那倒是，至少大家的精神面貌跟柴沟梁上时完全不一样了。

燕子记得几年前，三妈报名去新疆摘棉桃，从新疆打电话给母亲，说她是摘得最快的一个，还被表扬了。三妈在她家里也是整日忙碌，没有个闲着的时候，但家里的活儿没法衡量，大不了就是把一生都磨灭在了家务中。三妈去摘棉桃拿到了两千四百元的酬劳，是同往务工人员中较多的。那大约是三妈第一次眼见为实的薪金，所以三妈电话里的声音是兴奋的。

燕子记得有一年过年，和云子一起回乡去看望还在柴沟梁上的三叔三妈。三妈做了可口的酸汤面，还上了一碟咸菜。咸菜里的白菜、红萝卜、绿辣椒鲜艳的如五月的乡村，酸汤面就咸菜美味极了，是浓浓的乡村的味道。云子连声说好吃，好吃，三妈在一旁满足地憨笑着。

过年走亲戚就是打个蘸水，吃完饭姐妹俩就动身出门了。三妈提出了早已准备好的一罐咸菜要她俩提回去吃，燕子和云子尽力寻找着推辞的理由。云子说路远不好提，但云子的努力没有抵挡住三妈的盛情。燕子提着那一罐酸菜下了山，过了山下的小河，回过头，三妈还站在梁峁上，像当年她们姐妹上下学途中母亲的身影。

　　燕子在心里暗暗感叹，乡村的褶褶皱皱中隐藏了多少像三妈一样的女性，坚韧、善良、任劳任怨。但她们的一生很少有什么高光时刻，除了子女的数目，她们的一生哪怕在家谱上也几乎没有什么可以记录。在家庭中，她们的付出最容易被忽略，她们自己也不曾觉得自己在一个家庭中的伟大，自谦而自卑地活着。

　　集体搬迁到隆湖六站，三妈在网吧打扫卫生，虽然收入不高，但自己的劳动能够转化成直接的收入，自己的劳动有了价格，也有了价值。村里有些年轻女子媳妇子的收入是家庭经济的主要来源，盈盈开了超市，蒙娟子先在一家工厂当技术员，后来去了超市做销售，她们不再是见了陌生人羞涩地低着头的样子，也不再惧怕外面的社会。

　　从七叔家出来时，那些拉家常的老人还待在村口门市部的阴凉下，云子爸跟他们又打了招呼，燕子看到一个空悬着半条衬衫袖口的年轻人向牟家奶奶家走去。云子爸说大概是碎毛家的长生，再没听见村里谁家娃娃少了胳膊的。

　　长生在柴沟的时候不好好学习，早早辍学跟着村里年龄大一点的出门打工，碎毛也同意儿子打工，读书考大学是放长线，但家里的境况等不到放长线。虽然只是个十几岁的小伙子，长生因为早早就出门混社会，早早就品尝了人心世道。

　　集体搬迁到西大滩，不用跋山涉水出远门，家门口就有各种厂子招工。长生起先在电石原料厂干过，后来，听人说电石原料厂的粉尘一旦吸进肺管会危及生命，长生便进了建筑公司，做些搬运材料的活计。有一天下班回家的时候，摩托车开得快了些，在一个三岔路口的转弯处直接氽进一辆转弯的半挂车底下。

　　等长生从钻心的疼痛中醒过来，想抬抬胳膊伸伸手却怎么也抬不起来，也伸不出来，才知道他的右胳膊没有了。

　　面对去看望他的工友，长生啜泣着说疼得钻心，尤其是那只被扯走的手臂。长生说那真叫疼，无论是昏迷的时候，还是醒着的时候，他都觉得那条被扯走的手钻心地疼痛着，他为着那离开自己身体的手的疼痛而揪心地疼痛着。长生啜泣着说他瘦弱的母亲走到水房里去哭，走到楼道里去哭，走到大街上迎着寒风去哭，哭完了回来对着他笑。长生说他住院的时候未婚妻连个面都没有闪一下，他还没出院，女方家就捎话说女子许配他人了。

　　出院后，有好一阵子长生都不能接受自己失去了一条胳膊的事实。走在六站的街道上，长生侧目看看地上自己的影子，觉得那是另一个人，一条空袖筒失魂似的在肩膀上甩来甩去。长生猝然停住脚步，影子里那条空袖筒也渐渐安定下来。但安定下来的那条袖筒看上去依旧不是自己的。长生对着影子看了又看，安定下来的袖筒被看慌了，连忙在寒风的鼓舞下动了动，像谁羞红了脸一般。长生又走起来，空袖筒又回到一副失魂落魄的样子。

　　长生觉得无情的阳光在嘲弄自己的空袖筒，残酷的寒风在调戏自己的空袖筒。眼泪豆豆源源不断从长生眼眶里涌出来。长生快步走起来，他想找个无人的地方大哭一场。可是他越走人越多，仿佛上赶着来伤害一条空袖筒。长生恨起来。长生恨那些双手健全的人，恨他们在他面前招摇。他们一手提包，一手接听着电话，他们双手扶着方向盘，他们一手插在兜里，一手挽着情侣的手臂……他们是双手健全的杂种，他们是双手健全的婊子，他们不给他留一点缝隙，他们不允许他大声哭泣。长生恨得气都喘不上来，他停下来蹲在马路牙子上，他想将涕泗横流的脸埋进双手里，可他只有一只手。右手呢？他用来吃饭、打架、背煤、扛锹的右手呢？

　　长生不知道自己在马路牙子上蹲了多久，只觉得自己仅存的那只手里捧着的阳光暗下来，变成暗无天日的色彩。他以为天黑了便抬起头来，街上的阳光却刺一样射进他哭肿的双眸里。他在那些脚步匆匆双手健全的人们眼里仿佛是不存在的，没有人用他们多余的那只手来安慰一下他，哪怕向他打个招呼。长生越发恨起来。

　　一个没了一条胳膊的人就是个残疾人，更何况他连个初中毕业证都没有，到哪儿都没人要。原本长生大爹大毛就没有工作在家等长生爸养活，长生一时半会儿找不到合适的工作也窝在家里。平时不注意，但长生少了条胳膊，窝在家里的时候，看见下铺一无是处的大爹，时时处处给他一种自己将来也会像大爹一样的警示，长生烦得不想睁眼睛。长生妈看着儿子成天窝在巴掌大的屋子里心里也难过。问长生愿不愿意打扫卫生，她去跟经理求求情，让长生顶替她去小区打扫卫生。长生不愿意，说小区里出出进进都是熟人，不想他们看笑话，更不想看他们怜悯他的那种目光。他不想伤母亲的心，但他心里连母亲的关心都觉得烦，好像母亲的心疼让他更难过。母亲来喊他吃饭，他忽地翻开被子喊道是不是想让他死。没听见母亲吱声，他又把头埋进单子低声地啜泣起来。

　　长生一连在床上躺了好几天，直到他感觉自己饿得完全忘了自己失去了一条胳膊，才颤颤巍巍从床上爬起来，几乎是从上铺掉下来。他扑进厨房，发现母亲给他在锅里热着饭。长生狼吞虎咽，豆大的泪珠从他的面颊上滴到饭菜里。长生和着泪吃了饭，决定出门去找份工作。不管是什么，只要能让自己混口饭吃，他顾不得体面还是不体面。

　　就在长生穿戴整齐出门的时候，一直在阳台上呆坐着的大爹叫住了他。大爹的头发已经完全花白，连摇头的频率都慢了许多。大爹从他的枕头底下拿出了一本存折，说里面不知道有多少钱。如果长生能替他办件事，存折里不管有多少钱都归长生了。

　　长生翻开存折看了一眼，被存折上的数字吓了一跳，他怕自己看错了，又把数字和小数点仔细看了看，对着数位数了数，是三万多。长生问大爹哪儿来那么多的钱。大爹回复说攒的，他从来没有花过自己的低保，逢年过节妹妹翠荷会偷偷给他塞一些，他也没舍得花，都存里面了。

　　长生把存折递给大爹，问大爹要托他干什么事。大毛让长生买点东西代他去看望一趟麦成娘。长生原以为是什么难做的事，听大爹说是去看望麦成娘，欣然同意。

　　长生换了件短袖衬衫，不知不觉间，他发现自己一只手解扣子系扣子已经很熟练了。临出门的时候，长生问大爹不过年不过节为啥要去看望麦成娘。大毛说他看到楼下有卖西瓜的，就想到了麦成娘。长生没有再问，他听父亲说过大爹的事，知道大爹对麦成娘总抱着一份愧疚，大约也是那份歉疚压垮了大爹的一辈子。

　　长生出了门在超市逛了一圈儿，看啥都贵，没舍得花钱，在小区门口买了个西瓜，打了公交车先到了一站，然后换了从一站到富民村的公交车。公交车站点在富民村村部的广场上，长生打听了豆成家的具体位置，拎着西瓜往豆成家走去。他听到身后有人在叹息，可怜他少了条胳膊。长生第一次没有觉得难过，大约是因为已经习惯了，也可能他已经接受了。

　　到豆成家大门口的时候，一个瘦瘦小小的女孩子坐在大门过道里吃着一包麻辣条。看见有人来，两条麻秆腿快速跑进了上房，边跑边喊："太姥姥，太姥姥，又有人来了！"

　　长生挑了门帘进去，麦成娘正从炕上翻身。长生问了声牟家奶奶身体可好，麦成娘翻起身先看了看长生，看清楚自己不认识，问长生是谁。

　　长生说是下沟谢家，大毛的大侄子，大爹身体不好，托他来看望她。麦成娘没有说别的，问长生的胳膊咋回事，长生说出了车祸。麦成娘叹息了一声："可怜的娃娃哟！"顿了顿，又说没啥事，一辈子人，福祸说不来，让长生好好的。长生寒暄了几句说，还忙着便起身告辞了。麦成娘又跟着挪到大门外，望着长生被风吹起的半截袖怜惜地叹了口气。

挪进屋子里，麦成娘看到桌子上放着的两个西瓜，一个是云子爸和他小女儿提来的，一个是大毛的侄子提来的。都是西瓜，但心里总觉得它们两不一样。粉粉嚷着说干脆面太干了，她想吃西瓜。麦成娘同意了。粉粉问太姥姥切哪个。麦成娘又看了一眼放在桌子上的两个西瓜，说都一样，切哪个都行。粉粉说她切不动，麦成娘挪到桌子跟前，看到粉粉挑了大毛大侄子提来的那一个。麦成娘边切边说一样的，一样的。

麦成娘生了七个孩子，三个女儿四个儿子，原本十分美满。但她的小儿子豆换长到铁锨把高的时候闹着要跟村里人去赶场，家里人说他太小吃不了那样的苦，不让去。豆换说就是为了出去看看，下沟的大毛带他一起去。那些年村里的壮劳力都出去赶场，听说能挣一些钱，到底多少钱豆换不知道。但赶场的人们带回来一包一包漂亮的烂故衣，豆换是亲眼见了的。所谓的烂故衣就是二手货，别人穿过不要了的，有的新新的，有的有些磨损有些破洞，但式样都是豆换没见过的。赶场一去就是十天半个月，哪里的麦子黄了往哪里走，谁家给的价高了给谁家割。村里人管出去赶场的人叫麦客子。麦客子出村时，娃娃们就开始攀比，有的说他大能带回一块手表，有的说他哥能带回很多洋糖。攀比往往以面红耳赤大打出手告终。

但那一次赶场的人什么新鲜玩意儿也没带回来，带回来的只有豆换的褡裢和豆换没了的消息。

陕西天气热，麦子差不多是黄齐的，远远近近的麦浪中都是光着膀子收割的麦客子。听说有些麦客子一天能割一亩多地，晚上有时候就睡在麦地里，有时候睡在东家的院子里、台子上。有些东家很大方，开饭时有白面馒头青菜汤什么的；有些东家很小气，开饭的时候总是些杂粮面饼饼，喝的是白凉水。听说最后那天遇上的是个好心的老东家，他提了几个西瓜到地里来给大家解渴。有人就地将镰肘上的刃子卸下来在麦件上正反一抹开始切瓜。豆换干啥都慢，等他夹着镰肘过来时大家都已吃上了，一人两牙瓜。大毛三两口就把一牙瓜吞进了肚子里，把瓜皮啃得只剩了一纸厚的一张皮，随手扔在了麦茬地上。豆换咧着嘴笑着走过去取瓜的时候被大毛扔在地上的瓜皮滑倒了，脖颈正好磕在一把镰刀上，那把镰刀就靠在麦件上。

后来麦成娘成了梁上的一道风景。她下炕时不小心绊折了右腿，大女儿二女儿偶尔回娘家看望一趟，大儿子麦成早年搬去西大滩，小女儿玉凤出嫁后也跟着女婿搬去了西大滩，很少回柴沟梁。有成和豆成两兄弟将她拉到城里的医院看了一回，因付不起高昂的医药费就原模原样拉了回来。麦成娘在炕上躺了很长一段时间，渐渐地，她就拄着拐棍往外挪。起先是院子里，后来她能挪出大门趴在场墙上，等她能挪到咀头上时就成天趴在那里向远处张望。连她自己都不知道自己在望什么，要说望豆换，她知道他不会回来，也没指望。她就望望下山的路，过川的路，沿山脚下的公路，公路上偶尔会有车辆驶过。再远一些，能望见青苍苍的六盘山，山顶上有厚积着的白云，白云上方是蓝天。

麦成娘惦记云子妈，是因为云子妈指了娃娃给她送过西瓜。她听人说她的豆换到死没吃上一口西瓜，她也没吃过，见也没见过。她口上说趴在咀头上啥都没指望，但第一次见到传说中的西瓜时，她心里一缩，眼眶一热，像是她的豆换送了音信回来了一样。她才知道她多么想念自己的豆换。那以后，云子妈对她来说意义就不一样了，云子妈落脚到西大滩，她就感觉找到了某种确证，像是她豆换还没有彻底离开她的世界一样。

第十八章　莲香的照片

"村长王常有在省城工作的大后人出了车祸。"这消息传到西大滩时，张家婆婆媳妇子闹仗的事、李家娃娃妈跟人跑了的事、赵家买新车的事等都变得不值一提。一时间，啥说法都有。莲香是在玉凤家串门子时听到的。平时，莲香对这类事情也十分上心，总想打听更多的细节，总想在众多的说法中辨析一条最可信的。可是，出事的是王常有家的大后人。莲香感叹人世无常，又感觉有件什么事堵在心上，总觉得王常有的大后人带走了一个关于自己的什么事似的。可到底是个什么事呢？莲香怎么也想不起来，跟玉凤约了第二天早晨去前进农场插秧的事后，便早早回家了。

"王常有在省城工作的大后人出了车祸！"还没进房门，莲香就急失慌忙地跟宝山说起来。宝山瞪了莲香一眼："人家个祸事，看把你起劲的！"

"啥叫把我起劲的。我总觉得那娃娃记着我的一件什么事。可是我怎么也想不起来了。"莲香一边扫炕一边说。

"你再别毛鬼神了？别人家娃娃会记着你的啥事！"宝山瞪大眼睛看着莲香。

"你瞪着我干啥。平时一棍子打不出个屁来。今晚咋了？"莲香提高嗓门怼了宝山一句。宝山立马蔫下去："你自己听听你说的那没头尾的话，瘆人！"

宝山平时睡觉很轻，自从在工地上出了事睡觉的时候也呲呲扯起呼来，老像是一铝壶水就要开了，接着就没动静了，过不了两分钟又像要开了似的，呲呲扯起来。莲香好不容易在瞌睡中蘸了一下却被牙疼醒来。莲香忍不住踹了宝山一脚，宝山没反应。中间的炕土有点塌陷，上面搭了半爿门扇。宝山睡在炕边上，莲香靠窗睡着，不能翻身，屋子里漆黑沉闷得像一块石头。莲香在炕脚的纸箱里摸了件衣服溜下炕，挪开顶门棍时宝山闷声闷气地问："又疼了？"

宝山像是说给自己听的，莲香也没有回应。屋外也是一样的沉闷，漆黑一片。在一切都死睡的时候，莲香觉得只有自己后槽的牙齿骨处醒着，好像全世界的疼都集中在那里戳着她，除此之外，哪里都是麻木的。

莲香进屋时宝山哼哼唧唧说："自打回了趟老家整个人就不对了。"莲香疼得腿都酸，顾不上说什么，窸窸窣窣爬上炕又睡下。

不知疼到什么时候，恍恍惚惚睡了一会儿天已麻麻亮起来。莲香下炕草草洗漱了一下，给宝山烧了鸡蛋汤，烙了张油饼子，服侍宝山吃完后急急忙忙把锅洗涮了一下，便带了水鞋骑着自行车出了门。毛过雨的清晨有点冰冷，出村的大路上扛锹的、夹镰的已匆匆忙忙四处去找活计了。在西大滩，只要有身力气，只要人够勤快，就能生存下去。在西大滩耕种、灌水、施肥、喷药、收割……样样是用力气和钱滚出来的。最挣钱的力气活是去汝箕沟煤矿装炭，簸箕大的铁锹一掀一掀下来，一天能挣一二百。不过那活也最脏最耗力气，每天下工回家时浑身上下一抹黑。三十来年里，和莲香一茬的劳力渐渐都上不了汝箕沟煤矿了，煤矿机械化生产后也不会大面积招人了。建筑工地上也能挣钱，如果有点手艺，建筑是大家首选的行当。莲香也常跟着宝山去工地上筛沙子、抱砖头打点零工。当然，女人们还是愿意在村子周边找点活，既能挣点生活费，还能照顾家里。

路过七号水地时，莲香看见四公公已在水渠畔放羊。莲香没下自行车喊了句："放羊还早呢么四爹。"然后急匆匆赶往前进农场了。四公公双臂将长长的鞭杆横挽在后腰上，自暴自弃地说："我个闲人哪来的迟早！"那时，莲香已经走远了。

莲香赶到前进农场的时候，各村来找活的人已经排了长长的几队。

"赶紧，妮子妈，再迟就没你的活儿了！"迎着已露微芒的晨光，莲香只看见黑压压几长队人，倒是玉凤眼尖，一眼就看见了莲香。莲香顺着玉凤的喊声走过去插在玉凤前面。后面的几个媳妇子嚷起来："咋插队呢！"玉凤回过头笑着说："一块儿的！一块儿的！"

恰好，农场管理员拿着喇叭喊起来："别吵了，派活了！"叽叽喳喳的人群安静下来，大家自觉地排好队，等待着农场管理人员分配任务。天空中的红霞开始闪烁七彩的亮光，太阳一点点破壳而出。管理员从头到尾数了一遍嘟囔着嫌人太多。还是玉凤的声音："来都来了，把哪个支回去呢，人多了早收工就是了。"管理员没有再说什么。插秧的活儿，对于莲香这茬人而言早已是轻车熟路了。多年以前搬来西大滩的时候，她们就开始学着插秧，那时她们还曾新鲜于金贵的白米饭就是从那些秧苗里生出来的。

下到水里有人说水太深，水鞋用不成。莲香便把水鞋连袋子绑在自行车上，脱了布鞋赤脚下水去插秧。没想到温和的牛毛细雨过后，田里的水十分冰冷。脚伸进水中的时候后槽的那颗牙触电似的立时疼起来。莲香拿着稻秧去托牙齿骨，突然的疼痛使得眼泪花儿漂起圈儿来。也就按了一会儿牙齿骨的工夫，莲香看见自己负责的一路已经明显与其他人拉开了距离。管理员在边上大声问怎么回事。莲香只好说没事儿，努力抑制着疼痛继续插起来。

不到半小时，莲香落了一大截子。玉凤走过来问了情况说插不了就算了，也不在一天工夫上。好像玉凤一句安慰的话使得那颗牙越发骄纵起来。大约是眼里含着泪花的缘故，也大约是水面泛着阳光的缘故，莲香突然看见苫着方格子头巾的玉凤比从前老了一些，她两鬓的头发好像花白了，她黑红的脸上褶子好像多了，她说话时露出的牙齿好像也比以前稀疏了。莲香突然间收不住眼里的泪花，点头示意自己要先回去了。

管理员说插了不到一个小时，看在常打交道的份儿上算三十块钱工钱。玉凤直接跟管理员嚷起来。玉凤说人来时好好的，插秧时牙才疼起来的，怎么也算点工伤，必须给半天的工钱。都是下苦人，大家七嘴八舌都帮着说起来，管理员紧皱了一下眉头，答应了给六十块钱工钱。莲香领了钱骑上自行车悠悠翔翔地往村里走去。

回村时倒是顺风，蹬车没那么吃力。公路上的车多起来，远近田头地畔忙活的人多起来。四公公远远地喊："咋回来了？"莲香知道四公公的下半句，定是在心里盘算这媳妇子怕是活儿干得不好被人撵回来了。但莲香也不计较，多年来，妯娌几个没少在背后议论四公公。

一个四处不如意的老念书人，到哪儿都酸言酸语，大家早已习惯了，也犯不着跟个一无是处的闲大浪人计较长短论高低。三盘算两盘算，人已经撤远了，莲香回头扔了句："你把人家羊看好！"

进村时，空气里弥漫着一股熟悉的葱油花儿和烟火味。农忙时节，每家每户都会吃早饭，预备好中午不休息。莲香是个马虎人，宝山也没多讲究，往往泡一包方便面，口袋里装个馒头就出门熬一天。

推开虚掩的大门，莲香一眼就看见放在上房水泥台子上的兰花瓷碗，碗上放着一双红漆木筷子，筷子上架着一个白生生的大馒头。自从大嫂在西大滩买了院子，经常做了好吃的喊他们去吃。宝山受了伤，大嫂也常炖了肉汤送过来。但如果是大嫂送来的，自然会送进屋子看着宝山吃了才放心地回去。一看那个蓝花瓷碗，莲香就知道是隔壁红霞送过来的。抑制不住的火气从腹腔蹿上来。莲香三步并作两步，想一脚踢翻那个因为漂亮而令人生厌的蓝花瓷碗。可是走上台子看见碗里是飘着油花儿的烩牛肉，莲香鼓胀的火气就泄了。自然，这时宝山需要补身体，更何况那漂着油花，掺了粉条儿、萝卜片儿，点缀着香菜叶、葱末儿的烩牛肉看着就让人流口水呢！

"端都端来了，放台子上干啥？"莲香端起碗向屋子里走进去。

"没找着活儿吗？"躺在炕上的宝山问。

"牙疼！"莲香想宝山肯定又会说牙疼与干活有啥关系的话。

一边艰难翻身的宝山，一边嘟嘟囔囔地说："去拔了吧！"

莲香心里一热："这回知道疼痛了？"宝山在建筑工地上干活时工架没搭好掉了下来，垫裂了两根腰椎横突。医生一边说不要紧，一边说至少得卧床休息三个月。总之宝山腰疼得翻不起来。

"有几年了吧？"宝山好像一个人呆闷了找着话说。

"谁知道呢。"莲香心不在焉地回答。莲香把被子卷了一疙瘩垫在宝山脊背下，扶着宝山吃烩牛肉。宝山说红霞端来时见莲香不在就没进屋。莲香故意提高嗓门怼了一下宝山："那不是正好吗？"

"吃完饭去一站拔了。记得王常有家在省上当记者的大儿子那年来村里照相时你的牙就疼了。有几年了吧？"

莲香停下来，说起那次照相，她的记忆忽然明朗开来。念大学的卫华有一次回来说，王常有的大儿子在他们学校开什么农村十年的影展时，里面有六妈的一张照片呢。当时莲香觉得自己的丑样子被大学生娃娃们围观，有几分骄傲，又有几分羞怯。

"快十年了啊！"莲香几乎惊呼起来。"吃完饭就去拔！"

"你打给她姥姥烧了纸回来就不对了。"宝山一边喝汤，一边跟莲香说。莲香没接话，端着碗筷和宝山吃剩的半个白面馒头去厨房洗碗。

见宝山吃得香，莲香打心里感到安慰。洗碗的时候，玉凤的脸再次浮现在她的脑海里。她觉得自己大概要比玉凤更老一些，叽叽喳喳的玉凤无论如何从声音上永远是年轻的。好像因为浸在水里的缘故，兰花瓷碗看上去比放在阳光下的时候更水嫩新鲜了。莲香又想起红霞的那张脸，曾让她十分憎恶，也依旧在某些时刻不经意会让她感到不快。但仔细想一想，连那张面孔也老了，莲香还是替她哀怜起来。

莲香和宝山是老庄上时定的亲，可宝山十万个不愿意，宝山喜欢的是红霞。红霞虽然有点耳聋，但红霞长得俊，还上过学。宝山曾给红霞从西大滩捎回来个笔记本，上面写了些字。捎的人曲里拐弯捎来捎去捎给了莲香，莲香不识字，满怀喜悦地在村里找了个上学的娃。那娃有个啥字不认识，还翻了字典查了一番。读来读去，是送给红霞的，只是写了些叫毕业赠言的东西，可莲香还是恨得牙痒痒。恨宝山、恨红霞，也恨自己不识字。

命运真是说不清道不明，从老家搬迁到西大滩，红霞偏偏嫁给了隔壁的陈家。陈家老二念过高中，跟老七含山是同学，戴副黑边眼镜，跟俊俏的红霞很般配。按说，宝山哪点都没法儿跟陈家老二比，莲香没什么可担心的，可莲香心里就是觉得别扭。莲香总在心里要和红霞比高低，却什么都比不起。红霞结婚以后接二连三生儿育女，莲香四处求医问药就是不见肚皮鼓起。虽然莲香也明白这跟红霞没有半毛钱关系，可是总禁不住地要对红霞冷言冷语。也许红霞耳聋听不见，也许红霞不在意，总还跟莲香往来着，毕竟还是堂姊妹。莲香也有时候去红霞家串门子，总看见她家的新鲜物什，红漆木的首饰盒、带水珠挂链的皮挂包、兰花瓷碗碟、大牡丹的印花床单……每次从红霞家回来，莲香都会看见自己的日子过得十分粗糙。尤其是红霞家的孩子来家里玩时宝山那种稀罕的表情，总会刺痛莲香。

看着莲香不生养，她娘家妈哭天抹泪，觉得是她当娘的罪过。莲香实在看不过娘家妈自己碾磨自己，也不想再一碗接一碗喝江湖郎中的药渣了，便同意托人要个孩子养着。说来也算是命里注定，大嫂托人前脚问了，后脚就有了回音。孩子是宝山七爹家二女子跟前的。虽然已经三岁多，但免去了擦屎把尿的麻烦。娘家妈神神道道地说，要个娃养着养着能带来个娃，说不定莲香就能生了呢。莲香把妮子拉扯到出嫁再到妮子都生了娃，也没见自己怀个娃。不过，都是上往年的事了，莲香早不把娘家妈的话当回事了。再说，娘家妈坟头上的草都绿了几茬了，还能把个亡人的话当话嘛！

这么想着，后槽的那颗牙又疼起来，疼得莲香放声哭起来。

"忙罢了赶紧到一站拔了去！"宝山在上房里喊起来，好像是因为不愿意再听到莲香的哭声似的。莲香疼得没回话，抱着头在灶火门前的柴堆上坐了一会儿。

莲香收拾停当准备出门时，宝山不知怎么自己下了床，立在上房门口说："拔了牙去看一趟妮子！"莲香知道是宝山想妮子了。妮子还是在宝山住院的时候来看望过两回，打宝山出院回了家，妮子就再没闪过面。

"再看吧！你赶快炕上躺着，医生不让动。三摇两摇骨头错位了！"莲香边说边出了大门。正好隔壁的红霞也推着自行车出了门。

"去一站吗？"红霞问莲香，莲香还没回答，红霞就说："我也去一站！"

"等回来了给你把碗端过来。你的烩牛肉做得香，宝山连碗都舔了！"莲香怕红霞听不见，故意提高了嗓门。

"不急不急！"红霞笑着说。

莲香心想这红霞就是念过书的，心眼多，不想听见的一律装作没听见。莲香刚掉顺自行车准备出发时，宝山从院子里扔出一双皮鞋来："把鞋换了！"莲香这才看见自己还穿着出门干活时的布鞋，鞋帮子上都是干了的泥。莲香知道，宝山也并不完全是关心自己，主要是怕她去妮子家给妮子丢人。莲香换了鞋，照旧扔过院墙，叮嘱宝山上炕躺着。红霞看莲香两口子隔着院墙将鞋子扔出扔进，站在路上咯咯笑出了声，莲香还很少听见红霞笑出声过。

一站不远，骑自行车就是十来分钟的路。但莲香不想跟红霞搭伙了，一进城就改变了路线，说先要去看妮子，莲香便拐进星海大道向妮子家骑去。

但是，看见妮子的表情，莲香就后悔了。她去了，妮子没有欣喜的表情。妮子客气地让她感觉自己完全是个外人，是个亲戚，妮子客气的样子仿佛要提醒她原本只是个养母。妮子中专毕业后在平罗一家药店做收银员，后来认识了个做零食的小老板，说要嫁给那个小老板，还说要辞掉工作跟着那小老板去做生意。莲香和宝山原打算给妮子招个亲，为他们养老送终的，可是妮子的对象不同意，宝山最终让步了。女婿是个做生意的，具体的莲香不知道。莲香跟邻居们说起的时候说女婿是做麻辣条、麻辣片的。

　　看见妮子那个客气的样子，莲香后悔自己的不请自来。原本好像是因为想妮子了要看看妮子而已，可是那么单纯的目的好像有点说不出来，说出来也好像不实在似的。妮子问时，莲香只好说是宝山想妮子了，让她来看看。妮子说她很忙，忙着筹办自己的副食加工厂，等工厂的事办完了，一切正常运转之后，有时间的话会回去看她爸。莲香识相地说宝山还等着吃饭便告辞了。莲香出门时妮子强将一包东西塞给了莲香，妮子说最近忙，回不去，让莲香给宝山买点补品。莲香半路上打开看时发现除了两包麻辣条和麻辣片，还有二百块钱。莲香在路上怔了怔。

　　二百块钱是烫手的。麻辣条、麻辣片也是烫手的。妮子小的时候市面上就已经有麻辣条那种东西了。村长王常有家门市部里的麻辣片五毛钱一包。村里的娃娃都馋那一嘴。

　　莲香记得妮子的小脚奶奶左手牵着老二家的卫华、保华，右手牵着老四家的建华去了王常有家的门市部，从门市部里出来时，卫华保华建华手上各自拿着一包麻辣片。馋嘴的建华已经撕开包装袋边走边吃，卫华也不停地舔着嘴皮嘶嘶吸着气说辣死了。莲香记得那时她娘俩就站在路畔的水渠旁。妮子看见了也嚷着要吃。莲香那时没舍得五毛钱，跟妮子说问你奶奶要去。

　　妮子果真跨过水渠追着她的小脚奶奶要去了。妮子的小脚奶奶让卫华和保华给妮子几片，卫华和保华不给。妮子的小脚奶奶又转身哄建华，让建华给妮子几片。建华大哭起来。莲香站在水渠边看得清清的、听得真真的，妮子的小脚奶奶恶狠狠地跟妮子说："让你妈给你买去。"

妮子抹着眼泪鼻涕跨过水渠，让莲香给她买。莲香那时又气又恼给了妮子一巴掌。莲香本是打给妮子奶奶看的，没想到她的力气稍大了点。妮子摔倒在地，磕在了一块石头上。莲香狠着心肠没有去扶。妮子爬起来时满脸眼泪鼻涕和血。莲香心疼得眼泪直转圈，她连忙去抱妮子。妮子却转身向村外跑去。路上疙疙瘩瘩的石头好几次将妮子绊倒在地。

莲香带着泪，瞪着朝老二家走去的妮子奶奶以及几个娃娃，眼泪直往下流。莲香带着哭腔慌忙将宝山喊出来去追妮子。天快黑时，宝山背着睡着的妮子回来了。宝山说妮子磕掉了一颗牙。莲香的眼泪刷地流了下来。

"你娘不是人，给卫华、保华和建华买的麻辣片，我妮子追过去要，愣是连个渣渣都没给。你娘没把我娘儿们当一分钱的人。妮子是要来的娃咋了，要来的也是你马宝山的娃啊。她给老二家的卫华保华买麻辣条，因为老二的娃是她孙子。可是她给老四家建华也买了麻辣条。老四指给你四爹，是你四爹的儿了，建华就是你四爹的孙子了啊。可是你娘给建华都买了麻辣条，给我妮子连个渣渣都没给啊……"莲香当时气疯了，胡扯了一顿。宝山哄着妮子在里屋睡下，出来呵斥莲香别把娃娃吵着了。

妮子豁着半个前门牙长大，直到出嫁前才上医院补上了。也不知是谁欠着妮子的，要还似的，让妮子最终嫁了个做麻辣条的小老板。莲香对这桩婚姻还算满意，只是女婿的生意老在提醒她妮子受过的气一样。女娃儿一出嫁就是别人家的了，更何况妮子打一开始就是抱来的。妮子被抱来时三岁多了，常抱着她的个脏被子不放，有一次，说那个小被被是她另一个妈给她缝的。莲香一气之下捣进了炕眼，烧了一半又给扯出来。莲香把烧了一半的小被子包进布包挂在了房梁上，看见路都走不稳的妮子抬头望着房梁上的布包，莲香心碎了一样一把将妮子抱进怀里。后来，妮子慢慢不再提她的另一个妈了。听说她亲生母亲东躲西藏生了八九个孩子，老末儿终于如愿生了个男胎，她却难产丢了性命。莲香不知道怎么说，让宝山去说。宝山跟妮子说时，妮子没有掉眼泪，狠狠地说她只有一个妈，就是莲香。那时莲香信得真，同时也怪妮子心狠。可四公公跑来说听见妮子在三号大田的渠畔上哭得呼天抢地，莲香和宝山跑去将妮子劝了回来。也是从那时起，妮子就怪莲香没让她在她亲妈活着时见一面。

可她莲香能算准妮子亲生妈啥时候就不在了呢？这么一想，莲香又心硬起来，理由充足起来。她觉得牙也不那么疼了，猛蹬了几下自行车脚踏板，往一站街道走去。一站十分热闹，已经有女孩子迫不及待地开始穿裙子了。做各种小买卖的不停地吆喝着。

莲香径直向着黄安牙的诊所走去。

"六十！"黄安牙没有抬头，说得很干脆。

"六十？你咋不要七十呢？"莲香心想拔个牙，怎么就六十了呢。

黄安牙正给别人看牙，抬头瞟了莲香一眼，冷冷地说："标准价！"

"不拔了！"莲香扭头就走。

出了诊所，莲香跨上自行车往回走。快到富民村村口时，莲香看见了不远处渠畔上的那棵沙枣树。太阳正盛，照得沙枣叶泛着银光。背着鞭杆的四公公在渠畔转悠，羊群高高低低错落在渠畔上。"你不把羊赶到别处去，撒在个路口子上有草吃吗，四爹？"莲香停下自行车喊道。大约是莲香话说得不好，四公公没有回应。

好像走得累了，莲香一屁股坐在路边上。四公公给别人放羊，一个月挣一百多块钱。按理说，老四家不缺那点钱，可这活儿能把四公公打发出去一整天不进门。四公公是个哪儿都爱找别扭的人，搁谁谁都受不了。莲香跟嫂嫂们不同，在老家时，就是一个村儿的。莲香小的时候，还和村里的耍娃娃们跟着四公公去小阳仚看戏。那时，莲香小，还没有给宝山说媳妇。莲香管四公公叫马家四爸。马家四婶自己不生养，马家三爸把自己的四儿子指给他当儿子。马家四婶十分尽心，可马家四爸四处瞎逛，好像从来不上心过日子的事。日子总断顿，全靠马家三爸帮衬，他也好像不在意。打小，莲香就听四公公只惦记一件事，他是县上造纸厂的会计，被冤枉偷了几张粮票丢了差事。一直说要告，但总没见下文。看见孙子孙女们长大了，他总叹息没一个当官的，没一个人能给他翻案的。

人像浮在水上的落叶，早都漂远了，还在哪儿找从前那点烂账呢？河水早都流远了，只有自己身上的烂疮结着个疤，到死带在自己身上。这么一想，莲香觉得四公公也可怜。

沙枣树上的银光在风中扑闪着，莲香想起娘家妈坟地上的那棵老柳树，被雷击得只剩下半面，半面被烧焦了。娘家妈去世后埋在了柴沟梁上，可庄里人陆陆续续在劳务搬迁、生态移民之类的政策规划下迁出了柴沟梁，哥哥嫂嫂们搬去了闽宁，回家上坟都没个去处。清明的时候，莲香想回家给娘家妈上坟，宝山工地上却开了工，莲香只好一个人回了趟柴沟梁。

村庄一旦没了人烟，很快就荒败了。经年的蒿草长得路都找不见了，莲香花了将近一个小时才上到梁顶。路过大路底下玉凤二哥家的院落时，莲香看见了大场上陈旧、低矮的麦草垛。在老家生活时，麦草垛是顶值钱顶金贵的，越冬的时候是牲口上好的草料。可是搬迁时，谁也没有带走那份财产，它就在光阴里慢慢腐败下去了。

莲香到娘家妈坟上时正午已过。娘家妈的坟头又低矮了一些，上面覆盖着衰败的杂草，旁边娘家爹的坟头快跟地面持平了。娘家爹活着的时候没少毒打娘家妈，也没少打他们兄妹。爹下场时，莲香并不怎么伤心，而娘家妈下场后，莲香感觉她把一重天都带走了。用了好几年，莲香才感觉缓过气来。转眼，自己和宝山都到了打算后事的时候了。

莲香把准备好的祭品和纸钱拿出来。不像西大滩，谁家死了人都是往贺兰山公墓里送，老家的坟地一家一块。爹妈的坟地在桃山梁下一个顶向阳的坡地上，整个地皮被晒得温热温热。莲香摆好祭品开始烧印好的纸钱。莲香准备了厚厚一沓，她心想这次烧了不知啥时候才有机会回老家，多烧点让娘家妈攒着点。纸钱烧起来，在微风中，火焰扑闪扑闪。莲香把带来的烟酒糖茶撒在火焰上："妈，这些好东西，你都尝一尝，用一用！"莲香折了根树枝挑着没烧化的纸钱。突然像在火焰中看见了娘家妈的影子，莲香心里一个激灵，头皮发麻，后背直冒汗。莲香像四下里望了望，静静地，四处没一个人。"妈，你别吓我啊！我可是你亲女儿！"莲香连连磕头。磕罢提起包包往山下跑。看到山下的人家时，莲香才安下心，在地埂上坐了坐。

远处沙枣树上的银光扑闪扑闪像一团火焰。莲香心想自己当时咋那么胆小呢？不就是娘家妈吗？怕什么？不就是想娘家妈才去上坟的吗？难道自己对娘家妈的想是假的不成？莲香越想越觉得自己不成体统。

也许是那团扑闪的银光看久了，看得莲香直掉眼泪。莲香回头看了看路上没有人，索性哭起来。莲香越哭越伤心，像是才死了娘家妈似的。哭了一会儿，她听见四公公在远处喊："号叫啥！"莲香擦了眼泪站起来向四公公喊道："哭你呢！"莲香心里憋闷，这么大个荒滩，她莲香连个大哭一场的地方都没有。四公公背个鞭杆在远处看了看她，赶羊去了。

那会儿牙没有疼，莲香习惯性地伸手去按了按牙齿骨。

莲香想起王常有的大儿子那一次来村里照相时的情景来。那时的妮子好像已经不像嚷着要麻辣片时那么不懂事了，妮子自觉地站在房檐下。村里看热闹的那些收拾得十分精致的媳妇子们倒是十分积极。可是王常有的大儿子却偏偏要给莲香照一张。

莲香记得那时自己也和现在一样抱着牙齿骨，只是那时的自己要比现在年轻很多。想起来，那时的自己穿得脏脏烂烂的，头发毛毛的，家里的房子低低矮矮，也不知道王常有的大儿子看中自己的什么了，非要给自己拍照。想到自己当时的样子，莲香心疼起来。那时自己傻乎乎的，连自己当时的可怜样都不知晓，还觉得自己比别人更幸运才被挑中拍照的呢！

远处公路上几个骑着自行车的人向着南线村的方向过来了，莲香知道是玉凤她们下工回来了。莲香不想让别人看见自己曾经哭过，连忙跨上自行车向家里走去。她听见身后四公公赶羊的鞭梢声打得很响亮。

尾声　槐树的倒影

收到奶奶病危的消息，云子姐妹三人带着乔白和小白一起往西大滩赶。爷爷去世的时候正是疫情最严峻的时候，四处的人哪里都去不了，云子姐妹都没有参加爷爷的葬礼，都成了遗憾。一路上，姐妹三人回忆着柴沟梁上的点点滴滴，聊着四十年间柴沟梁和西大滩两地之间的变化，也聊着生活里的鸡毛蒜皮。尽管三人同在一个小城里生活，但平时各忙各的，很少有大片的时间聚起来，翻箱倒柜细数琐细的日常。

乔白坐在副驾驶上玩手机，小白坐在后排中间看平板，燕子坐在右后侧，后视镜里看不到她，麦子的半边脸映在后视镜中。麦子没有生育，看上去比她实际年龄小一些，但她的目光却看着比她的实际年龄大一些。

麦子一向对走亲戚串门子一类的事比较排斥，说是无谓地浪费时间。燕子觉得麦子过于不食人间烟火，大姐没有生育子女，家务也雇了全职保姆，把节省下来的全部时间都用在了和姐夫一起搞雕塑创作上。市上有好些公园雕塑就是他们两口子一起创作的。他们确实挣了钱，也赢了名，但燕子总还是觉得不够踏实。不过，只要麦子喜欢，她也便替麦子高兴着。

麦子看小白专注地看着平板上 UP 主在打游戏，问云子乔有余有没有问过小白。云子说没有，倒是小白的奶奶看过几次。过去了几年，云子说当时自己也有错，用了比较不理智的方式处理问题。但离开乔有余是个正确的决定，云子觉得从小到大除了念书，没有过几次恋爱的经验就进入了婚姻，完全是糊里糊涂和乔有余一起过了几年。大约对乔有余来说也一样，如果乔有余再婚找到了对的人，也是一桩好事。

到达七叔家的时候，父母亲及叔父婶娘们都守在七叔家。云子姐妹直接进了奶奶的卧室，奶奶侧躺着，看着只是睡着了，呼吸听着比较吃力。大约是攒足了精神，奶奶迷糊了一会儿睁开眼睛。云子将凉好的水递给奶奶，奶奶借助吸管抿了一口。四妈大声问云子奶奶认不认得谁给端的水，奶奶使劲抬起眼皮看了一眼，没回复又闭了眼睡着了。

云子七妈说老人家一会儿清醒着，一会儿啥都想不起来，一会儿尽说些从前的事，那种情况已经有两个月了。晚上看电视会看得很晚，她问怎么还不睡，云子奶奶指着电视画面说人家都还没有睡。有几次，云子奶奶拄着拐杖，挽着包裹要回柴沟梁。云子七叔耐心地扶着云子奶奶走一会儿，等云子奶奶走不动了坐下来，坐一会儿，云子奶奶明白过来问她在哪儿，云子七叔又把她领回去。

云子奶奶不吃不喝睡倒起不来的时候，云子爸请了村里的阴阳来看过，说就是两三天的事，让家里早早准备。家里也好像没有人过于悲伤，都是静静等待着。云子二叔说把外面的娃娃都提前通知一下，能赶上的都让往回赶。

　　云子七妈从箱子里把云子妈缝好的老衣取出来。云子妈和云子四妈费了些劲给云子奶奶把老衣穿起来。云子七叔把准备好的口含钱递给云子二叔，说他不知道怎么放。云子奶奶在昏迷中说口干，但已经没有力气吸吮，云子六妈用勺子喂她喝了两口，又帮云子奶奶翻了一次身。

　　一整晚，弟兄先后轮流守在云子奶奶的炕头上。云子爸有几次看着几乎没有声息的娘一动不动躺在炕上，心里有种希冀，希望娘还能像从前那样翻起身，哪怕是打他几擀面杖也好，但娘躺在那里等着油尽灯枯，他无能为力。从柴沟梁到西大滩，云子二叔见过娘最艰难的时刻，他是时刻站在娘身边的儿子。云子二叔跟云子爸说爹走了一年，娘一个人太孤独了。爹在世的时候，娘总抱怨这抱怨那，找不到自己的鞋子了，说是爹偷偷给藏起来了。一家人到处帮着找，最终在她的箱子里找着了，都是云子妈给做的鞋子，有些绣了花，有些没有绣花，都新新地放在一起，看着没舍得沾过脚。过不了一天，又说她的啥不见了。整得一家人总在翻箱倒柜找东西，云子爷爷怕抱怨，天一亮就出门去村口转悠。爹去世后，娘悄无声息地待在自己的屋子里。云子四叔攥了攥母亲的手，娘，娘叫了几声，娘没有回应。云子七叔说人怕已经走了，又叫了几声，还是没有回应。云子二叔伸手试了试鼻息，说还有气息，但已经很微弱了，大约撑不过一天。

　　天亮的时候，云子奶奶似乎又明白过来，问谁她都认得，云子二叔说大概是不行了。云子爸问母亲还想见谁，想吃啥。云子奶奶说啥都不想吃，想见云子爷爷。大家突然都绷不住，开始掉眼泪，云子七叔凑过去说很快就能见到了。

　　麦子和云子一大早开车到一站采购东西，她们把豆腐、萝卜等一应物什装好，正准备从停车场出去的时候，母亲打电话说奶奶走了。云子出了停车场，道路两侧的槐树把茂密的叶片投映在倒车镜上、车窗上，云子有一瞬间的难过，那样蓬勃的绿色，奶奶再也看不见了。奶奶从柴沟梁上搬走时，麦子已经六岁，她记忆中的奶奶要更清晰一些。麦子说很怀念奶奶拍着她给她哼入眠调的那些时光，好像有奶奶拍着、哼着，人世就十分安稳。

　　云子和麦子回到七叔家的时候，已经是满院子的人在忙碌，七妈和村里几个她们不认识的媳妇子在菜园边上架设锅灶，七叔招呼几个年轻小伙子去村部拉桌子，上房门口站着几个人，还有一些人从东厢房仓储室往出抬棺木。云子把东西放下，进了奶奶的卧室。

　　云子进去的时候，奶奶已经不在炕上，卧室地上放了张方桌，方桌上放了奶奶的遗照、蜡烛、香裱等。方桌后拉了一块白布，奶奶躺在白布后面的麦草上。云子听到母亲在布帘后面说话，揭了布帘看时，母亲和四妈、六妈分别坐在奶奶的两侧，将瓦片在冷水中浸泡过之后放在奶奶的腹部。云子问她能不能进去，母亲说可以。云子虽然已经是四十不惑的年纪，却没有见过那种场面，她问母亲那是在干啥。母亲说在提取奶奶身上的温度，说及时冷却的话身体不会在出殡时因颠簸变形。

　　云子不知道母亲说得有没有道理，只能坐在一旁看着，那好像是她们能为奶奶做的最后的事情。云子坐在一旁看着母亲和婶娘们一遍又一遍做着她们虔心的事，婶娘们一边做，一边谈论着跟云子奶奶在一起的种种往事。她们说起那些往事好像并不悲伤，像是在说一个还在世的人一样。看着躺在麦草上的云子奶奶，云子六妈说尽管老太太对她十分苛刻，但她心里还是不舍。云子妈说在一起过了那么多年，早都是亲人了，自然是舍不下。云子四妈说云子爷爷走了，老太太太孤单了，让早早去，那么多儿孙，谁咋孝敬，也代替不了云子爷爷的陪伴。

云子奶奶的老衣是云子妈缝的，给云子四奶奶烧三年纸的时候，云子妈给云子四妈和云子七妈教了穿法。当时云子妈怕有朝一日自己不在老人身边尽不到那份孝心，她那时也想不到自己会买了院子，到西大滩来。云子翻了翻，真的是罩衫衬衫棉袄罗裙之类的足足穿够了七层。除了贴着瓦片的地方，衣服把奶奶裹得严严实实，奶奶脸上苫了一片白布，只有两双手的手梢露在外面。云子伸手去握了握，奶奶针线不怎么样，却一辈子都戴着顶针。奶奶闭了双眼，家人将顶针从她手上取了下来，奶奶手指上留了个十分明显的勒痕。

云子想起那双生满茧子与裂纹的手做出过好吃的饭菜，趁热掰过洋芋、玉米面馍，也打过她的父亲和她的叔父们。也是那双手，揭起大襟衫，从肚兜里拿出一个小包裹，一层一层解开，从中拿出经年攒下的毛票子递给她，让她拿好。还是那双手，伸手去给她摘过沙枣花。似乎祖母的人世就那样结束了，连着她身上残存的温度。

第二天一整天，陆陆续续有亲戚邻人和乡亲们来吊唁，隆湖六站的、隆湖一站的、村里的自不必说。云子舅舅也从兰州赶来给老人家烧纸，还有从南里上来的亲戚。每有人前来吊唁，家门上的儿孙辈穿着孝衫都跪在院子里一一叩首还礼。

出殡的时候天还没有亮，车队出了村直接开进了贺兰山脚下的陵园。当奶奶的灵柩下葬时，大家用铁锹铲了土覆盖在灵柩上，云子的眼泪禁不住淌出来。祖母就那样归于尘土，她辛苦劳碌的一生有了终点。

仪式结束，庄家和亲人们乘着来时的车队陆续离开。云子妈说去看看云子二妈。云子二叔带着大家往云子二妈的坟头走去。

都在同一片墓园，相隔并不远。云子二叔一一指认，哪座坟茔是牟家老太太的，哪座是陈家老爷子的。听上去，好像从前一个村子里的乡亲们逝去后又在贺兰山脚下相互为邻。云子二妈的坟头长了草，云子二叔把周围的石头清理了一番。云子想起二妈穿着衬衫坐在炕边上跟她说那些话的时刻，再看看从杭州赶回来的保华，从银川赶回来的卫华，当年的两个孩子已经是顶天立地的大小伙子，各自有自己的事业，二妈泉下有知，应该感到欣慰。

回村子的时候，云子爸说以后也要把墓地看到贺兰山陵园，那样，就能跟爹娘埋在一处。阴阳说 2023 年是闰年，闰月是看墓地的好时候。云子爸说到时候看。

好像真是葬礼把家门中的人聚了起来，不仅云子叔父们聚齐了，各地工作生活的堂兄妹们也基本聚齐了，保华从杭州来，卫华从银川来，建华从新疆来，振华从固原来，除了在北京上大学的芳子，麦子、云子、燕子、玲子、妮子都抽了时间来参加祖母的葬礼。尽管兄弟姐妹们没有谁成为达官显贵，但都在各行各业中通过自己的智慧与汗水参与着社会进步的事业，云子为自己能处在一个生机勃勃蒸蒸日上的时代之中感到幸运。云子曾经感叹，多少代人，除了能够吃苦，除了能忍受苦难的岁月磋磨，连个传奇都没有。但看着姐妹们，可以不去重复曾祖母、祖母、母亲们走过的艰难旅程，能够按照自己的意志在家庭事务与社会事务中去实现个人价值，云子觉得已是最大的传奇。

云子看着父亲也已经是个近七十岁的老头了，二叔、三叔、四叔都看上去苍老、瘦弱，尤其是三叔，被胃病折腾得没有一点儿笑容。云子想起三叔在柴沟梁上练习武术的时候，好像是有使不完的劲儿。三叔无时无刻不在想办法吃，家人们在大场上打麦子，他忙着支了筛子扣麻雀。但那样一个神采奕奕的三叔也老了，定定坐在人群中。云子五叔说等他退休了，也在西大滩买个院子，搭个葡萄架，在葡萄架下拉拉二胡，吹吹笛子，应该比圈在楼房里好。

四月，云子爸和云子妈请了阴阳在贺兰山下看了墓地。燕子把看好的地方拍了照片发到家庭群里。云子和麦子都没有回复。云子心里突然有些难过，给麦子打电话说大约有儿子的人家，不需要老人为自己的后事去奔波的。麦子让云子不要多想，燕子去了就行。父母亲要按照他们的想法为自己的后事做打算，就让他们去做，一代人有一代人的认识，拗不过，就顺着。原本按照麦子和云子的想法，父母百年后埋在市上的公墓就好，但父母亲要去千里之外的贺兰山下，他们在那里会更有归属感，麦子觉得完全可以理解。

听说云子爸妈在贺兰山下买了墓地，两行清泪从庞四奶奶眼眶流出来。庞四奶奶比云子爸妈大不了几岁，从柳家老五因病没了的时候，她就担心自己将来不知道在哪里落脚。多年过去，她的吉利和双喜谁都不提他们老两口的后事。吉利不在眼前，她也没有本事给吉利打电话，她跟双喜提的时候，双喜就不耐烦地让她不要着急，到时候再说。

庞四奶奶不知道什么时候会到时候，每天都从院子里挪到巷子口去等。看着街头来来往往的人群，十分纷乱。对庞四奶奶而言，隆湖六站实在是个大地方、陌生的地方，街上那么多人，很少有她认识的，也没有谁留意她的存在。巷子里出进会跟她打招呼的那几个人，也只是知道她是巷子里面住着的一个老太太，对他们来说，庞四奶奶没有过去，也可能没有未来。对庞四奶奶来说也一样。庞四奶奶跟双喜说，在那么多人中看见一个熟人真难。双喜说等有空把她送到移民小区里去，让她找个熟人聊聊天。庞四奶奶又不让，好像没有谁能听她说什么，她好像也没有什么可以对别人说。双喜嫌她难伺候。

庞四奶奶在巷子口看着太阳升到头顶，看着太阳落下远处的楼顶，院子里的租客换了又换，季节变了又变。还是不知道双喜说的那个时候什么时候到来。按说，她老了，眼睛耳朵胳膊腿儿没有一个好使的，但她偏偏把院子里搓麻将的声音听得清清的、亮亮的，从早到晚在她耳畔响动。白天，她能挪到巷子口，可晚上得听大半晚上，搅得她睡不着。

庞四奶奶醒了好几次，迷迷糊糊睡着了。梦见柴沟梁上，年轻时候的她跟村里的老太太媳妇子们一起铲苦苦菜。她们正说笑着，双喜的喊声把她从睡梦中惊醒。

双喜着急忙慌边穿棉袄边说他要到什么地方的大河边，说有人从河里捞上来个人，吉利在哪儿的群里看到了照片，认出是他们的碎爸庞年子！

双喜开了三轮车出了院子，庞四奶奶穿了衣服从床上坐起来。她没有看到双喜说的照片，但她感觉就是吉利的碎爸年子。年子那么固执，跟他们分了户，一个人住在场房里。他们搬到了西大滩，年子还是念着亲人，放弃了去县上的养老院，跟着他们到了西大滩，却还是撒散得七零八落。

吉利回来安葬年子的时候，让双喜带着庞四奶奶住到他的安置房里去，他要在大武口买房，住到工厂附近去。庞四奶奶感觉自己有几年没有见过吉利了，想多看看吉利，但吉利像是来捎话的，说完又把她扔给了双喜，他自己拍拍屁股走人了。

送走年子，云子爸回到家里总感觉过意不去，说也许当年劝他去养老院会是另一种结果。云子二叔说谁知道呢，好端端的，就能掉河里，炉子还热着，他却冻硬了。人这一世的路就是没有个重走的机会，要能早知道，就不是人世了。顿了顿又说走了好，走了干净，一个人生活是受活罪，不是过日子。云子爸说到2024年，柴沟村人搬到西大滩就整整四十年了，要组织大家聚一聚。云子二叔说都忙着，老点的差不多都过世了，年轻人大都不认识了，不一定聚得起。云子七叔说村里的人都在微信群里，吆喝一声也可以。有了老七的支持，云子爸开始认真筹划起来。

随着腊月的到来，村里的人们都开始为过年做准备。除了在工厂上班的人，打零工的人们暂时都闲下来，享受着一年中难得的时光。

云子七妈停了馒头店的生意，长期起半夜睡三更的日子太熬人。云子七妈说在没有想好干啥之前先要考驾照，等女儿儿子大学毕业了，她要开着车四处转悠转悠。让她心里烦躁的是上大学的女儿芳子找了个男友是做生意的，没有正经工作。她怎么劝女儿都听不进去，反而嫌她思想太落后。云子七妈在视频里跟芳子说，哪怕是安安分分跟玲子一样当个老师也好，一个女孩子，安安稳稳一辈子比啥都强。让她更烦恼的是儿子庆华不好好学习，快要参加高考的人，成天抱着个手机打游戏。她稍一唠叨，庆华不爱听，连庆华爸也不爱听，两人一起从家里溜出去。

如果要养老，村子里的确是个好地方，尤其是村子收归大武口管辖之后，各种福利政策解决了好多问题。家家的房子都进行了防震加固，安装了光电煤多功能取暖设备，改造了厕所，硬化了道路。村部也为村子争取了各种各样的项目，种大棚蔬菜，种草莓，开鱼塘，修建幼儿园和游乐园。为了让大家学手艺有更多的就业创业门路，村里也会组织各种技术课，还会选拔人员出村培训。但云子七妈觉得，对庆华而言，不能总待在西大滩那样一个小地方，男孩子就应该往更大的地方去见世面。庆华不听她的话，庆华说村子里没啥不好，他就想清清闲闲在村子里过一辈子。

云子七妈从驾校回来的时候遇上玉凤家的大孙女，涂脂抹粉画得跟画儿上一样。她也没记住那女娃的名字，问她是要到哪里演出吗，那女娃说是去村部的草莓采摘大棚搞直播。云子七妈听村里好几个年轻人都在搞直播，还有搞推销的，好像有些还很挣钱。但云子七妈总觉得还是搞点实实在在的生产更踏实。

腊月，在外打工的年轻人也都陆陆续续大箱子小包袱地往回走。回来时还带着在外面谈的对象，有广东的，有湖南的，说起方言咿咿呀呀叽里咕噜的。也许是因为节日气氛烘托的，每个人都满脸红光。

云子爸找了几个在村里主事的柴沟人商议，制定了柴沟村搬迁四十周年文艺联欢晚会的方案。云子爸把活动方案、募捐信息和节目招募信息发到了柴沟人的微信群里，村里人纷纷响应。

村里放寒假的学生热情最高，在群里主动报名负责具体的事务。玲子寒假也闲着，把云子爸多年奔走过程中拍摄的照片剪辑制作成了四十年变迁的视频，说要在晚会开始前循环播放。各家按要求报的节目有歌曲，有舞蹈，有相声，有小品。云子爸看见好多报名的人名他都不认识，云子七叔一一跟他说谁是谁家的后人，谁是谁家的孙子。也有云子爸认识的，牟家有成报名打一套太极拳，庞家吉利报名唱一首名为《走四方》的歌曲，村上从前做过会计的魏老四要拉二胡。云子爸说咋柴沟的人生活好过了，就一个个都变得多才多艺。玲子说都成天抱着个手机看，咋都能学个一招半式的。在村委会当副主任的陈家老二说报名的那几个人可不只是会个一招半式的，他们的节目都拿得出手的。

大多数人家都为晚会捐助了二百元，也有三四百的。捐款要求最高不能超过一千元，还真有几个人捐了一千元。云子爸认识的一个是柳家老五的大后人。当年柳家老五住进医院发起捐款的时候，他和三个女儿分别捐过二百元。后来，他也听说柳家老五的大后人放弃了学业，自己包工，成了大老板。至于是多大的老板，也没人说得清。杨成龙也捐了一千元。云子七叔说杨成龙的装修公司、家政公司、广告公司效益都不错。村里有好几个媳妇子在他的家政公司被培养成了月嫂，一个月嫂一个月能挣近万元。杨成龙也照顾长生那样的残疾人，在他的装修公司干点力所能及的活。听着杨成龙事业做得不错，云子爸觉得心底里压了多年的那些歉疚好像稍微轻了一些。

正月初三，村里人携家带口到隆湖一站的香满楼聚餐，聚餐结束后举办了柴沟村搬迁四十周年文艺联欢晚会。在外地打工没能回村的，嫁到外地回不去的，都通过腾讯会议参与了节目。云子五叔在视频中拉了一段二胡，杜家院生携全家在视频中跟乡亲们拜了年，苏莉香的儿子在视频中唱了一首歌。小白在视频里看到姥姥姥爷唱花儿，也凑过来看了一会儿。云子问小白要不要也给大家表演个节目。小白说不，小白说就是看看姥姥姥爷，对别的不感兴趣。说着，又拿起平板读那些在云子看来是垃圾的什么番茄小说了。不过，云子也不再像苛责乔白那样要求小白学这学那。小白喜欢看什么重生题材的网络小说，就由着他看。小白看了总来给她讲，她大多数时候忙着，胡乱嗯嗯应承着。

云子年轻时也喜欢看小说，但过了四十，长了点年纪，就不喜欢了。云子觉得她看过的小说基本都有个完整严谨的结构，人物的出场与退场基本被用心交代过，一看就是凭作家个人的写作智慧编织的，被安排的。云子觉得世间事是被一种高于个人的智慧和力量统摄起来的，生命中那些人物的出场并不都带有明确的目的性，甚至都不像人们常说的所谓缘分。他们中大部分人甚至不会有一个明确的退场，走着走着就悄然从另一个人的生命中消隐。人世也不是一张有着光滑边缘的圆盘，而是一团麻的状态，七线线八头头，有些头绪突出得毫无缘由，有些疙瘩缩得毫无道理。但又都被那个看不见的智慧和力量统摄起来，那个智慧和力量并非命运，大约是可以被叫作存在的东西。所以，云子觉得小说太局限了，与其花时间读小说，不如认认真真去阅读世事。

时代发展变化太快了，从前几代人能够完完全全拥有共同的欢乐，但视频里乡亲们欢乐的方式云子已经无法融入，只是替他们的欢乐开心着。再看看小白，他的快乐已经完全是另一种方式，她也不能够融入。

视频中，云子看到了好多熟悉的面孔。看着五湖四海的乡亲们通过网络聚在一起，共同分享一种似乎十分遥远了的情谊，云子心里感慨万千！